编 委 会

“百部好书”扶持项目
GUANGDONG PUBLISHING

“十三五”国家重点图书出版规划项目

丛书总主编
王　兆　胜
陈　剑　晖

文体与跨文体研究丛书

跨文体：从虚构到非虚构

刘浏　著

广东高等教育出版社
Guangdong Higher Education Press
·广州·

图书在版编目（CIP）数据

跨文体：从虚构到非虚构/刘浏著．—广州：广东高等教育出版社，2019.12

（文体与跨文体研究丛书/王兆胜，陈剑晖主编）

ISBN 978－7－5361－6673－8

Ⅰ．①跨…　Ⅱ．①刘…　Ⅲ．①文学写作学　Ⅳ．①I04

中国版本图书馆CIP数据核字（2019）第282587号

书　　名　跨文体：从虚构到非虚构
KUA WENTI：CONG XUGOU DAO FEIXUGOU

出版发行　广东高等教育出版社
地址：广州市天河区林和西横路　电话：（020）87554153
http://www.gdgjs.com.cn

印　　刷　佛山市浩文彩色印刷有限公司

开　　本　787毫米×1 092毫米　1/16

印　　张　16.75

字　　数　240千

版　　次　2019年12月第1版

印　　次　2019年12月第1次印刷

定　　价　48.00元

总　序

中国是一个“文体论大国”。在古代，文体和文体论蔚为大观。但自“五四”新文学以降，在西方文艺理论的强势冲击下，现当代文学研究者和作家的文体意识越来越淡薄，而关于文体研究方面的丛书更为少见。20 世纪 90 年代中期，童庆炳先生曾主编一套“文体学丛书”，在云南人民出版社出版，受到季羡林、王蒙等著名学者和作家的高度评价，在学界产生了良好影响。但不知什么原因，这套丛书只出版了 5 本就终止了，之后国内一直未见到相关丛书出版。直到 2011 年，北京大学出版社又重新关注文体问题，并推出“中国古代文体学研究丛书”，这是文体研究成果作为丛书形式的又一次集中展示，也是文体研究的深化。但这套丛书只限于中国古代文体研究，没有涉及现当代文体和跨文体写作。因此，我们认为出版一套贯通我国古代、现代、当代文体和跨文体写作，既具开放意识与现代视野，又有时代感与当代性的文体研究丛书，有助于促进我国的文体研究和增强当代作家的文体意识，提升中国当代作家和文学研究者的文化自信。

本丛书纵论古今文体传统，钩沉千年文脉，攫取前贤英华，哺养现代精神。本丛书不仅有新的创意和设计，有较大的学术价值，而且还呼应了“弘扬传统文化，恢复文化自信”这一主题。具体来说，本丛书有以下几方面的价值。

1. 立足于传统与现代、历史与现实、东方与西方，通过对中国传统文体资源的挖掘，将其同当代文化建设，同民族的复兴、文化的自信，以及整个中华民族国民素质、精神文明的提高联系起来。比如，《中国现代小说文体的发生》一书认为，中国小说文体有着本土化的天然特点，但这个特点过去我们重视不够，研究也不系统、不深入。因此，该书以回归还原中国小说文体和文体观念的本体论为出发点，对中国古代小说如志怪三体、《世说新语》与“世说”体、唐人传奇之“奇”体、宋元话本到《聊斋志异》的“讲唱”体、明清章回小说的“文白”叙事体，进行了“谱系学”的爬梳考释。在文体类型研究的基础上，再对中国现代小说文体整体形态，文体类型的起源、发展演变进行全面、系统的探讨。该书虽以考释中国小说文体的本土化语境为旨归，尽可能还原中国小说的独特谱系，但又注重与西方文体谱系进行比较，力图使中国小说的文体既拥有自主性和独立性，又具系统化和学理化。此外，把小说文体研究作为本土文体学研究的重要内容，还肩负着传统文化回归、恢复文化自信的使命。

2. 文体是文学最为直观的表现，也是作家心智的外化形式。因此，文学观念的变迁往往表现为文体的变迁，文学革命离不开文体的变革。但在过去，我们过于强调文学作品的“工具性”，过于注重作品的内容和社会功能，忽视了文体和文体探索的重要性，对我国古代丰富的文体资源也挖掘总结得很不够，这在很大程度上阻碍了中国当代文学的发展。本丛书将起到某种纠偏的作用，弥补以往在文体问题上认识和研究的不足。

3. 跨文体或多文体写作，是当前文学创作的一个趋势，但过去的文体研究在这一点上认识不足。以往的文体研究要么止步于古代，要么仅仅局限于某一类文体。本丛书中的《新媒体时代的文体美学》《本真与转换：影视文体论》《跨文体：从虚构到非虚构》《中国语境中的科幻文学类型演变》等分册，既贯通了我国古代、现代、当代的文体，又关注到跨文体问题，这就拓展了文体研究的空间。

一套有学术价值和现实意义的丛书，应有自己的特色。本丛书的特色主要体现在以下几个方面。

1．开拓性与前沿性。文体学研究不是新问题，本丛书也不是对以往研究的重复，而是以新的视角构建了新框架，注入了新的理念和创见。这样，本丛书便不仅立足于传统文化，而且有着鲜明的开拓性与前沿性。

2．强调中国传统文体的现代转换。研究文体和挖掘我国传统文体资源，应有现代性的视野，体现出时代性并服务于当前。如《中国文体传统的现代转换》一书，一方面主动向西方文学借鉴有效的异域文体经验；另一方面又或显或隐地传承中国古代文学的本土文体资源，在古今中西立体维度中进行传统文体的现代转换。这个专题正是在对中国传统文体的现代转换进行宏观思考的基础上，以中国现当代小说和现当代旧体诗词对传统文体进行现代转换为观察点，由此展开对中国现当代的新文学和旧体文学创作的整体考察。丛书中的其他专题，对现当代各种文体观念和文体形式发展演变的考察爬梳，以及对跨文体文学现象的研究，都体现了这一学术理念。

3．宏观梳理与文本细读并重。丛书中的各册既注重对各种文体发展演变的宏观考察，更强调对文本的细致解读，并在个案解读中发现文体的新价值。如《现代散文文体观念与文体演变》一书，既有对古代文体的演变与特征的考察，以及对文体研究的观念与方法问题、文体研究的现代转型等问题的思考，又有对叙述学与散文叙述、散文意象、语言等的具体细致的分析；同时还兼顾到创新性、学理性和可读性的统一，尽量做到雅俗共赏。《中国现当代作家的跨文体写作》也是如此，著者既有宏观论述也有个案剖析，个案剖析力求破解名家名作的文体转换肌理，宏观论述力求落实到文体转换的历史经验和内部机制。

没有传统的文化必然失根；而没有文化自信的民族必然陷入茫然，不能正确找到自己前行的方向。本丛书试图寻求文化自信的传统依据，通过对最具中华民族特色的“文体”的梳理阐释，夯实当代思想文化建设的地基，推动中国当代文学的发展。感谢评审专家和有关部门的充分肯定，将这套丛书列为“‘十三五’国家重点图书出版规划项目”和“‘百部好书’扶持项目”。希望本丛书的出版，对于深化现当代文学研究、提升文化自信有积极意义。

王兆胜　陈剑晖

2018 年 9 月 5 日

目 录

CONTENTS

绪 论 … 1

第一章 非虚构文体：表征与意义 … 24

一、非虚构现象 … 24

二、文化生态流变与非虚构转向 … 27

三、非虚构溯源 … 31

四、非虚构的范畴、类型、性质和意义 … 34

第二章 非，之于非虚构 … 64

一、非虚构与新闻 … 65

二、非虚构与报告文学 … 69

三、非虚构写作的两个面向 … 76

四、“非”的探讨 … 80

五、中国非虚构文学的混乱与命名 … 87

第三章 中国非虚构文学的三次转型 … 98

一、从政治书写转向思想启蒙 … 100

二、二次崛起以及理论跟进 …103
三、非虚构文学传播和媒介转向 …106

第四章 媒介融合背景下的非虚构 …111
一、非虚构写作的传播学意义 …113
二、非虚构媒介环境：文本—空间—人 …120
三、传播手段与图像转向 …125

第五章 纪录、表现：当代非虚构写作的媒介存在 …132
一、多元纪录，复调表达 …133
二、话语的聚变——以张胜友影视政论片为例 …142

第六章 新世纪以来的非虚构文学 …163
一、非虚构写作的题材与类型 …164
二、融合与互动："非虚构文学＋"的创新 …183

第七章 非虚构文学与艺术审美 …218
一、中国现当代非虚构文学的审美历程 …218
二、媒介融合背景下非虚构文学的力量和责任 …246

绪　论

非虚构（non-fiction）的文类研究涉及范围很广，包括非虚构的历史背景与学理溯源、非虚构写作的起源、非虚构写作与新闻等其他文体的比较、几种非虚构文体探究以及置身于大众传媒背景下的非虚构表现等。首先，我们来说一下非虚构性文类和非虚构文类。非虚构性文类指的是具有非虚构性的文学作品，可以是非虚构小说、报告文学、散文、人物传记、纪实摄影作品、微博文章、微信信息……范畴十分广泛，只要内容（核心内容、部分内容）是非虚构的或是以非虚构的文字方式表达的，都可以被看成是非虚构性文类。而非虚构文类，是在非虚构性文类基础上的缩小，它只提取作为文学形式表达的非虚构部分，这也是本书所研究的非虚构文类范畴。其次，是对非虚构性的溯源说明。假如非要说的话，文学从“结绳记事”开始就是具有非虚构性的，文学（无论是虚构还是非虚构）本身的物理存在都是非虚构性的。谈到现代意义上的非虚构性，那就要回到20世纪，那时的客观现实让人深感沮丧。两次世界大战、经济危机、核战争威胁等一系列世界性灾难，使越来越多的人对世界的前途和个人的命运深感惶惑。

看得见的世界不再是真实的，人们对周遭世界充满怀疑，不再相信客观现实。一方面，畸形的社会催生“畸形”的文学，现代派文学以各种反常规的艺术手段揭橥这个非理性的生活现实：表现主义以艺术的变形来呈现世界的扭曲，荒诞派戏剧用性格破碎的人物和颠三倒四的语言来昭示世界的荒谬和人生的无意义，新小说派以拼贴散乱的片断来描摹世界的混乱无序。另一方面，作为西方知识阶层代表的现代派作家，更着眼于个人对现代世界的独特体验与精神反思。他们强调人的主观精神与艺术的关联，认为艺术是表现而非再现。比如，象征主义运用象征手法暗示内心的“最高真实”，表现主义以符号化的人物寄寓某种抽象本质，意识流小说侧重表现人物的潜意识活动。概言之，现代派文学力图超越具体的现实，追求比具象世界更为深刻的形式上的真。西方现代主义文学钟情于艺术形式的无止境创新，创造了令人眼花缭乱的艺术景观，由此拉开了艺术形式实验的大幕。现代派文学在醉心于形式实验的同时，也斩断了与日常生活世界的关联，由此逐渐淡出人们的精神视野，成为文学圈内人的孤芳自赏。出现颓势的文学欲重获世人的尊重，需要涅槃重生。

文艺形态的样貌与社会现实相互映照，文艺形态的轮转也像时代与时代的更替一样，后生成的是已然状态的颠覆和发展。针对文学观念由“虚构”向“非虚构”的转向，学者卢永和指出，“非虚构”“是对20世纪虚构文学的反拨，也是传统文学的一种精神回归。‘非虚构’创作重新强调文学对社会现实的介入，目的是治疗文学的形式虚浮症，提升文学的思想质地。而从人类书写历史的发展而言，虚构文学与非虚构文类经过长期的分野后重新走向合一，这是新世纪书写文化的一道标志性景观”①。在其后的文章中，卢永和又从当下社会现实的角度给这个转向加以说明：“由文学到历史再到新闻，非虚构写作的盛行，可视为对当下虚构社会的一种反动。当下

---

① 卢永和．“非虚构”与文学观的转向［J］．湖北大学学报（哲学社会科学版），2011，38（6）：72－75.

社会，虚构已成为一种重要的社会表征。其一，在电子网络所创设的虚拟空间中，信息代替物质，符号代替身份，仿真代替真实，生活不是‘身体’的生活，生命不是‘物质’的生命。人们可以在网上交友、旅游、游戏，可以积累虚拟资产。在这个虚拟世界中，真实与虚幻的界限已变得模糊，这与庄周梦蝶中‘不知周之梦为蝴蝶与，蝴蝶之梦为周与’的寓境颇为相似。其二，在当下的消费社会中，现实已裂变为一个庞大的符号系统，一切都被符号化了，消费者本身也失去了主体性。日常生活现实颠倒过来，成为一个模仿的过程和虚构的过程。‘今天则是政治、社会、历史、经济等全部日常现实都吸收了超级现实主义的仿真维度：我们到处都已经生活在现实的“美学”幻觉中了。“现实胜于虚构”这个符合生活美学化的超现实主义阶段的古老口号现在已经被超越了：不再有生活可以与之对照的虚构’。……在电子信息媒体全面操控的新世纪，整个社会已衍变为一个经过精心策划的‘虚构’空间，这其中诞生了许多无奇不有的人间神话。媒体虚构的‘真实’覆盖并引领我们的日常生活，我们生活在以虚构当真实的社会空间中，比如穿上‘非诚勿扰’外衣的相亲秀、被人为操纵的体育竞赛、名人的‘虚构捐款’、虚构的‘地震英雄’、大学生裸模、神医等等。社会上各种虚构或虚假的故事已远远超出文学的虚构与想象能力。同时，虚构故事的泛滥致使虚构本身的魅力日渐褪色，尤其是网上那些无厘头的穿越更让虚构变得不再神秘。置身于此，文学似乎不再需要虚构的念头，因为与媒体炮制的那种伸手可触的虚构的真实相比，文学虚构反倒意味着与真实生活的某种疏离和逃避。绚烂之至归为平淡，文学不得不返璞归真，追求另一种言述表达方式。从这个角度而言，历史讲述、名人传记、旅游散记、个人回忆录等非虚构文类也具有一种‘超越’社会的文学功能。在虚雾弥漫之中，读者更钟情那些能够写出实感和真相的读物。可见，当下的文学创作由虚构转向非虚构，有其自身的社会逻辑。”①

从历史关联上看，“非虚构”的学理溯源可以及至古希腊的“模仿论”。模仿论是最早提出艺术本质的解释，它认为艺术是对客观现实的摹写。柏拉图认为，从荷马起一切诗人都只是模仿者。模仿论后来衍化为现实主义和自然主义等理论。自然主义文学追求纯粹的客观性和真实性，主张事无巨细地描绘现实。自然主义文学创始人左拉认为，文学中的自然主义同样是回到人和自然，是直接的观察、精确的解剖以及对世上所存在的事物的接受和描写。现实主义强调反映“本质”的真实。恩格斯在《致玛·哈克奈斯》的信中说：“现实主义的意思是，除细节的真实外，还要真实地再现典型环境中的典型人物。”“典型环境中的典型人物”作为马克思主义文论的一个经典命题，就是本质的、真实的最佳体现。无论是对自然的真实，还是对本质的真实的追求，都可以认为是“非虚构”的来源。

除了“西来”的影响外，中国非虚构作品也融汇了“古已有之”的特色。关于这个问题，邢军纪、张志强等人做过专门的讨论：“就中国古代的纪实性散文看，从《左传》、《战国策》等史书上，我们已经能够看到非虚构文体的雏形。而汉代以后的纪传体文学，特别是司马迁的《史记》出现以后，非虚构写作得到了充分的张扬。像韩愈、柳宗元、袁宏道等人的散文与纪传体文学创作，都是突出的代表，他们在自己的作品中不仅快人山水，抒情写意，更重要的是记人纪事，生动鲜活，已是具有明显报告文学特质的文体。南北朝时期也出现了许多优秀的游记，如谢灵运的《游名山志》等。唐宋以后更为发达。宋代的陆游等的作品，已经不仅仅写写自然风光而已了，还有对古迹、风俗的记叙与考证。……还有徐霞客的游记，也是典型的代表……包括龚自珍、李贽、陈继儒、张岱等人的散文、纪传，都应该好好研究。把他们在非虚构写作上的创作方法和艺术特色挖掘出来，

① 卢永和．“非虚构”与文学观的转向［J］．湖北大学学报（哲学社会科学版），2011，38（6）：72－75.

我们的理论和学术空间将很富有，文学含量和学术含量将会非常饱满。”①

广义上的非虚构是事物的一种状态，与虚构相对。非虚构在文艺方面最有代表性的表现之一即非虚构写作，即我们通常意义上所理解的狭义的非虚构。

张文东在《“非虚构”写作：新的文学可能性?》一文中指出：“回望上个世纪五六十年代兴盛于西方的非虚构写作，其概念缘起和文体生成大概都离不开美国的‘新新闻主义（new journalism）’及其纪实写作的理念（许多后来人们津津乐道的如梅勒等非虚构小说家，实际上大多有新闻工作的背景）——认为‘小说家能为记者和历史学家提供其研究专题欠缺的一个方面’，试图借小说家的笔法来使新闻写作从‘客观的’走向‘主观的’，‘在这种新闻中，作者作为一个中心人物而出现，成为一个对各种事件进行筛选的个人反应器’；然后再用记者杰出的社会观察和分析能力对小说家的眼力进行补充——将新闻与文学整合在一起，建立起了一个具有边缘性的写作文体‘non-fiction novel’（‘非虚构小说’）或‘true-lifestory’（‘真实生活的故事’）。”

新闻学研究者也支持“‘非虚构写作’发端于新闻”的说法。申赋渔在文章《非虚构，在新闻达不到的地方生成力量》中谈到非虚构与新闻的联系：“刚开始时，‘非虚构’被称为新新闻主义写作，其最显著的特点是将文学写作的手法运用于新闻报道，重视对话、场景和心理描写，不遗余力地刻画细节。在这种新闻报道方式里，洋溢着浓郁的小说化气息和主观性色彩。其代表人物包括汤姆·沃尔夫、诺曼·梅勒、杜鲁门·卡波特和亨特·汤姆逊等，他们的作品主要发表在《纽约客》、《乡村之声》和《老爷》等杂志上。另外，一些获得普利策奖的记者，也越来越多地参与到了其中……俄勒冈大学新闻学院于1995年在全国范围内第一次开设‘创造性

① 邢军纪，张志强．非虚构面对面（二）[J]．中国作家，2006（9）：203－206.

非虚构写作’的研究生课程，标志着新新闻主义作为一种20世纪重要的新闻学流派被学术界正式接纳。美国普利策奖特稿的评选标准一直是‘创造性’和‘艺术性’。这两个标准就跟文学不可分割。你甚至可以认为，它就是文学的评奖标准。”①

张沛沛和刘利华两位学者充分解释了“非虚构写作”与“新闻”有密切关系绝非偶然。20世纪60年代的美国，越南战争、太空探险、政治谋杀等重大事件动摇了人们传统的人生信念，这种对传统人生信念的怀疑，诱发了道德风貌、生活方式、人生态度的巨大改变。诸如“代沟”“反文化”“性解放”和“上帝死亡”等口号，成为这种变动的鲜明注解。剧烈的震荡就在身边，残酷的现实触目惊心。读者们指望小说家会直面人生，出版商们也期待小说家们能够创作出反映现实的优秀作品，但是，他们失望了。于是，揭露现实的历史重任就必然地落到了新闻记者身上……非虚构写作曾被蔑斥为“准新闻体”、专门描写“无关紧要的小人物”。不错，非虚构写作同18世纪和19世纪的欧美批判现实主义一样，是描写了非“英雄”、非“贵族”的“下等公民”：政府小官吏、越战中的士兵、黑手党分子、杀人犯、拉皮条的、娼妓、地下影星、嬉皮士、吸毒犯等。然而，这并不是非虚构写作的耻辱；相反，应该是它的光荣：在小说家们龟缩在他们的象牙塔之中，不愿接受他们的先驱巴尔扎克和狄更斯引以为荣的“社会编年史”的重任的时候，是非虚构小说作家们站出来承担了这一历史职责。其实，非虚构写作也不仅仅囿于“无关紧要的小人物”的圈子，风云世界的人物（总统大臣、皇室巨族、金融寡头、影视明星、体坛名将）和震动世界的事件（登月旅行、太空探险、种族隔离、各国战争）尽入笔端，涉及的题材非常广泛，可以说是殊无禁忌。作家以“虚构”的方式传达他们对真实的认知，而记者则是以非虚构的方式反映他们对真实的认识，两者最

① 申赋渔．非虚构，在新闻达不到的地方生成力量［J］．传媒观察，2012（10）：52－53．

终的目的，都是要揭示我们所赖以生存的这个世界的本质和真实，这正是“非虚构写作”与“新闻”发生交集的关键。

“纪实小说（factual fiction）在西方被称之为‘非虚构小说’（non-fiction novel），也有的国家叫做‘文献小说’（documentary）、‘高级新闻报导’（high-Journalism）、‘新闻小说’（news story）、‘口述实录小说’（oral record novel）等等。当代纪实小说的崛起是20世纪下半叶以来日益高涨的世界性的文学写实主义创作精神和纪实文学热的感染反应。它是新新闻主义文学流派（new journalism）新颖、独特的文体。美国的新新闻主义文学流派的形成和发展是与杜鲁门·卡波特、诺曼·梅勒、汤姆·沃尔夫和盖伊·塔利斯这四位美国当代著名记者和优秀作家分不开的。他们是这个流派的开拓者和中坚力量。他们的创作思想和作品影响了一大批作家，造就了新新闻主义队伍。”① 可以说，美国的新新闻主义流派是信息社会中现实主义振兴的新形式，是对西方现代派腐朽思潮的否定，具有深远的历史渊源和深刻的思想内容。新新闻主义在新闻性和文学性的结合上创造出自己独特的艺术生命，形成了独特的艺术个性，以其真实性、急迫性和激情撞击读者的心灵。

由此我们可知，中国当下的非虚构写作是中西合璧、西学东用的结果。但是，非虚构的来源并不能完全说明它的本质问题。那到底现代意义上的非虚构写作与新闻或报告文学、纪实文学等是种什么关系？非虚构写作是否不具有任何虚构性质，是与虚构的彻底决裂？非虚构写作的存在空间有多宽广？这些关于非虚构写作的本质问题需要进一步研究去寻找答案。

“何为‘非虚构’？一定要我们说，还真说不清楚。但是，我们认为，它肯定不等于一般所说的‘报告文学’或‘纪实文学’……我们其实不能肯定地为‘非虚构’划出界限，我们只是强烈地认为，今天的文学不能局

① 张素珍．纪实小说：国际性的文学现象：兼评美国的新新闻主义和中国的纪实小说［J］．外国文学研究，2003（3）：154－158．

限于那个传统的文类秩序，文学性正在向四面八方蔓延，而文学本身也应容纳多姿多彩的书写活动”①。《人民文学》原主编李敬泽说，所谓“非虚构”，就是“写你自己的生活自己的传记。还有诺曼·梅勒、杜鲁门·卡波特所写的那种非虚构小说，还有深入翔实、具有鲜明个人观点和情感的社会调查，大概都是‘非虚构’”②。“希望由此探索比报告文学或纪实文学更为宽阔的写作，不是虚构的，但从个人到社会，从现实到历史，从微小到宏大，我们各种各样的关切和经验能在文学的书写中得到呈现”③。人民文学杂志社还举办“非虚构：新的文学可能性”研讨会，启动名为“人民大地”的非虚构写作计划。《人民文学》所说的“非虚构”是一个包含了报告文学在内，但比报告文学内涵更多、外延更大的文类概念。《人民文学》所提倡的“非虚构”并非一个新的文学命名，它源于美国的非虚构写作、“新新闻报道”、“非虚构小说”，20 世纪八九十年代我国学界对此已有介绍。“非虚构”的指称不符合汉语对于文体命名的习惯，它意指一种文学类型，如同“纪实文学”一样，只是纪实文学的外延比“非虚构”的外延更大。《人民文学》所提倡的“非虚构”的意义不在于命名，而在于对“非虚构”赋予了更多新的诠释和中国价值。它在现时对“非虚构”的标举，或许能推动包括报告文学在内的非虚构写作。

丁晓原与王晖在合作的《2010 年报告文学的三个话题》④ 一文中表达了不同看法，他们认为“非虚构”这一名称原本是对美国“non-fiction”文体的一种意译，而“non-fiction novel”意谓“非虚构小说”。现在推出“非虚构”，有一种“祛报告文学”的意味。这说明，我们不能一直停留在对报告文学的原初认知上，而应与时俱进，在恪守非虚构原则的前提下兼容开新，不断丰富报告文学这一文体的义项。

---

①② 见《人民文学》2010 年第 2 期主编留言。

③ 见《人民文学》2010 年第 9 期内容简介。

④ 丁晓原，王晖. 2010 年报告文学的三个话题［N］. 文艺报，2011-02-28（2）.

对诸如报告文学这样的非虚构文体的重新审视，也是对“非虚构写作”这一大类文体可能性的更深层次的挖掘。须文蔚撰写的《再现台湾田野的集体记忆——社会运动与再现论考察下的台湾报导文学史》一文（在中国台湾地区，一般把报告文学称作“报导文学”），通过介绍台湾报导文学代表性作品，展示报导文学超凡的社会动员力。论者循着台湾报导文学的发展轨迹，针对部分作品的弊端，提出报导文学“松绑论”的问题，希望借此解除绝对客观书写、学术式书写以及体式偏向散文等迷思。须文蔚认为，只要社会运动不停歇，人文关怀不停歇，报导文学工作者就有丰厚的田野，就有可能超越20世纪报导文学作品所提供的思考、视野与批判力。

美国的普利策奖共设有14项新闻奖和7项文学艺术奖，在其至今已长达百年的颁奖历史中，获奖作品都得到了这样的赞誉：“美国最负责任的写作和最优美的文字”。赵允芳在《非虚构的两翼：诗性与真实性——从普利策“非虚构奖”50周年想到的》一文中说：“普利策奖一直都尊崇着真实性与诗性的双重标准。而在普利策的所有21个奖项中，能将这种真实性与诗性更大程度上进行完美融合的，则非‘非虚构奖’莫属；在所有的‘非虚构’获奖作品中，‘最优美的文字’所营造的一种诗性，无疑又都建立在‘最负责任的写作’基础之上。否则，一切文字的堆砌，都有如沙漠蜃楼，毫无根基，也无意义。”西方作家巴巴拉·W．塔奇曼就是一个很好的例证。“《八月炮火》的作者巴巴拉·W．塔奇曼是一位传奇人物，她本是一个50岁的家庭主妇，3个孩子的母亲，以及纽约一个著名医生的太太，她虽然毕业于哈佛大学女子学院，但其论文却得了‘了无特色’的评价。谁知就是这个各方面似乎还没准备好的母亲型作家，却写出了美国文学界‘最好的历史作品’。当时的肯尼迪总统特别订了一本送给英国首相麦克米伦。为了表彰塔奇曼在叙事风格上的杰出贡献，美国普利策奖委员会打破‘禁止颁发历史类奖项给主题与美国无关的著作’这条限令，挖空心思找到一个名目，颁给塔奇曼一个奖项叫‘总体非文学类奖’。美国评论界称赞《八月炮火》之所以成功，是因其‘细节丰富、描述生动’，‘以散文叙事风格写作，文字剔透、清晰、慧黠、练达且诙谐’，‘描述 1914 年 8 月战事手法悬疑性十足’。总而言之，塔奇曼创造了非虚构类作品新的历史。”“而另一《高危地带》虽然被《纽约时报》评为非虚构类畅销书第一名，但却被另一些报刊评价为‘一部快节奏的引人入胜的医学惊险小说’，‘一本引人入胜的纪实性惊险小说’。而实际上它却是地道的美国版的报告文学：‘故事是真实的，人物也是真实的。’作者在谈到他在描述人物的心理活动这样的小说笔法时说：‘这种心理描述基于我对当事者的采访，其间他们回忆起当时的想法。’‘我尝试着看透人们的面容而窥视他们的心灵、倾听他们的语言，从而进入他们的生活，其结果是我无法想象的。’”①

这些非虚构写作作家的经历为我们探寻非虚构写作的可能性提供了很好的榜样，他们的作品给我们以无边无际的想象，让我们对于“非虚构”可以有一些新的见解。在《非虚构面对面》的对话中，马相武说：“我们现在提倡非虚构写作，但是我们不能讳言它有虚构性。非虚构写作里的虚构性是非法的，但它又是普遍存在的，所以它似乎是合法的。这是一种矛盾，但这种矛盾性是我们要面对的，因为现在的文化基本上都是一种消费的文化，所以涵盖在非虚构作品里的虚构性，实际是走向一种消费化。就是说，给你的这种精神食粮，它不再体现一个很深层次的教育功能。所以我们面临着非虚构写作整体上的深度在削减的态势，因为它要变成一种速食文化。我们现在大量地提供给人们的，基本上都是这样一些没有深度的速食文化，我们的非虚构写作基本上是沿着这样一个方向在走的。我觉得今天的文化是多元的、多类型的，各种取向都可以。从早期的报告文学，到上世纪九十年代的纪实文学，再到今天的非虚构写作，它已经在属性上有了很大变化，今天它明显地具有了双重属性：文化性和商品性。”卢跃刚也说：“国

① 邢军纪，张志强．非虚构面对面（二）[J]．中国作家，2006（9）：203－306.

外非虚构写作的提法，包括内涵和外延，跟我们八十年代提的报告文学的概念是很不一样的。他们的非虚构写作是跨各种领域的，文体也是多样性的，有事件的、有人物的、有传记的、有现象的。现在西方的非虚构文体有两个极致。一是非常专业化，获得普利策奖的《石油风云》，就是非常经典、非常专业的非虚构的写作，这样的著作是大量的。二是更接近文学，不是我们那种报告文学对文学的定义，而是更广阔形态的。比如卡波特和梅勒，他们开创的‘新新闻主义’也称为非虚构写作。卡波特在他的《残杀》里，非常细致地小说化地写凶手把一家子都杀死的犯罪过程和心理过程。罪犯是个典型的美国社会边缘人，没有固定工作、固定住所，受到社会歧视。他入室抢劫，并不想杀死这一家子，但是房屋主人的一个眼光让他产生了杀心。这种眼光是他所熟悉的，就是那种处处受到主流社会歧视的眼光。正是这个眼光，让他成为杀人犯，四年后上了电椅，也让房屋主人死于非命。这部作品用了一种非常文学的手法来写作非虚构写作。去年获得奥斯卡最佳男演员奖的影片《卡波特》就是改编于卡波特的传记。卡波特脑子很好使，他的采访不用笔记，真实记忆97%以上，这个数字对我们来说十分难。他有一个非常好的脑子，他能把采访对象所说的内容真实地写出来，进行非常真实的还原。”①

无论是新新闻主义，还是报告文学作品，这些被认为是“非虚构”的原因最终都要追溯到真实的程度，即对“非虚构”本质的认识关键要落实到对“非”的理解上。学者王晖在《非虚构文学：影响、异议、正名与建构》这篇文章中说：“‘非虚构写作’按照其所体现的作家的写真意识、文本再现的似真程度以及读者接受时的真实感效果等三个方面因素，将非虚构写作划分成完全非虚构（包含报告文学、传记、口述实录体、新新闻报道、纪实性散文等）和不完全非虚构（包含非虚构小说、纪实小说、新闻

① 老木，萧立军，卢跃刚，等. 非虚构面对面（一）[J]. 中国作家，2006（8）：178－191.

小说、历史小说、纪实性电影、电视剧剧本等）两种主要类型。另外，还有一种基本属于虚构文体的类型，如新写实小说之类，它在某些方面和某种程度上具有‘非虚构’的一些元素，我们将之视为仿非虚构类型。在表现形式方面，‘非虚构写作’‘从一开始就在自觉地警惕三种写作的陷阱’，依次区分它与其他文学形式的不同：一是传统文学的纯粹‘虚构’式的写作，二是以‘事件’为中心的新闻式写作，三是传统的‘报告文学’写作。”非虚构写作，究竟应该具备什么样的叙事特征？张柠和许姗姗在《当代“非虚构”叙事作品的文学意义》中这样回答：“总体上看，这些作品的风格朴实无华。作家在这里并不想通过创作，展示自己的想象才能和技术上的才华，而是借助于社会学和人类学‘田野考察’的方法，力图通过‘客观叙述’，从不同的侧面向读者呈现底层生活的真相。警惕价值观念和审美观念上的‘先入为主’，直接进入生活现场去发现生存的秘密，是这一批作品的共同特征。”

非虚构写作有很多发展的可能，它也给了文学更加宽阔的解释。张文东肯定了非虚构写作的合法性及合理性，认为“文学是虚构的”这一命题在将文学区别于历史等其他写作的同时，也不免导致了自己的狭隘和异化。他将“非虚构”分为“不是虚构”和“反虚构”两个层面理解，于是得出关于“非虚构”的本质解释，即“是一种创新的叙事策略或模式，这种写作在模糊了文学（小说）与历史、记实之间界限的意义上，生成了一种具有‘中间性’的新的叙事方式”①。

虽然非虚构写作的空间可以无限宽广，但是仍有必要将各类非虚构文体梳理清楚，从而寻找出规律和特性，以推动非虚构写作生机蓬勃地发展。目前，学术界较为关注的几类非虚构写作文体大致如下，针对每一类文体的“非虚构性”都做了较为深刻的分析。

---

① 张文东.“非虚构”写作：新的文学可能性？[J]. 文艺争鸣，2011（3）：43－47.

1. **报告文学**

李朝全在《报告文学的范畴泛化及创作底线》一文中谈到，报告文学有狭义与广义之分。他认为："狭义报告文学指的是切近当下现实，形象描写新近发生的人和事的纪实性作品，具备鲜明的新闻性、信息性和时效性。广义报告文学可谓'泛化的报告文学'或'报告文学的泛化'，其外延很广，包容性很强，等同于非虚构类纪实作品。多年以前我曾将其命名为'大报告文学'。它包括描写新人新事、揭示新问题的狭义报告文学，也包括历史纪实、传记、回忆录、口述实录、田野调查、笔记日记、通讯特写等，还包括纪实片、纪录片、政论片、记录视频等影视、网络作品。换言之，凡是以纪实、记录、非虚构的方式，反映、描写或表现某些史实、现实或事实的文学作品，均可归入大报告文学范畴。"①

报告文学研究者王晖在《报告文学：作为非虚构文体的文学魅力》中用"全景式"线型结构和"集合式"非线型结构来概括这一非虚构文体的文学魅力。在他看来，"全景式"是以线型中的复线为主，不再局限和拘泥于单一事件或人物的叙议，而是以某一重要事件为叙说主体，多方位、多层次地展示其萌生、发展、高潮和结局的脉络。在这里，人物较少成为被叙述的主角，他们常常仅仅只是作为叙述的片断而存在，以为整个事件的叙说服务为目的。它不经意、不苛求严格意义上的情节的紧密连贯性，而是间以相当比例的非叙事性话语，形成叙—议一体的特异结构，同时还融入史料记载、报刊消息、电影分镜头剧本、备忘录、日记、口述实录等多种文体因素，在造成对情节连贯性的主观性间隔、以强调叙述者权威的同时，营造出一个"全息之眼"，使受众不仅从叙述者的叙述，也从其构建的非叙事性话语中，全方位地理解事件的表层与深层因素。而集合式则是一种与非时序叙述时间相匹配的结构，体现于诸多被称之为"集合式"的报

① 李朝全．报告文学的范畴泛化及创作底线［J］．南方文坛，2012（1）：111－113.

告文学文本之中。此种文本大多表现为对“社会问题”的展示与关注，具有空间意义上的“问题”“焦点”“热点”等字符，取代了事件、人物等具有时间意义的因素，这使其形成酷似三段论式的论文结构。它的新意在于，理性思考大于感性的描摹，抽象的概括力胜过具象的个体事物的罗列，宏观观照的视野超越微观与局部的写真。它既保持着能够凸显报告文学非虚构性的线型结构叙事时的生动性与客观性，同时又具有较强的主体性，以此来展示报告文学的文化批判性。

2. **纪实小说**

中国当代纪实小说是在20世纪80年代中期诞生，当时，中国的一批学者以极大的热情将西方新的文学思潮和新颖独特的文体及其优秀作品译介进来。有的是理论研究著作，例如王惟苏的《异军突起反小说的小说》、王晖和南平的《美国非虚构文学浪潮：背景与价值》、王晶的《论非虚构小说对现实主义文学的新发展》、王天明的《非虚构小说评述——兼论〈在冷血中〉》、文楚安的《1987年纪实性犯罪小说在美国的勃兴》、尹均生的《从全球文化视野审视纪实文学》等。有的是纪实文学作品，例如张增武等译的《残杀》、邹惠玲等译的《刽子手之歌》、吴安迪译的《袖珍棺材》等。这些学者和译者的努力对我国纪实小说的崛起起到了积极的推动作用。

20世纪90年代是中国纪实小说遍地开花的全胜时代。纪实小说的创作题材也更加丰富多样：有关于中国大事件的历史题材的作品，如《昨天——中英鸦片战争纪实》《重庆谈判》；有反映现实生活题材的作品，如《北京人》系列、《京华见闻录》；还有写域外题材的作品，如《北京人在纽约》《曼哈顿的中国女人》；等等。其中许多作品都被搬上了大银幕。除了书写大题材，反映重大事件、社会热点、名人名流事迹，纪实小说的触角也触及小人物、老百姓的故事。仔细辨析弱小声音也是纪实小说作家有意识的追求。例如，池莉的《烦恼人生》、张洁的《日子》、冯骥才的《一百个人的十年》、窦卫华的《百味人生——当代中国老百姓生态录》等。

3. 亚纪实文学

留美学者吴琦幸关注到一种与非虚构小说十分相近的文体，并给其下了一个定义："亚纪实文学带有强烈的回忆或者现场直播的特点，通过对于事件及人物的回忆，或者通过事件的现场发生特点加以报道，比较质朴和忠实地记录事件和人物，有的时候连时间地点都与生活中一模一样。不同的也许就是稍微改变了一些人物的姓名。亚纪实文学不太使用文学的创作技巧和结构，往往是按照生活的发生规律和逻辑，追求的不是文学的逻辑而是生活的逻辑。由于具有纪实的特点，它比虚构的文学作品更加具有震撼力。从近年来活跃繁荣的海外华人文学创作的作品来看，很多都是带有亚纪实的特点。"① 亚纪实文学与非虚构小说这两个概念的相同之处在于，两者在寻求文学形式来更好地表达作者内心世界的时候都使用了不限于纪实或者虚构的两个二元对立的概念，尽量在写实和虚构之间寻找新的形式，由此往往突破了两者的界限，创造出新的形式来进行创作。但是，这两类文体由于传统源头不同，在写作风格上也表现出不同。亚纪实小说传统源头来自中国古代史传的写作方法，以《史记》为代表的中国史书编撰写作首创此种文体，其特点是结合纪实与虚构的特长。非虚构小说则是 20 世纪 60 年代之后在美国兴起的在新闻写作中加入场景虚构、心理描写等写作方法，产生了所谓的"新新闻"，导致了一场小说和新闻概念的大变化，影响至今。吴琦幸认为，"主要原因是中国文学的历史传统和美国文学的新闻性传统，无论从其历史传统溯源比较还是观察当代写作实践都有着明显的差异和不同，由此形成了各具个性的文学样式"②。

4. 历史抒情小说

在西方，自亚里士多德以来的本质论诗学中，判定叙事文学的文学性

① 吴琦幸. 论海外华人的"亚纪实"文学：从张爱玲《小团圆》谈起［J］. 华文文学，2009（6）：29－33.

② 吴琦幸. 论亚纪实传统和非虚构小说［J］. 文艺理论研究，2010（6）：64－70.

的根本标准就是虚构性，小说则是现代虚构叙事文的代表。在中国的小说史研究中，鲁迅得出“唐人始有意为小说”之结论的论据也是作家自觉的虚构意识。认定历史抒情小说是非虚构写作的代表，就是因为它不仅不有意去虚构，甚至在叙述方式上决然地毫无保留地排斥了虚构性。

通常情况下，非虚构和虚构被当成一组对立的概念对待。殊不知，其实这两者完全可以在具体文本中达到统一。非虚构并不是对文学虚构传统的反动，相反，它为文学提供了更多的创造空间。

5. 私小说与日记文学

私小说被认定为非虚构文体的一种类型，是因为它否定虚构，主张真实，强调亲身的经历。邱岭在《非虚构传统——论日本现代私小说与古典文学》一文中指出：“作为一种文学主张，它于10世纪初被提出；而作为一个文学传统，它形成于10—11世纪的国风文化时代，之后一直流传至今。现代私小说对文学创作非虚构的主张，至迟于10世纪中叶即已由《蜻蛉日记》作者明确提出并付诸了实践。……而今天的私小说，在对真实的追求上也确实继承了《蜻蛉日记》作者追求‘主观上的真实’的传统，日本现代私小说代表作家葛西善藏的代表作《悲哀的父亲》就可作佐证。”这里所说的“主观上的真实”，其实就是指经过作者心理过滤、带有作家个人感情色彩的真实，并不是纯粹的客观真实。所以，可以认为，私小说作家的写作不是为了叙述事件，而是为了抒发内心情感。

日本日记文学鼻祖纪贯之追求真实，但并不排斥虚构。约20年后，这一追求被向前推进了一步。日本女流日记文学始祖、《蜻蛉日记》的作者主张：虚构就是虚假，经验才是真实。她不仅追求真实，而且排斥了虚构。邱岭认为：“与纪贯之一样，道纲母作《蜻蛉日记》的动机也是为了真实性。不同的是：前者从创作方法的角度来考虑，为情感的真实再现进行了叙述者的虚构，从而将记录外部世界的日记改变成了表达内心情感的文学创作形式；后者则从创作内容的方面来提倡，不仅否定了经验的虚构，而且进一步将内心的情感世界限定于个人的日常生活、身边琐事。”

“非虚构写作”作为一个符号，包含了与整个社会、历史相关联的意义和内涵。在《人民日报》将非虚构写作作为义旗高举之后，便有不少媒体和作家纷纷跟进：2011 年开始，《GQ 智族》发起非虚构写作的基金支持计划和年度评奖；而《天南》也为非虚构作品预留版面并组织活动；2011 年 1 月，一本号称“非虚构创作的必备手册”在国内迅速翻译出版，其中收集了当今广受赞誉的非虚构创意写作大师们的个人写作练习；2011 年 4 月由纪许光和一批学者倡议，中国第一个非虚构文学创作教育工作室在广州开设。

说到非虚构，《纽约时报》的畅销书排行榜值得一提。多年来，其上榜图书只有两类：虚构类和非虚构类。比起国内诸如教育、人文、社科、文学等的繁杂的图书分类方式，两类法真是省心多了，起码美国书店里负责给图书上架的店员会轻快无比，不必踮着脚尖在不同的货架中间穿梭个不停。国人开始重视非虚构写作，其中一个很重要的原因是发现了这个文体与中国社会发展紧紧相连的特殊关系。

蒋进国的《非虚构写作：直面多重危机的文体变革》一文中指出：“非虚构写作与当代文学创作危机、批评话语危机和都市心灵危机等社会语境相契合。它是对当代‘虚构’作品想象力固化、新媒体时代的‘虚构’、纪实文体‘庸俗化’的反驳，是学院知识分子对学术‘不及物’状态的反思。‘梁庄’用真相敲碎都市人的‘返乡’迷梦，昭示着当代都市困顿心灵‘无地彷徨’。非虚构致力于探索一种‘大地张力’叙事路径，展现了当代知识分子跨越知识隔膜、介入现实的勇气，同时显示出文学作品追问社会、叩问心灵的潜质。”①

① 蒋进国. 非虚构写作：直面多重危机的文体变革［J］. 当代文坛，2012（3）：84－87.

非虚构的能指①和所指②在具体范式里的意义生成也值得关注。例如，张莉就注意到非虚构在女性写作中的意义生成。她说："当强调关注社会现实的非虚构文体与强调个人化叙事的女性写作相遇，个人经验与集体经验出现'交叠'，非虚构文体本身具有的对'真实性''亲身经验'的强调与女性写作中对'个体经验'及细节的重视使非虚构和女性写作的结合产生某种奇妙的化学反应，这最终成就了《人民文学》栏目里一个个独具意味的'中国之景'——非虚构女性写作文本的大量涌现使'非虚构'写作具有了中国特色，也意味着中国当代文学及女性文学都藉此重新返回了当代社会的公共言说空间。"③ 又如对宏大叙事的非虚构写作的意义解读，丁晓原在《何建明：泛政治化的非虚构叙事》中指出："在何建明这里，我们显见的是以宏大叙事进行非虚构写作已经成为他的一种自觉。这种自觉一方面源于何建明对报告文学文体体性和功能的认知。题材题旨的'双非性'（非虚构、非个人性），是报告文学文体最为独特的规定性。正是在这里，报告文学显示着它与小说的根本差异。作为报告文学作家，何建明拒绝文学的私人化，坚持写作的社会性。他直言：'从我个人的写作看，我关注的是重大事件。从中国文学创作来看，自上世纪 90 年代后期以来，太多私人化写作越来越多地出现，大有成为文学主流之势，对此我很不满意，因为真正反映社会主流层面的作品太少了。'"

若是将文学作品看作印刷媒介的话，那么，它正是连接作者和读者的传播渠道。文学传播是文学研究者绕不开的议题，因为再好的作品不能被很好地传播，它也就丧失了成为优秀作品的可能性。所以，对非虚构写作传播的关注，是非虚构研究者理应重点关注的。尤其是当今大众媒介发展

---

① 能指，即所有那些不借助于语言之外的前提就不能被描述层面。

② 所指，即在情感上、心理上、意识上或仅仅概念上的形态，它与客观事物的实体虽然没有直接的关联，但也是客观事物的抽象和概括。

③ 张莉．非虚构女性写作：一种新的女性叙事范式的生成［J］．南方文坛，2012（5）：43－48.

如此迅猛，新媒介技术日新月异。可以说，脱离了大众媒介，一切事物的传播都可能是不完整的，包括非虚构写作。20 世纪 60 年代的沃尔夫等人已经为非虚构进行了文体的界定。而其实，最能描摹这一文体的独特性的，恰是非虚构之“非”，它是对以往所有守成观念的“是也不是”：它是对事件、人物的真实记录，但它又超越了简单纪实的局限；它继承了虚构文学的诗性内涵，却又将这种诗性建立在每一个细节的真实之上；它是诗性写作，而非文献式写作；它不单是为了传播事实和知识，它更重要的使命是传播思想、精神以及美学感受。非虚构的意义，正在于它的这种否定句式，以及其背后所体现的否定性内涵。这对于往往有着“非此即彼”的思维定式的人们来说，非虚构写作无疑是一种挑战。但正是在这样的难点上，非虚构写作才可能具体地既与虚构文学不同，又与新闻报道、田野调查不同，才有可能既承诺客观化视角的真实，又承诺主观化视角的真实。因此，媒介时代的虚假生活表象，与向壁虚构的文学式微，恰为非虚构创作营造了一个独有、广阔的生存空间。在大众媒体时代，由于可被利用的资源更加多样和多彩，非虚构有了更多的表现方式。

比如，纪录片就是非虚构与大众媒介结合的最佳例证。“在虚构的影片中，导演是上帝；在非虚构的影片里，上帝是导演”——语出著名导演希区柯克。张欣在《“作者”还是“导演”？——纪录片创作的主体性之思》一文中就这样评述过：“纪录片是以纪实为基本美学特征的一种非虚构、叙事性的影片样式，它兼有认知和娱乐的功能，以之区别于以认知为主的文献档案影片和以娱乐为主的剧情影片。在纪录片产生并发展的最初一段时间里，真实是其创作的最高圭臬；随着媒介环境的变迁与纪录手法的变化，传统式的纪录片越来越难以吸引受众群体并实现其市场价值，因此以商业化运作为主的新型纪录片模式产生，无论从选题内容还是制作手段上都发生了剧烈变化。”

细数世界纪录片史上的一个个人物——弗拉哈迪、维尔托夫、格里尔逊、伊文思、让·鲁什、梅索斯兄弟、怀斯曼、小川绅介、基耶斯洛夫斯基……他们为纪录片立法，确立新的标杆：命名纪录片、革新创作方法、开创美学流派、引领美学运动。“一部纪录电影史就是大师与大师交替的历史”①。纪录片的生命是创作者给的，然而其创作者到底是谁，是“作者”还是“导演”？现代纪录片经过一百多年的发展，已经衍生出多种类型和流派，“事实”与“叙述”之间的差异不断产生了两者之间的张力，在各个领域的争鸣与思考，也不断推动着纪录片的重构与创新。作为纪录片创作的主体，“作者”还是“导演”，体现着时代的变化，更体现了纪录片不同创作理念的历时性合流。张欣认为，纪录片作者比导演涉及的内容要更为广泛。从主题选取、内容结构一直到表现手法，作为“作者”的纪录片导演都需要结合个人风格进行细致的安排，更注重于创作和创新，更注重于主体目标的实现、情感的表达。如今纪录片运营模式如下：①坚持商业化运营模式的纪录片多由电视台或者专业公司组织拍摄，“导演”既要“导”还要“演”，必然不能以个人的独立创作为先。他首先要考虑的是在给定的主题和内容框架下，自己的创作是不是符合观众的需求，同时要符合市场的需求，因而往往模式固定，有很大的流程式以及视角类型的限制，这就使得导演在拍摄时难以完全按照自己的意愿来进行，缺乏真正的独立风格，可以发挥的主观能动性极为有限，因而也就称不上是“作者”，只能算作“导演”。②如探索集团探索频道的成功就在于成熟的商业化运作模式，频道通过类型化生产来对同一媒介产品的上下游市场进行充分的开发和整合，利用电视节目资源来开发相关产品等，以此来分担市场风险，扩大赢利范围和提高赢利的可能性。尤其是通过大媒介集团的联合运作，使得每一部电视产品的利润价值都可以充分地得到挖掘。因此它的每一部影片都是经过精心策划、严密操作甚至涉险拍摄而完成的。譬如中国观众耳熟能详的

① 张同道．大师时代的终结：纪录电影的历史命运和时代选择［J］．艺术评论，2011（2）：59－61.

《荒野求生》《致命捕捞》《流言终结者》等，每一系列都具有极强的神秘感和震撼力，在传播科技知识的同时牢牢抓住全球观众的眼球，成为全球近四分之一人口的精神食粮，强烈地刺激着观众的神经，是现代纪录片商业运作的成功代表。③不同于纯粹追求商业利益的媒体导演运作模式，美国还有很多导演秉持着独立运作的立场，用纪录片展现社会问题，强烈地表达自身情感，有着旗帜鲜明的个人主观立场，也为纪录片注入了生机与活力。而这其中较为出色的“作者”之一便是迈克尔·摩尔，在他的作品中，都可以看出他强烈的个人主观立场：或是探讨美国枪支管制的《科伦拜恩的保龄球》，或是质疑美国总统的《华氏 911》，再或是揭露美国医疗黑幕的《医疗内幕》，或多或少都包含着他对政治和国家的某种不满。但是，他的作品确实反映关系到普通人利益的内容，对于政治的批判也较为深刻，可以从中看到“作者”的倾向性与好恶感，所以其取得巨大成功，也就不足为奇。

除了纪录片外，又例如电视专题片，也是非虚构与现代媒介合作的产物。虽然电视专题片与纪录片相比有很多相同点，但彭立和黄颖在《电视专题片与纪录片比较谈》中仍然明确地指出了二者的差异：“专题片的叙事，主要是一种‘表现’性的，是一种‘对现实的营造’；而纪录片的叙事，则主要是一种‘再现’性的，是一种‘对现实的记录’。如此便见出了‘表现性’叙事艺术和‘再现性’叙事艺术的不同。”

现在，纪实小说从内容到形式都发生了变化。作家们做了种种努力，不断创新。纪实小说除口述实录式小说外，还有摄影纪实小说。也就是说，将摄影艺术与纪实文学“联姻”，弥补两者的缺憾。摄影艺术凭借语言起到画龙点睛的功效。纪实文学借助摄影加强其客观真实性，减少许多作者在语言表述上的困扰。摄影纪实小说以其简洁的语言、优美的画面、感人的情节和深刻的寓意打动读者。这是叙述故事的一种新的阐释符号。此外，还有纪实性的电视剧本，如谢方一的电视剧《湘西门》。《湘西门》是晚清中国一曲滥觞于湖湘而远流于闽台震撼人心的草根之歌，是中国近代一部波澜壮阔、气吞山河的湘西民族史诗。剧中的历史事件是客观真实的。剧本描写了籍贯湘西慈利的晚清著名爱国将领孙开华一家参战殉国的故事。尽管故事中的有些人物名不见经传，但他们却曾经实实在在地在那段历史中出生入死过。这部作品有海峡两岸文物、地方史志和田野调查图文资料作为见证，是近代史上的一部民族史诗。此外，还有学者关注到了“非虚构剧情片”这一类新的表现形式。潘桦在《用镜头诠释力量：深入四川地震灾区拍摄“非虚构剧情片”的尝试和探索》中解释了“非虚构剧情片”的三个特点，即“①真实人物，真实故事；②主人公不是演员扮演而是真实人物出演；③不因为真实人物、真实故事而流于纪录片，是纯粹的剧情片，需要编剧与导演的过硬功夫。‘非虚构剧情片’是为了加强整个剧情片的真实感染力”。

一方面是迅猛发展的媒介技术为非虚构创造了更多表现形式，另一方面不得不注意的事情是如今非虚构写作面临着媒介的肆意裹挟。如何突破媒介包围，已经得到学界的重视。新闻报道向以真实为生命。但在新媒体时代，发达、交错的媒介传播平台，并没有带来预想之中的更大的真实，反倒助推了各种信息的复杂交汇，使其更加真假难辨。这正如文学批评家徐肖楠撰文所说：“现代媒介将人类各个角落、不同时间、多种元素的生活状态大量传递、呈现出来，但伴随这种媒介化状态的生活真实性和生活意义并没有产生。媒介信息有真实性，也有虚假性，这种难以确定的真实性，使媒介化生活缺乏真实性力量和意义引导。实用知识和必要媒介并不能决定人们的价值信仰。”他认为，实际上，新媒体技术的日新月异，使“人们的视野更开阔了，但心胸可能更狭小了；生活不是更清晰了，而是更迷茫了”。“在媒介时代，人们对真实生活的更大希望可能落空，这直接形成了人们虚假的生活风格。”① 张文东也说：“置身于大众文化背景下的非虚构写

---

① 徐肖楠．非虚构文学如何突破媒介包围［N］．文艺报，2012－07－30．

作其实还有着很强的非理性色彩：其所谓的‘现场’本身就有着某种‘图画’或者‘画图’的意味（这倒与大众文化的读图趣味保持了一致），而其所谓的‘真实’，本质上也是在强调现实高于可能、存在高于创造。因此，表面看来非虚构是在努力地走进时代的‘现场’，并试图投影般地成像这个时代的‘真实’，但实际上它可能已经在开始回避时代，回避这个时代所能激发起来的想象和创造，即回避这个时代原本赋予给它的反思与反省，以及任何一个时代文学都不应该放弃的理想和理性。”①

① 张文东．“非虚构”写作：新的文学可能性？［J］．文艺争鸣，2011（3）：43－47.

第一章 | ◆

非虚构文体：表征与意义

近年来，文坛涌现了一大批优秀的非虚构作品，无论在创作题材还是在表达方式等方面，这些非虚构作品都展现出了无穷的魅力。非虚构写作作家的创作热情也随着非虚构文体逐渐被重视而高涨起来。理论研究者对于非虚构文体的关注也越发强烈。

一、非虚构现象

《人民文学》2010 年第 2 期开始推出《非虚构》栏目，2010 年 10 月举办“非虚构：新的文学可能性”研讨会，并启动名为“人民大地”的非虚构写作计划，这些举动意在“探索比报告文学或纪实文学更为宽阔的写作，不是虚构的，但从个人到社会、从现实到历史、从微小到宏大，我们各种各样的关切和经验能在文学的书写中得到呈现"①。除了《人民文学》外，非虚构作为一种写作方式受到了越来越多的媒体的重视。比如《钟山》在2007年就开设了《非虚构文本》，《当代》对报告文学的推举，《中国作家》推出《中国作家·纪实》，《厦门文学》的《非虚构空间》，《延安文学》的《零度写作》，《GQ智族》发起非虚构写作的基金支持计划和年度评奖，《天南》为非虚构作品预留版面并组织活动等。在新媒体领域，凤凰网推出非虚构写作平台"有故事的人"，理念是"每个人都有故事，都可以写出故事"，并且认为非虚构写作者"可以来自名流，来自职业写作者，也完全可以来自贩夫走卒，升斗小民"。"全民故事计划"旨在"用真实故事，记录中国当下日常风貌，力图去发现并推出日常生活里打动人心的真实故事"。网易非虚构写作平台"人间"的《蓝衣坊》栏目设立了国内第一个专为一线打工者设立的写作工坊。

在文本方面，非虚构尝试了许多新的探索，涌现出了一批优秀的作品。《中国在梁庄》的作者梁鸿以一个亲人的身份回到自己偏远的家乡，在那里与村民同吃同住，并记录下那些"惊人"的故事：王家少年强奸了82岁的老太太，昆生把自己的家安在墓地里，即使火化也要把骨灰在棺材里撒成人形……梁鸿深入农村，通过一个个鲜活的"个人史"展现中国农村在城市化进程中的现实危机。《中国在梁庄》因此被称为一部比《活着》更真实的非虚构文本。又比如《词典：南方工业生活》。"白话""保安""出粮""出租屋""打卡""QC②""集体宿舍""暂住证"等，在创作者萧相风看来，这些正是中国南方工业时代外来打工者生活的关键词。《词典：南方工业生活》书写了打工者的劳作和生活状态，夹叙夹议地诠释着那些关键词的现实内涵。慕容雪村在传销组织卧底20多天，创作发表了《中国，少了一味药》。作品不仅叙述了极端的物质生活状态——"三毛五分钱一天的伙

① 见《人民文学》2010年第9期内容简介。

② 即质量检测。

食”“牲畜一样地挤住在一起”，也描述了参与传销者的精神盲目——他们对口号的迷狂，对规章制度、学习资料的热衷。在此背后，作者告诉我们的还有——鲁迅在1919年“五四”运动前夕发表了寓意深远的小说《药》，一百年过去了，国民精神的麻木依然存在。

一方面，非虚构创作题材的丰富宽阔与写作方式的缤纷多样是其深受青睐的原因；另一方面，非虚构这个文体与中国社会发展紧紧相连，更贴合受众的需求。如果将非虚构写作创作热潮放置于中国当代文学的发展史中来考察，大致可以寻出一条轨迹——20世纪80年代的中国文学，文学叙事与文学启蒙相关，作家们时常将自身的个体经验上升为国家经验来讲述。90年代，是与公共经验断裂的时期，写作者们以强调物质的、日常的、个人的、身体的、破碎的经验来抵抗80年代对文学公共记忆的图解，非虚构就可以看作是对90年代以来的小说形式实验的反驳。21世纪以来，社会理性度提高，伴随着文学批判精神与审美意识的回归，如何将个体经验与集体经验进行有效的转化、如何将文学重新唤回到社会公共空间——成为中国文学面临的内在困境。这也是2010年10月《人民文学》发布“行动者”非虚构写作计划的目的。“行动者”非虚构写作计划要求作者对“真实”的忠诚，要求作品具有较高的文学品质；特别要注重作者的行动、在场；要求作家以“吾土吾民”的情怀，以各种非虚构的体裁和方式，深度表现社会生活的各个领域和层面，表现中国人在此时代丰富多样的经验。正如《人民文学》原主编李敬泽先生所说：“‘非虚构写作’是在虚构写作面临困难的现实语境下兴起的，其核心内容是让更多作家走向民间，走向这个时代丰富多彩的内部。”①

① 聂磊旻．虚构写作面临困境［N］．钱江晚报，2011-10-30.

二、文化生态流变与非虚构转向

非虚构文体不是横空出世的文体类型，它是随着漫长的社会变革与书写文化的发展而逐步形成的。历史的经验告诉我们，动荡与变革带给人类无数的灾难和泪水，但是离奇的是，它确能造就英雄和经典文化。一方面，1880 年前后，以英、法、德三国为代表的西方国家进入迅猛的经济发展和向国际扩张阶段。工业化和城市化的进程迅猛，这也直接导致了人们生活的改变，尤其是改变了传统农业社会的人际关系结构。19 世纪以前的西方田园牧歌式的乡村景象被钢筋水泥铸造的城市取代，人们的价值观、世界观、宗教信仰等受到冲击和挑战。欧美社会出现了普遍的个体疏离感、陌生感和孤独感。现代主义文学最重要的"非人化"元素由此而来。战争打破了欧洲社会岌岌可危的旧秩序和旧宗法，并给整个欧洲带来了巨大灾难。知识分子，尤其是文学家和艺术家们对资本主义的价值体系和伦理体系产生了严重的怀疑，并滋生反叛情绪。另一方面，科技的进步毁灭了传统的形而上学的观点，甚至极大地改变了语言体系。20 世纪初期，现代物理学，尤其是爱因斯坦相对论的诞生，极大地动摇了古典物理学的物质宇宙观，科学世界变得微妙、复杂、难以把握。科学的发展在一定程度上影响了文学和艺术的发展。例如，作为现代主义文学重要流派之一的未来主义文学，就是在新科技发展的直接影响下诞生了。在哲学与文化领域，尼采"重估一切"的极端主张对德语世界里的表现主义文学产生了深远的影响；奥地利精神病学家弗洛伊德的精神分析理论，引导文学家深入挖掘潜意识和无意识领域，直接影响了意识流小说的书写。还有法国哲学家亨利·柏格森，他的直觉主义理论在一定程度上奠定了整个现代主义文学的理论基调。还有，康德的不可知论、荣格的集体无意识理论和克罗齐的直觉主义美学理论，也对现代主义文学的发展产生了不同程度的影响。

两次世界大战，人类用自己发明的枪支弹药屠杀自己，自由、博爱、人道理想的观念被战争蹂躏得体无完肤，西方的文明被抛进了一场深刻的危机之中。人们对周遭世界充满怀疑，不再相信客观现实。他们通过各种方式表达内心的不信任，在服装、音乐、活动场所、喜好、行动等各方面做出反应。例如，发生在美国20世纪60年代中后期的摇滚乐运动就是异常复杂的反越战反文化的社会运动，参加者以通俗音乐为号召工具，试图建立一个非竞争性的、反战的社会。“在英国新开的咖啡馆里可以听到摇滚乐，虽然经过了被煮沸的牛奶与饮料这种独特的英式氛围的过滤——与播放它的点唱机一样风格怪异”①。以青年为代表的群体对传统家庭关系的颠覆，传统的父系权力维系的家庭结构变得不再稳固，父母们对孩子们的兴趣不再熟悉，甚至不能理解。总之，“家庭并没有消失，但发生了转型；家保留了下来，但只是成为个人行为拼贴在一起的空间”②。光头党对黑色附有金属链条的皮衣、皮鞋狂热追捧。无赖青年对鹿皮鞋、天鹅绒、厚斜纹绒衣领以及鞋带式领带青睐。“垮掉的一代”通宵达旦地开车旅行，沉溺于性爱、饮酒、吸毒，极尽离经叛道之事。正如迪克·赫伯迪格所言，社会中的亚文化成分已经“作为一种隐喻，象征着潜在的、‘存在的’无政府状态，而且还可以作为一种真实的语义紊乱的机制：再现系统中的这一种暂时堵塞”③。

现代主义就在这样的情况下诞生。现代主义对传统文学的基本准则——真实性、典型性、形象性、有序的时空结构，客观表述方式、清晰的体裁类别以及语言的准确明晰等进行了大胆的消解和改造。在19世纪末至20世

---

① 赫伯迪格．亚文化：风格的意义［M］．陆道夫，胡疆锋，译．北京：北京大学出版社，2009：62.

② 泰勒，威利斯．媒介研究：文本、机构与受众［M］．吴靖，黄佩，译．北京：北京大学出版社，2005：176.

③ 赫伯迪格．亚文化：风格的意义［M］．陆道夫，胡疆锋，译．北京：北京大学出版社，2009：111.

纪前期发生了巨大的裂变——作家对人物全知全觉的心理掌握让位于意在展示人物朦胧而混乱的无意识流动，颠倒了时空结构，将人物的明确性与情节的完整性进行消解，并采用梦呓般的语言和象征的暗示手法等——这便是风靡一时的现代主义文学运动。现代派文学以各种反常规的艺术手段表现非理性的现实生活：表现主义以艺术的变形来呈现世界的扭曲；荒诞派戏剧用性格破碎的人物和颠三倒四的语言来昭示世界的荒谬和人生的无意义；新小说派以拼贴散乱的片断来描摹世界的混乱无序。文学的非虚构也在此时发生。作家中，“迷惘的一代”厌恶帝国主义战争，却又找不到出路；“垮掉的一代”奇装异服，蔑视传统观念，厌弃学业和工作，长期浪迹于底层社会，他们的反叛情绪表现为一股“地下文学”的潮流，强烈地甚至极端地向保守文化的统治发动冲击；“黑色幽默”小说家突出描写社会对个人的压迫和人物周围世界的荒谬，以一种无可奈何的嘲讽态度表现自我和环境之间的不协调，并把这种不协调加以放大、扭曲、变形，使它们显得更加荒诞不经、滑稽可笑，同时又令人感到沉重和苦闷。他们的共同之处即是都着眼于个人对世界的独特体验与精神反思。他们认为艺术是表现的而非再现的，强调人的主观精神与艺术的关联。比如，象征主义运用象征手法，借助意象，用暗喻、烘托、渲染等把思想还原为知觉，使抽象的思想外化，暗示人物内心的“最高真实”；表现主义以符号化的人物寓寓某种抽象本质；意识流小说侧重挖掘人的潜意识，采用内心独白、自由联想等手法，表现人物意识自然流动状态。总的来说，该时期的文学侧重于探究那种混乱的多重复合意义。在艺术表现上，常采用事实与虚构相交织的拼凑、不连续、自相矛盾、模糊等方法来表现这个复杂多变、难以捉摸的世界。现代派文学力图超越具体的现实，追求比具象世界更为深刻的形式上的“真”。不难看出，它醉心于形式实验的同时，也斩断了与日常生活世界的关联，成为文学圈内人的孤芳自赏。

如果说传统的“虚构”在模仿客观真理中彰显力量，现代主义的“虚构”在表现自我意识中获得认可，那么，随着语言学的转向，在后现代主义影响下的文学“虚构”与主客观真实做了告别，文学越来越远离以往那种与既定的社会结构相联系的组织形态。特别是 20 世纪五六十年代以来，文学更多地指向一种语言的游戏，出现了新的形式与功能的变异。文学本身在当代文化中也逐渐失去了中心地位。当文学的手脚被捆绑进语言的文本游戏里的时候，没有了道德约束，没有了社会感，也没有了主体性，“虚构”完全与“真”分道扬镳，文学的本质由“虚构”变成了完全的“构虚”。到了后现代主义那儿，“人们已不仅仅把文学中的事件当作虚构，这些事件在得到表述时所传达出的意旨或对世界的看法，也被当作虚构。但是，事情并不就此为止，批评家们又更进一步提出文学意义也是虚构，因为一切意义都是虚构”①。

在中国文学发展史中，非虚构被看作是对 20 世纪虚构文学的反拨，也是传统文学的一种精神回归。无论是 20 世纪 80 年代中期兴起了报告文学热，“三驾马车”载着现实主义冲击波迎面而来，还是 90 年代后，小说界提倡新写实主义，诗歌界倡导“及物的写作”，散文界则强调“在场的写作”，都指向非虚构崛起。曹征路、阎连科、刘醒龙、陈桂棣、廉思等人的乡土文学和底层叙事都带有明显的非虚构元素，《那儿》《政治课》《妇女闲聊录》《丁庄梦》《蚁族》等都因展现当下底层和乡土社会的真实生态而震撼人心。此外，《天涯》杂志的《民间语文》等栏目也独具特色。正如卢永和所言：“非虚构创作重新强调文学对社会现实的介入，目的是治疗文学的形式虚浮症，提升文学的思想质地。而从人类书写历史的发展而言，虚构文学与非虚构文类经过长期的分野后重新走向合一。”②

---

① 格拉夫．如何才能不谈虚构［M］．盛宁，译．北京：中国社会科学出版社，1994：359.

② 卢永和．“非虚构”与文学观的转向［J］．湖北大学学报（哲学社会科学版），2011，38（6）：72－75.

三、非虚构溯源

从历史关联上来看，非虚构溯源可以及至“模仿论”。古希腊哲学家赫拉克利特提出“艺术模仿自然”的论点。他说：“自然是由联合对立物造成最初的和谐，而不是联合同类的东西。艺术也是这样造成和谐的，显然是由于模仿自然。”① 苏格拉底继承和发扬了赫氏观点，把“艺术模仿自然”进一步地发展为“艺术模仿生活”。他认为，艺术是“以人为中心将社会生活作为一个整体来进行审美的把握，通过想象、虚构、变形、夸张等审美思维的途径，创造体现艺术家的审美体验、审美评价和审美理想的意象，以达到使人在美的享受中潜移默化地净化自己的心灵的崇高目的”②。于艺术家而言，只有将创造建立在观察和体验生活的基础上，才能够成就美的艺术。在《理想国》里，柏拉图借助“床喻”来阐释他的观点：床之理式仅有一个。神明是创造者，所造的床是真实的床，即床之理式；木匠是制造者，所造的床是仿制床之理式的结果；画家是模仿者，所画的床是木匠所造之床的影像，即是与真实的床相隔两层的作品。在柏拉图看来，艺术只是模仿了真实的表象，模仿者甚至完全不知被模仿事物的真相。以此，他得以将三个世界——先验的理式世界、自然的或人为的现实感觉世界、艺术世界区分开来。亚里士多德站在巨人的肩膀上，他肯定了理式的存在，却不同意把理式与现实相分离。他认为只有具体存在的事物是艺术模仿的对象，并且，一切美的艺术都是模仿，而不是柏拉图所说的来自灵感和灵魂的回忆。“既然诗人和画家或其他形象的制作者一样，是个模仿者，那么，在任何时候，他都必须在如下三者中选取模仿对象：过去或当今的事、

---

① 北京大学哲学系外国哲学史教研室．古希腊罗马哲学［M］．北京大学哲学系外国哲学史教研室，译．北京：商务印书馆，1961：112.

② 刘叔成，夏之放，楼惜勇，等．美学基本原理［M］．上海：上海人民出版社，2004：153.

传说或设想中的事、应该是这样或那样的事。"① 亚里士多德对"艺术模仿自然"进行了改造，将模仿对象从外在物质自然扩张至了社会生活中人的自然行动，认为艺术模仿的对象是"行动中的人"，是人的性格、感受行动和生活事实。根据彭锋的研究，作为希腊语的"模仿（mimesis）"具有极其复杂的用法，这些用法的共同之处在于"符合或相等，即模仿的作品、行为或表演与被模仿的东西之间的符合"②。正是在此基础上，亚里士多德通过划分不同的艺术手段、所模仿活动的不同类型以及模仿的不同方式，把诗与其他艺术形式区别开来，继而又根据模仿对象的不同将诗细划为史诗、悲剧和抒情诗。随着希腊语"mimesis"拉丁化为"imitation（模仿）"，模仿也被缩小为再现事物外在形象的"模仿（imitation）"，这种用法在16—18世纪的古典主义文论中尤为盛行，表现为对文学模拟生活的内在机制的讨论。

德国人埃里希·奥尔巴赫从美学角度出发，对西方三千年来最具影响的经典文学作品中各种写实风格做了深入分析，铸就名著《摹仿论》。《摹仿论》自荷马史诗起笔，一直写到了托马斯·曼的《魔山》与乔伊斯的《尤利西斯》。奥尔巴赫就像拿着放大镜审视历史的长卷，人世间千年的梦想与挣扎、时代的轮替与沧桑尽收眼底。正如副标题——"西方文学中现实的再现"——即使思想重建过去的作用不能跟"真实"的东西完全一致，至少能描绘出历史的大致模仿，为后来者提供一份参考。就像新闻这一体裁的来源，它产生于人的最本能的欲望和原始冲动。因为人类自诞生之日起，就对外界事物、环境有着强烈的好奇心和求知欲。新闻传播活动就是为了满足人类社会生产和生活实践中产生的对某种信息的需求。所谓新闻报道，要求最及时、最新鲜，也是通过人类的"加工"（人类自身或是媒介技术等手段）书写、拍摄、传播，它虽然不是"绝对真实"，但是，是对真

① 亚里士多德．诗学［M］．陈中海，译．北京：商务印书馆，2005：177.
② 彭峰．西方美学与艺术［M］．北京：北京大学出版社，2005：50.

实的模仿。

对中国文学非虚构传统的研究，影响最深远的要数宇文所安的《中国传统诗歌与诗学：世界的征象》。宇文所安发现非虚构诗学传统中的中国诗歌是理想的诗歌，它来自自然的多样性，是对西方文学传统中的诗歌作为神性的诗人创造的第二自然的颠覆。“所谓中国非虚构诗学传统是指，在中国文学传统中，诗歌通常被假设为非虚构的文体，它是一种历史经验的真实记录，它和普通日记的不同之处在于它的情感强度和即时性，相同之处就是它也记录了真实的时间、地点和情境关系，所以诗歌的伟大不在于它的创新，而在于它是诗人与此时此景的真实相遇。这种诗学能够充分体现诗歌中最伟大的力量，以及来自诗歌中具有不确定性的真实声音，它来自自然的丰沛性是对西方文学传统中，诗歌作为神性的诗人创造的第二自然的颠覆。”① 宇文所安把中国诗歌显著的经验性、字面性和历史性命名为“非虚构”，具体来说，就是把中国诗歌视为一种历史时间内诗人真实经验的“透明”显现，由此以凸显其与西方“想象性”“隐喻性”和“创造性”的“虚构”诗歌之间的根本性差别。

霍俊明在研究中国文学史对非虚构的关注过程时指出，这是从“非虚构特征”，到“非虚构写作”，再到“非虚构写作”的逐步深入、专门讨论的过程：“无论是就中国古代的史传文学传统［宇文所安（Stephen Owen）针对中国古代的诗学思想在《中国传统诗歌与诗学》（1985）一文中竟提出以诗歌为主体的中国文学传统具有‘非虚构’（non-fiction）特征］、‘五四’时期冰心等作家的‘事实小说’、上个世纪五六十年代美国等西方国家的‘非虚构文学’的热潮，还是1949年之后当代中国本土的‘非虚构小说’（如新中国成立后即出现的‘非虚构战争小说’，刘心武早在20世纪80年代就喊出‘我正大量尝试非虚构性的纪实风格’，而1999年刘心武又推出

① 陈小亮．理想的诗歌：中国非虚构诗学对西方文学传统的反动［J］．浙江学刊，2012（6）：115－122.

了更自由的介于小说、报告文学和传记之间的‘非虚构小说’《树与林同在》）而言，‘非虚构写作’都不是一个崭新的话题。甚至早在1986年就有研究者试图给‘非虚构写作’进行分层，即‘完全非虚构’和‘不完全非虚构’……20世纪80年代的先锋文学通过元写作和修辞迷恋校正了以往主流文学‘非虚构’的经验化写作的整体性和宏大性，从而呈现出了个体和诗学的双重意义。”① 可以看出，在中国文学中，非虚构的表现并不是简单的模仿或者再现，而是以非虚构的形式模仿世界——自然世界和精神世界——的内容，并在此基础上推进和超越原有的状态。

无论是纪实性、纪传体文学，还是新闻等非虚构写作，说到底都是“模仿”。看似它们与但丁、拉伯雷、塞万提斯、莎士比亚、蒙田、巴尔扎克、司汤达、歌德、席勒的作品风格相去甚远，但如果放在“真实再现”的范畴里看待，非虚构与其他文学作品一样都对历史进行着大致模仿，它们与宇文所安说的中国诗歌非虚构传统殊途同归。

四、非虚构的范畴、类型、性质和意义

多年来，在《纽约时报》的畅销书排行榜上的图书只分为两类：虚构类和非虚构类。这可以被认为是对文学作品最简洁的划分方法。但对非虚构的定义，至今未有定论。“何为‘非虚构’？一定要我们说，还真说不清”，“它肯定不等于一般所说的‘报告文学’或‘纪实文学’……我们其实不能肯定地为‘非虚构’划出界限，我们只是强烈地认为，今天的文学不能局限于那个传统的文类秩序，文学性正在向四面八方蔓延，而文学本身也应容纳多姿多彩的书写活动”。基于这样的认识，李敬泽只是以举例的方式来阐释非虚构的内容——他说非虚构就是“写你自己的生活自己的传

① 霍俊明．“非虚构写作”：从文学“松绑”到“当代”困窘［J］．文艺争鸣，2012（1）：115－119.

记。还有诺曼·梅勒、杜鲁门·卡波特所写的那种非虚构小说，还有深入翔实、具有鲜明个人观点和情感的社会调查，大概都是‘非虚构’”①。其实，《人民文学》的非虚构与《纽约时报》的非虚构也不见得一样。《人民文学》的非虚构更意指一种文类，它的命名方式与小说、诗歌从体裁表现形式出发点不同，非虚构的命名强调的是作品的功能，即有无赋予社会更多新的诠释和中国价值。丁晓原在《2010年报告文学的三个话题》一文中对《人民文学》的非虚构命名也表达了看法，他认为这一名称原本是对美国“non-fiction”文体的一种意译，而“non-fiction novel”意谓“非虚构小说”。《人民文学》推出非虚构，有一种“祛报告文学”的意味。这说明，我们不能一直停留在对报告文学的原初认知上，而应与时俱进，在恪守非虚构原则的前提下兼容开新，不断丰富报告文学这一文体的义项。

（一）非虚构写作的范畴

有人说，“真正的中国报告文学时代是20世纪80年代”，“此时的报告文学以独立的姿态、独特的方式，在文坛内外产生了特殊的影响。我们常常是以‘轰动效应’来评论这一时期优秀的报告文学所具有的价值的”②。这主要是因为改革开放带来了文化与思想的解放，加之大量西方文化的涌入，以知识分子为代表的意见领袖的启蒙意识被唤醒，文学家们以报告文学等方式重新审视历史、认识当下、开化民智。但也正是鲜明的时代特色导致这个时期的报告文学带有深深的历史烙印，尤以全景式的宏观“大”报告为最。比如苏晓康描写离婚潮中婚变问题的《阴阳大裂变》（亦名《当代婚变沉思录》）不仅是对中国封建文化中男女关系和婚姻传统的批判，更是描绘了在时代变革的背景下，婚姻、家庭、法制、伦理、政治、经济、文化中种种新旧矛盾与人的思想冲突交织在一起的社会景观。可见，卢跃

---

① 见《人民文学》2010年第2期主编留言。

② 丁晓原．中国报告文学三十年观察［M］．北京：作家出版社，2011：141.

刚所说的“跟我们八十年代提的报告文学的概念是很不一样的”也许就是指除了全景式报告文学以外，非虚构写作还包含的其他内容。他将非虚构写作的范畴框定在“两个极致”内，一头侧重“专业化”，另一头则是侧重“文学性”。

《石油风云》的作者丹尼尔·耶金不仅是纪实小说作家，也是世界石油问题和国际政治专家。美国《新闻周刊》评论他为“能用文字把历史栩栩如生地再现出来的为数不多的历史学家之一”。耶金经过七年调查研究，在掌握大量内幕材料的情况下写下这部80多万字的皇皇巨作，扎实的例证以及大量的数据和照片资料酣畅淋漓地展现了百余年来人们追逐石油财富似颠如狂的千姿百态。书中既有全景式的概述，也有细致入微的描写，将资本主义与石油工业、石油燃料的技术进步及应用，与石油相关的地缘政治以及后石油时代节能减排和替代性能源前景等问题充分表述。可见，作品的专业性和作者的专业度息息相关。获得1999年美国国家图书奖非虚构类图书奖和美国历史学会费正清奖的《拥抱战败：第二次世界大战后的日本》同样是部具有观照历史意义的作品。作者试图通过还原日本社会各阶层民众的声音获取一种认知——在一个毁灭的世界里重新开始到底意味着什么。无论是领导人的运筹和顾忌——“吉田茂还有理由相信，如果日本迅速重建军队，则要甘冒与美方在朝鲜共同作战的巨大风险。吉田茂对于美方强求日本赴朝鲜参战的极端要求异常警戒，以至于当约翰·福斯特·杜勒斯（John Foster Dulles）访问东京敦促日方加紧再军备之时，吉田茂派使者秘密照会两位社会党领导人，敦促他们在首相官衙举行示威活动，向来访的美国使团施压。这种政治上的小把戏表明，吉田茂希望外界理解他真正忧惧竭力再军备将会使日本的社会组织分崩离析。在吉田政权统治下，整个占领期间，日本警察预备队的规模始终控制在75 000人”①，还是对底层人群

① 道尔．拥抱战败：第二次世界大战后的日本［M］．北京：生活·读书·新知三联书店，2008：559.

的特写——“当天，数百名美国大兵很快抵达东京大森町的一处R. A. A设施。那里聚集的少数姑娘是最缺乏经验的新手。既没有床、寝具也没有单独的隔间，奸淫行为就在没有隐私的情形下随处发生，甚至是在走廊上。目击当时情景的日本人后来的证言都非常愤怒，说这是无耻的‘动物的性交’，暴露了所谓美国文明的‘本性’。据说，当时的警察署长都为此流泪哭泣。一位缺乏经验的 R. A. A 新人，后来追忆起她第一天的恐怖经历。她被指派为 23 个美国士兵……”①《拥抱战败：第二次世界大战后的日本》将这些残留的记忆串联起来，使它们成为当代人思考国家历史与个人价值观的重要参考。因为兼具新闻价值和社会意义，普利策奖多次颁给了这些专业性极强的非虚构作品。但专业性并不是唯一标准。普利策奖共设有 14 项新闻奖和 7 项文学艺术奖，在其至今长达近百年的历史中，获奖作品都被誉为“美国最负责任的写作和最优美的文字”。

“专业化”与“文学”的交集包含了现代西方非虚构文体的内涵。以巴巴拉·W. 塔奇曼（Barbara W. Tuchman）的《八月炮火》为例。《八月炮火》分为计划、爆发和激战三个部分，系统地向我们描述了第一次世界大战的成因、欧洲列强们为夺取霸权的钩心斗角以及战争初期几场大的战役——烈日攻防战、坦能堡战役、马恩河战役和英德两国的海上角逐等。书中人物众多，内容详尽，情节跌宕，将真实与诗性完美结合。

新新闻主义是真实性与诗性结合的印证，也是非虚构与文学性平衡的实验田。被称为“现代新闻报道之父”的丹尼尔·笛福从 18 世纪初期便开始纪实性写作，《维尔夫人显灵纪实》对一个流行的鬼故事做了逼真的报道；《瘟疫年纪事》描写的是 1665 年的伦敦大瘟疫，这场鼠疫的发生、传播、引起的恐慌，以及死亡人数、逃疫的景况描写令人如身临其境。曾经当过记者的现实主义大家马克·吐温（Mark Twain）1875 年以早年在密西

---

① 道尔. 拥抱战败：第二次世界大战后的日本［M］. 北京：生活·读书·新知三联书店，2008：100.

西比河上做舵手的生活为题材，写了 7 篇文章，后汇集成书，名为《密西西比河的往事》。8 年后，他回到家乡，把这本书扩充成为《密西西比河上》，可谓是新新闻主义的滥觞。20 世纪初，美国现实主义小说家杰克·伦敦（Jack London）以水手的身份在伦敦贫民窟中住了三个多月，做了详细的调查，在获得大量第一手资料的基础上回国写就了作品《深渊里的人们》，其也可视为具有新新闻主义品格的作品。

（二）非虚构文体类型

根据对各种文类的表现和意义的考察，将非虚构文体分为包含非虚构小说（新新闻主义）在内的新闻、报告文学、纪实和亚纪实小说以及以传记、日记等为代表的其他非虚构文体等类型。接下来，将从各文类特点出发对非虚构文体类型一一做分析。

1. 新闻

新闻，是人们最熟知的非虚构文体类型，以至于许多人一谈到非虚构文体时，第一反应就联想到新闻，甚至误解非虚构文体就是新闻。关于非虚构文体与新闻的异同，在后面部分会充分说明。此处单探讨新闻被划分为非虚构文体的原因，以及新闻所具备的特性。关于新闻的起源，无论是代表唯心主义的《新闻学原理》① 中的阐述——人类对于自然所发生的程序和事情，对于不论远近每一个人物的情况，都有无限的兴趣，这些对于事物的好奇心和兴趣，是新闻欲的源泉，还是唯物主义关于“活动（包括新闻传播活动）源于社会生产的需要”② 之说，都指向新闻是实用类型的文体。无论社会如何发展变化，人们对世界的求知欲不会减少，只会愈发增加。人们想知道的一定是真的、有用的事，没有人追求获得假消息。“真实

---

① 约斯特. 新闻学原理［M］. 王海，译. 北京：中国传媒大学出版社，2013.

② 中共中央马克思恩格斯列宁斯大林著作编译局. 马克思恩格斯选集：第 3 卷［M］. 北京：人民出版社，1972：510.

性、新鲜性和公开性是新闻的基本特征”①，即新闻文体必须迅速及时又合乎时宜地、按照客观事物的本来面目进行陈述，将新近事实传播给尽可能多的受众。其中，真实性是新闻的生命。这也是将其认定为非虚构文体的关键。

韦勒克在《文学理论》中对“文学”这个概念做出过说明，广义上“凡是印刷品都可称为文学”②，在他看来狭义的文学“限指文学艺术，即想象性的文学”是最恰当的③，其中包括口头文学。在之后的论述中，韦勒克也直言不讳地道出了他的困扰：“如果我们承认‘虚构性’、‘创造性’或‘想象性’是文学的突出特点，那么我们就是以荷马、但丁、莎士比亚、巴尔扎克、济慈等人的作品为文学，而不是以西塞罗、蒙田、波舒哀或爱默生等人的作品为文学”④。可见，对“文学”选择，不一样的定义会导致不同的评价标准。所以说，广义上来说，新闻当属文学。但它因为对非虚构的极度坚持，致其与狭义理解的文学作品分道扬镳。但新闻又细分为消息、通讯、新闻评论、调查报道、专访、新闻特稿等，其中，新闻特稿在语言表达和采写风格方面独具文学性，被看作是非虚构写作的代表。特稿一词来自英语“feature”，我国有人也译之为“特写”或“专稿”。虽然有人将特稿译为“特写”，但它的含义不同于我们传统意义上理解的特写含义。在《怎样当好新闻记者》第十四章中，美国著名记者海敦指出：特写可以带感情，可以幽默，可以写不平常的事，还可以写怪诞的事。美国新闻学教授阿伦森在其著作《新闻采访和写作》第五讲中就说：特写，通常指报刊上篇幅较长的某类稿件，这类稿件没有正规的新闻导语，写的是有关某人、

---

① 陈霖．新闻学概论［M］．苏州：苏州大学出版社，2007：22.

② 韦勒克，沃伦．文学理论［M］．刘象愚，邢培明，陈圣生，等译．北京：文化艺术出版社，2010：9.

③ 韦勒克，沃伦．文学理论［M］．刘象愚，邢培明，陈圣生，等译，北京：文化艺术出版社，2010：11.

④ 韦勒克，沃伦．文学理论［M］．刘象愚，邢培明，陈圣生，等译，北京：文化艺术出版社，2010：15.

某机构的一桩新闻事件，或某一政治事件、社会事件。特写可以提供知识，也可以是趣味性的。关于政治集会的特写可以绘声绘影，五光十色。从这看出，美国新闻界所说的“特写”的概念外延是相当宽广的。而我国新闻界所说的特写就是以描写为主要手法再现新闻事件、新闻人物一瞬间的形象化的报道，有如电影中的特写镜头。《新闻学大辞典》对特稿的解释是：“运用解释、分析、预测等方法，从历史渊源、因果关系、矛盾演变、影响作用、发展趋势等方面报道新闻的形式。”① 梅尔文·门彻在《新闻报道与写作》中这样定义特稿：“特稿旨在娱乐或以侧重讲故事来提供信息。”② 获得首届普利策特稿写作奖的记者约翰·富兰克林在其论文《为故事而写作》中提出，特稿是一种非虚构的、短故事形式。20 世纪 70 年代末，普利策评奖委员会开始关注这种用非虚构故事形式撰写新闻的文体。1979 年 4 月 7 日，评委会决定选择《巴尔的摩太阳报》记者约翰·富兰克林的《凯利太太的妖怪》③ 作为首届特稿奖的获奖作品。普利策奖的评奖条件是：“除了具有独家新闻、调查性报道和现场报道的共有的获奖特质外，特稿主要是考虑高度的文学品质和原创性。”李大同认为：“特稿的主要特征并不是分析，而是生动、传神的表现。展示了一种命运、一种情怀，一种大家可以共同感动、共鸣的东西。”④

简单地说，特稿就是通过文字深入揭示事物的本质，把问题说透彻的报道。它是一种有深度的新闻报道，可分为解释性报道、调查性报道、预测性报道、服务性报道、人物特写等。新闻特稿是挖掘新闻的深刻主题、富有文学表现力、具有新闻价值和新闻本质属性的一种新闻文体，它不仅具有新闻的告知功能，同时具有文学的审美功能。不难发现，新闻特稿很像文学中的纪实文学，但又不等同于纪实文学；它具有自己的美学的品

---

① 甘惜分. 新闻学大辞典［M］. 郑州：河南人民出版社，1993：160.
② 门彻. 新闻报道与写作［M］. 展江，主译. 北京：华夏出版社，2004：214.
③ 加洛克. 普利策新闻奖：特稿卷［M］. 多人，译. 北京：新华出版社，1999：4.
④ 石岩.《冰点故事》：用新闻影响今天［N］. 南方周末，2005－12－15.

格——真实性。另一方面，新闻特稿是一种新闻文体，西方新闻特稿被称为“比消息更详尽的新闻”①，它的形式和功能比消息更多样化。虽然优秀的作家和新闻特稿记者都应该站在高于生活的观察点上，具备综观全局的本领——能从将来观看现在，但是新闻特稿和文学的表现形式又有本质的区别。两者虽然都要求真实，但特稿中所说的纪实是指新闻里“五个 W”的严格真实。例如，珍妮特·库克的《吉米的世界》被取消普利策奖，正是因为吉米这个人物不是完全真实的，而是几个故事人物的合成品。

2. **报告文学**

“完全真实是报告文学的生命和战斗力的源泉”“报告文学不仅不能虚构、夸张，连气氛的渲染、心理活动的刻画、生活细节的描绘都要真实，而不能‘虚加练饰，轻事雕彩’，任意虚拟”②，这很自然地能让人将报告文学与新闻联想在一起。如果采用诸如文学都是“想象性”的，那么追求内容真实的报告文学确实是与新闻类似，甚至可将报告文学划入新闻的范畴。《新闻工作者的历史文化担承：读杜耀峰的报告文学〈秦道〉》一文指出“报告文学是新闻作品中更能显示记者功力的一种”，《秦道》的成功就在于其“对历史的认识和批判为新闻作品找到新高度”③。认为磨砺出好的报告文学作品的重担应交由新闻工作者承担的意见，实则是将报告文学归入新闻范畴的态度。林帆的《〈史记〉与“报告文学”》④ 一文就干脆直接将新闻通讯视为报告文学来论述。有学者早就指出，“报告文学，是以文学手法来处理新闻题材”⑤；又如黄浩和黄凡中在《报告文学：文体的时代尴

---

① 张宗厚，陈祖声．简明新闻学［M］．北京：人民日报出版社，1983：374.

② 桑荫．报告文学必须完全真实［J］．西北大学学报（哲学社会科学版），1979（4）：47－53.

③ 刘建勋．新闻工作者的历史文化担承：读杜耀峰的报告文学《秦道》［J］．新闻知识，2010（12）：10－12.

④ 林帆．《史记》与“报告文学”［J］．新闻记者，2007（8）：63－64.

⑤ 朱子南．中国文体学辞典［Z］．长沙：湖南教育出版社，1988：107.

尬——对报告文学“生存艰难”的本体质疑》中讨论报告文学是“文学+报告”还是“报告+文学”①，说到底还是默认报告文学是新闻与文学的集合。

笔者认为，报告文学与新闻不同。报告文学因其具有非虚构的文体性质，与新闻有相似之处。新闻和报告文学对五个W——who、where、when、what、why（何人、何地、何时、何事、为何）有相同要求，即必须明确落实，不能捏造，也不能夸大或是歪曲。但两者有明显的区别。以相似程度最高的深度报道与报告文学做个例证。报纸的写作通常是为了满足受众的求知欲，所以不会像报告文学那样有相当长的篇幅记述得详细具体，而是像《南方周末》的《从留守到流浪——他们的“好”生活》② 这样，通过记录一个个体事件让读者知晓一些情况。《从留守到流浪——他们的“好”生活》的采访对象是位名叫夏雨的少年，文章书写的就是一些夏雨的生活片段，至于读者阅读后对留守儿童现状的感知只能通过由点到面的想象与归纳了。同样是关注留守儿童问题，报告文学作品《迷惘的庄稼——农民工留守子女现状调查》③ 就不一样了，报告人收集完大量资料后已经发现了几个突出点，从而归纳出了接下来写作的几部分内容，然后按照留守儿童痴迷屏幕、早恋、读书等几个方面进行文字的展开，是个文本演绎的过程，与新闻作品的行进向度正好相反。除此之外，新闻的新奇性是报告文学所不要求的。新闻除了真实、新鲜的性质外，趣味观也是新闻的本质。19世纪美国《纽约太阳报》编辑部主任约翰·博加特说过一句非常著名的话：“狗咬人不是新闻，人咬狗才是新闻。”这句话形象生动地概括了新闻追求趣味性的特点，类似的表述还有“灾难是记者的节日”“常人+不寻常的成

---

① 黄浩，黄凡中．报告文学：文体的时代尴尬：对报告文学“生存艰难”的本体质疑［J］．北方论丛，2009（1）：54－57.

② 范承刚，习宜豪，贺风玲．从留守到流浪：他们的“好”生活［N］．南方周末，2012－12－06.

③ 苗秀侠．迷惘的庄稼：农民工留守子女现状调查［J］．北京文学，2011（10）：20－42.

就或是冒险＝新闻”等。而猎奇绝不是报告文学的目的。报告文学作品中看不到“星”“腥”“性”，它的选题几乎都是严肃的民生焦点事件与沉甸甸的历史往事，报告文学关怀的是社会表象背后深刻的人文状况与人道主义理想。

虽然报告文学具有文学性，但是它与狭义的文学又有着明显的区别。单单就意识形态建构主体这一方面而言，报告文学的文学性完全可以说是一直被显性地表现。从 20 世纪 30 年代开创报告文学新纪录的《包身工》，到“文艺服从于政治”的《苏区一日》《如何保证跃进》和《谁是最可爱的人》，到新时期的《人妖之间》和《西部在移民》，再到《北京保卫战》和《中国农民调查》等新世纪报告文学，每一部作品都烙着深深的时代印记。“革命第一、文学第二”，大力发展生产和全力抗战，反思过去和关注现实与生命等一系列意识形态或是主动或是不自觉地被融入文字，并被传递给读者。报告文学与狭义的文学之间最突出的差别表现在叙事方式上。以何建明的报告文学《忠诚与背叛：告诉你一个真实的红岩》为例，它的语言明显区别于日常生活语言，具有一般文学作品的属性。另一方面，《忠诚与背叛：告诉你一个真实的红岩》与《红岩》又是两种风格完全不一样的文体。《忠诚与背叛：告诉你一个真实的红岩》是作者经过翔实的调查和深度采访后，用记录式的文字将真实历史再现，全知视角和直接引语从正面证明了报告内容的权威和可信，可以说，它建构意识形态的方式是通过叠加叙事直接完成的。而《红岩》的叙事手段相较《忠诚与背叛：告诉你一个真实的红岩》更多样，因故事写作和政治目的的需要，小说中许多人物和故事与真实事件有一定出入，许多时候难免会为了追求小说的可看性而采用外放式的表达，心理描写、比喻、排比、夸张、联想等方式都被丰富采用，意识形态是通过象征方式间接建构的。

那么，该如何理解报告文学的内涵？李朝全认为报告文学有狭义与广义之分。报告文学研究者王晖则用“全景式”线型结构和“集合式”非线型结构来概括这一非虚构文体的文学魅力。报告文学作为一种独立文体要有持续的生命力，就必须明确好自身的存在意义，并想方设法将其发扬光大。

首先，需要追求全面真实，以全息方式洞察历史。新闻失真失实的现象在新闻传播领域频繁出现，尤其是为了争取广泛阅读量而故意制造的人为失真失实更是新闻业界一大顽疾。这些情况在报告文学中也必须避免。第一，因为报告文学在时效的要求上不如新闻那样严格，所以报告人有充足的时间来做采访和资料收集的工作，严谨的写作后也有足够的时间进行校验和修改，这样大大地减少了人为的偶然错误。第二，由于获得最大量的信息，所以对所报告的事物可以有全方面的了解。报告人可以综合所有的资料做判断真伪、归纳类型、选择重点等工作，这样就将片面真实的发生率降到最低。第三，报告文学是典型的意识形态实践方式，归根到底是用历史的方式演绎思想，报告文学的责任不是告知人而是影响人，所以报告文学作家不仅要在发表前预设下文章被阅读后的效果，更要确保让自己的工作对得起历史。

其次，坚持读者导向，完成向日常生活的转变。报告文学是时代文体，不同的时代赋予报告文学不同的使命。21 世纪以来，中国政治社会处于转型期，这为意识形态色彩浓厚的报告文学提供了肥沃的创作土壤。报告文学作家在这一时期创作出了《集体离婚》《震中在人心》《啼血试验》《代价》等作品批判和反思当下，以启蒙和关怀社会。为什么会说报告文学有长久发展的潜质，原因就在于报告文学是记录这些历史的文体，每一个时代甚至每一天都有可能发生值得记录的事实，报告文学也就有随时都能获得创作的源泉。李春雷的《特殊党费》记述了 2008 年汶川大地震后全国党员纷纷缴纳特殊党费支援灾区的故事；辛亥题材的《一九一一》使百年后的我们对历史进行重新审阅和重估。追忆和记录历史的意义不在于像新闻那样让信息被告知，而在于用文字的形式让时代以它自己本来的面目影响当下的社会。时代的车轮不会停止，未来需要书写的事实不会间断，报告文学需要依循着车轮行走的印记将时代清清楚楚地记录，给当下的生命以警示。

日常生活虽不像伟大的历史事件那样会卷起政治风云变幻，但仍能有影响社会、感怀生命的作用。日常生活离普通的人民、平凡的生活更近，未来，对日常生活的书写足可成为推动报告文学发展的中坚力量。像《“叛徒”何曼》《难回故里——一个台湾老兵的故事》《被上帝咬过的苹果》等作品，主人公都是无名的、普通的人物，但是他们能被称得上是“人物”就是因为这些人身上有整个时代需要的精神和品质。民族感情、亲情、故乡情、对生命的终极思考等不会因为发生对象不同而有巨大差异，日常生活中的人物故事甚至能带给读者更长久的掩卷深思。

最后，发挥自身优势，冲破边缘文体限制。报告文学需要中和新闻和文学两种文体，将意识与事实融合到一起。新闻要求记者和编辑不能将自己的情感意识放进作品中，客观真实是新闻的生命；文学则恰恰相反，作家必须得通过文字表达自己的感受和主张，抒情是文学作品的功能。报告者若是想通过报告文学做一番彻头彻尾的议论抒情，那肯定行不通，报告文学作家的情感只能是以叙述事件的形式含蓄地被表达。虽说报告文学是非虚构或是情感表达含蓄，但是不应为此而影响报告文学情感关怀的表达，这也绝不会成为报告文学被边缘化的理由。就如上述两点所言，只要是全面真实的事件，不管是宏大叙事还是平凡生活的记录，都一样会感人至深。

所以，报告文学的选题可以更加宽广，包括轰动的历史、典型的人物、当下的新闻热点、普通人的生活等都可以成为报告文学的写作对象。在表现上，也可以尝试更多的形式。一切文学创作的表现技巧都可以被吸纳。它完全可以像小说那样情节铺陈扣人心弦，有诗歌那样的赋比兴、电影的蒙太奇，甚至可以像绘画那样留白，这些手法与非虚构并不矛盾，反而在表现力上可以为报告文学作品加分润色。

3. 纪实小说、亚纪实小说与私小说

纪实文学具有非虚构性的特点，是以真人真事为基础，以档案、书信、法庭记录、新闻报道等作为表现形式，通过访问、调查等搜集第一手材料加以概括、提炼、艺术虚构而写成小说。纪实小说被认为是在报告文学的基础上发展起来的。它是一种快速反映客观真实的现实生活的文学样式，所以被有些人称为“报告小说”，是报告文学化的小说，也是小说化的报告文学。纪实文学通常是在真人真事的基础上，加以一定的艺术虚构，但对虚构又有明确的限制。具体说来，纪实文学作品中出现的时间、地点、人物、事件、对话等都必须是在真实世界中确实发生过的，只有人物心理活动可以视情节需要而虚构。例如美国著名非虚构类文学作家特雷西·基德尔的代表作《生命如歌》，讲述了男孩德奥的凄苦的逃亡生活。作者自始至终都用第三人称的语气，以一个旁观者的身份平白地陈述着这个故事，没有太多的波澜，没有所谓的黑色幽默，甚至没有太多的人情温度。他以记录历史反映现实世界、社会、政治、经济等为基础，真实地再现了发生在非洲的两次惨绝人寰的大屠杀，运用其特有的写作手法和文学语言为读者揭开了遥远而恐怖的画卷，向世人重新展示了那段充满血与泪的历史。时空交织的复式叙事结构将两次逃亡交织在一起——第一次是逃离被屠杀的命运，第二次是逃离非人的生活——二者交织更能引起反思，即使能够在人非人的大屠杀中苟延残喘，人仍旧不一定是人。在前后的对比叙述中，我们会发现第一次逃亡成功之后情况并不一定好转，更残酷的事情在等着他，环境的陌生、语言的不通、物质的缺乏、尊严的缺失、精神的煎熬以及持续的暴力。幸运的是主人公德奥总能于生死关头遇到贵人，他无疑是一个幸运儿，只要有任何一个环节衔接不上，德奥就是冷兵器下的死鬼或者只是一具贫民窟里长蛆的肉体。作者使读者在对历史、国家、宗教、种族产生新的认识和理解的同时，表述了自己对于人类的深刻思考。

中国当代纪实小说是在 20 世纪 80 年代中期诞生的。1985 年，刘心武

第一次以“纪实小说”这一名称在《人民文学》第七期上发表《五·一九长镜头》。在这篇作品里，作者将新闻报道、事件评述、哲理分析、逻辑推理等众多的表现方式糅为一体，基本形成了纪实文学的艺术特点。他的另一作品《公共汽车咏叹调》，通过对城市交通问题的透视，富于艺术性地剖析了改革时代中国民众的典型心态，同样引起了广泛而巨大的社会反响，堪称是纪实小说的典范。20 世纪 90 年代，中国纪实小说蓬勃发展。纪实小说不仅写大题材、重大事件、社会热点、名人事迹，也关注小人物、普通老百姓的故事。诸如王惟苏、王晖、尹均生、张增武、邹惠玲等人，他们将西方新的文学思潮和新颖独特的文体及其优秀作品译介进来，对我国纪实小说的崛起起到了积极的推动作用。像《昨天：中英鸦片战争纪实》《重庆谈判》《京华见闻录》《北京人在纽约》《曼哈顿的中国女人》等，都是极负盛名且流传甚远的作品，甚至都被搬上了银幕。

虽然在名称上纪实文学与亚纪实文学只差一字，但是二者却不是同一范畴的概念。纪实小说的“纪实”是对一类文体的总称，概括的是一种体裁作品的非虚构特性。对于某一部特指的纪实小说而言，“纪实”形容的是整部作品的表现方式和整体风格。但是，亚纪实文学则不同。亚纪实中的“纪实”，有两个含义：其一，“纪实”并不指代一类体裁，它指向的范围更窄，只是某部作品其中属于纪实的那部分。其二，可以将“纪实”看作是与比喻、拟人相等地位的一种表达方式。用此来解释张爱玲的《小团圆》片段，尚可说通。“这两个月我一直在忙着写长篇小说《小团圆》，从前的稿子完全不能用。现在写了一半，这篇没有碍语。我在《小团圆》里讲到自己的也很不客气，这种地方总是自己来揭发的好。当然我也不是否定自己。”① ——这种类似电视手段画中画的情节设置，就是将现实世界里的纪实片段移植进小说里。整部《小团圆》不是纪实作品，但这部分确实是真

① 张爱玲. 小团圆 [M]. 台北：台湾皇冠出版社，2009：4.

实发生过的。作者可以选择其他表达方式，比如用词汇的形容，但是她选择了纪实的表述方式，给读者以真实之感，引发观照之情。

如果说亚纪实小说的非虚构表现在对情节内容真实的坚持上，那么私小说的非虚构体现在对心理情感真实的表达。私小说发源于日本，于1920年开始散见于当时的报刊上。对于私小说的概念，日本文坛一向有广义和狭义两种解释。广义的解释是：凡作者以第一人称的手法来叙述故事的，均称为私小说。但人们多数倾向于狭义的解释：凡是作者脱离时代背景和社会生活而孤立地描写个人身边琐事和心理活动的，称为私小说。1945年伊藤整和平野谦又提出了新的说法，认为私小说就是心境小说，并把广义的私小说分为调和型和破灭型两类。他们认为把人从“生活的不安和生存的危机”中拯救出来是私小说的特征。表达“生存的危机感”的，是破灭型；相反，要克服“生存的危机和破灭”，以调和自我作为努力的目标的，是调和型。日本的私小说多数属于后一种类型，但也有不属于这两种类型而仅写自己的私生活的。

私小说是主观上的真实，是经过作者心理过滤带有作家个人感情色彩的真实，并不是纯粹客观真实。在日语里的“私（わたし）”是个非常清晰的定义，即为“我”的意思，也就是指的是“自己”。那么，“私小说”便是一本自我最隐秘部分的展示。所以可以认为，私小说作家的写作不是为了叙述事件，而是为了抒发内心情感。田山花袋的《棉被》是最早的一部私小说，描写了一位已有妻室的中年作家，对年轻的女弟子产生了爱欲，经过一场心灵深处的激烈争斗，女弟子最终悻悻离去的故事。在这样的一本自我揭示隐私的小说中，对于男主角时雄来说，人到35岁，完成了作为人的天然使命——功成名就、娶妻生子，看上去还觉悟到自己的私欲——爱上学生芳子，又因为种种世态人情而道貌岸然地不能抒发自己的爱欲，最终因为无法得到爱欲的满足，同时也因为芳子有了恋人，而使出成年人惯用的诡计，龌龊狡猾地拆散一对年轻人，自己便只能落得拥着芳子盖过的被子大哭的结局。整个故事田山花袋主张摒弃理想，不要技巧，只做客观、露骨的描写。这也是作者最直接地暴露自己，要知道现实生活中作者自己的确有了这么一段真实的不伦之恋。

（三）非虚构性的卷入度与其他非虚构写作

若是要为非虚构写作的非虚构性假定量值的话，纪实小说、亚纪实小说和私小说比不上新闻和报告文学。至少就文本内容的“真实度”这项指标而言，后者的指数远远超过前者（当然，每种文体都有自己的存在价值和魅力，真实度也不是所有文学追求的目标）。笔者也认为，对文学性质的指数定值并不具备任何实际意义，只是借助这种比方提示各种文类的非虚构的卷入程度。

新闻和报告文学是高卷入度的非虚构文体，纪实小说、亚纪实小说和私小说属于低卷入度类，介于两者之间的有诸如日记文学、抒情历史小说、传记等中卷入度的非虚构文体。日记是作者本人对每天所见、所闻、所感、所想，有目的、有选择的记录。在古代日记又称为“日录”“日历”“日谱”“日志”“日谈”“日注”“计日”，也有人称之为“纪略”“纪事”“纪实”“偶记”“余记”“述略”“日游琐识”等。林华编著的《日记文作法讲话》一书曾为日记下过这样的定义：记载个人日常的生活、语言、思想、行动的文字，就是日记。“日记所记的内容重点有别，名称还有很多变化，如记述游历所感的日记，用的是‘纪游’、‘纪程’、‘行记’、‘游录’等；读书考据日记则用‘随笔’、‘笔记’、‘笔略’、‘札记’等名称；工作日记则称为‘侍行记’等；战难日记会称为‘北征录’、‘备尝记’等”①。日记体小说是以日记形式作为小说基本结构的小说类型。它不仅对日记的形式进行了借鉴，还拥有了日记的写作动机、叙事角度和意义效果等。中国19

① 邹振环．日记文献的分类与史料价值［J］．复旦史学集刊，2005（1）．

世纪末20世纪初，“五四”时期日记体小说臻于繁荣，至今，网络日记和小说如火如荼地发展。这类小说在叙述方式上多采用第一人称，以日记主人公所见、所闻、所感的方式叙述事件、展开情节、刻画人物，如鲁迅的《狂人日记》、茅盾的《腐蚀》等。丁玲的《莎菲女士的日记》记录了莎菲从某年十二月二十四日到次年三月二十八日这段时间内的人生经历。把莎菲波澜起伏、矛盾重重的内心世界表现得复杂生动、真实可感，字里行间充盈悒郁、感伤甚至绝望的灰冷的调子，令人心灵为之战栗。《莎菲女士的日记》的创作源于生活，作品中的人和事大多是丁玲经历或看见过的。没有生编硬造的情节，没有悬空虚构的人物，作家从生活中撷取人物和事件，用自己的理想、信念和感情去刻画、去塑造。“莎菲”这个人物内在心理矛盾并不是一个个体的内心状态，她的身后是一整个时代，以及那个时代新女性普遍具有的心理特征。随着时代发展，社会文化的变革也带动了日记体小说文本风格的改变。杨红樱以自己亲生女儿生活为蓝本创作的《女生日记》，就是以日记的形式描绘了六年级女生冉冬阳从小女孩成长为少女时生理、心理的微妙变化过程。作者以生命意识观照生活，把女孩子渴望长大又害怕长大的矛盾心情刻画得入木三分，展示了当代少年儿童成长的快乐和烦恼。

传记与日记文学有许多相似之处，比如都是记叙某一人物的具体故事，差别在于，日记文学是非虚构别人（虚构出的人物或是将作者真实故事嫁接入故事主人公），而传记是非虚构现实。传记非虚构现实的过程可以看作是解释当下生活。传记“不仅明察以往人类生活的宏图大业，也洞悉其细枝末节”，“对读者来说，传记的直接吸引力是双重的：在搞清‘到底发生了什么事’的时候，它投合我们对人的个性的好奇心和了解事实真相的兴趣。当然，两个方面是很难分开的，它们覆盖的道德光谱幅度很宽而且很复杂”。①

---

① 谢尔斯顿. 传记［M］. 李文辉，尚伟，译. 北京：昆仑出版社，1993：4.

在表现手法方面，传记是以历史上或现实生活中的人物作为描写对象，所写的主要人物和事件必须符合史实，不允许被虚构。但在局部细节和次要人物上则可以运用想象或夸张做一定的艺术加工，但这种加工也必须符合人物性格和生活的特定逻辑。《最后的贵族——张爱玲》的作者胡辛就在后记中这样写道："还原一个真实感的张爱玲！然而，谈何易!? 关于张爱玲及家族的资料并非丰富与翔实。好在张爱玲自己说过，'在文字的沟通上，小说是两点之间最短的距离。就连最亲切的身边散文，是对熟朋友的态度，也总还要保持一点距离，只有小说可以不尊重隐私权。但是，并不是窥视别人，而是暂时或多或少认同，像演员沉浸在一个角色里，也成为自身的一次经验。'张爱玲还说，'写小说的间或把自己的经验用进去，是常有的事。至于细节套用实事，往往是这种地方最显出作者对背景的熟悉，增加真实感。作者的个性渗入书中主角的，也是几乎无不少避免的，因为作者大都需要与主角多少有点认同。'我正是从张爱玲的小说和散文中寻觅真正的张爱玲的处境和语境，也许事倍功半，吃力不讨好，但我宁愿仅当编写者，也不愿撕碎张爱玲的语言纤维，不愿搅混原状原汁的人生况味。"①

通常情况下，非虚构和虚构被当成一组对立的概念看待。其实，这两者完全可以在具体文本中达到统一。在西方，自亚里士多德以来的本质论诗学中，判定叙事文学的文学性的根本标准是虚构性，小说就是现代虚构叙事文体的代表。在中国的小说史研究中，鲁迅得出"唐人始有意为小说"之结论的根据也是作家虚构意识的自觉。但是，历史抒情小说不仅不有意去虚构，而且在叙述方式上毫无保留地排斥了虚构性。

（四）非虚构写作的性质

学界通常认为，新新闻主义作品出现于20世纪50年代，标志性事件是

① 胡辛．最后的贵族：张爱玲［M］．南昌：二十一世纪出版社，1995：380.

1952 年美国《纽约人》杂志发表了莉莲·罗斯用小说形式写成的报道《影片》。此后，类似新新闻主义的实践逐渐扩大，涌现出一批写新闻体小说的记者。以汤姆·沃尔夫、诺曼·梅勒、杜鲁门·卡波特、琼·迪迪恩、吉米·布雷斯林为代表的一大批人都将这种全新的报道理念付诸实施，令其在文学界和新闻界大放异彩。新新闻主义成为西方一个反传统的新闻学流派是在 20 世纪 60 年代。“70 年代，新新闻的践行者汤姆·沃尔夫完成了新新闻主义理论总结，他于 1973 年与 E. W. 约翰逊出版的《新新闻主义》一书为这种新兴的现象正了名。”① 他认为传统的客观性报道已经无法真实地展现错综复杂的现代社会，主张记者应该花大量时间深入采访，记录人物的对话和行动，并在自己的作品中表现出来。这种将散文记事的手法引入新闻报道中，极大地丰富了新闻媒体的表达范式，消解了无趣刻板的撰写文风。“1979 年普利策奖颁奖委员会开始为新闻特写设置奖项，《巴尔的摩晚太阳报》（*Baltimore Evening Sun*）的科普作家乔恩·富兰克林（Jon Franklin）获此殊荣。该奖项一直延续至今。随后，新新闻主义的影响开始传入欧洲。当时，法国、英国、西德、瑞典、苏联等国家的不少作家纷纷深入到工厂、学校、农村去体验生活，进行实地调研，陆续推出了一批富有影响的纪实性报告文学，继而出现了‘六一社’、‘七零社’等倡导纪实文学、报告文学写作的文学流派。”② “20 世纪 90 年代，新新闻主义在市场竞争的压力下重新出现在人们的视野中，但这种身份的缺失并未根本改善，因为其复活并不是基于其身份合法性，而是一种权宜之计。常见的理由是，‘随着90 年代的到来，读者对‘描写手法’的兴趣再度高涨……‘描写性新闻’可读性更强……。而新闻媒体的竞争对手都是极难对付的高手。电视、好莱坞电影，如今又多了交互式的电脑游戏。’独立撰稿人唐·富莱认

① 徐孜望. 新新闻主义研究：理论沿革、历史贡献及发展趋势［J］. 前沿，2008 (12)：167－169.

② 王莉. 西方新新闻主义特征与现实价值考证［J］. 长江大学学报（社会科学版），2013 (1)：189－191.

为在这种情况下，编辑会登载任何能把读者重新吸引回来的东西。”①

新新闻主义，或称其为“新新闻”“创造性非虚构小说”“文学性新闻”，还有人称之为“新新闻体”或“新新闻报道”等。有人说：“‘新新闻主义’一词最早由马修·阿诺德（Matthew Arnold）在1887年提出，用以描述《帕尔摩报》（*Pall Mall Gazette*）一种活泼且个性化的写作风格。”② 还有人说：“‘新新闻主义’一词起源于19世纪初叶的美国新闻界。以普利策为代表的一批美国报业巨头为争夺读者、强占市场而发起了一场规模空前的新闻改革运动。明确提出新闻报刊的三个价值取向：趣味性、刺激性和教育性。趣味性就是普利策提倡的一种简洁、精练、通俗的文风，使报纸的可读性得到加强；刺激性就是要以耸人听闻的新闻手段去刺激读者的感官系统；而教育性就是要向公众不断揭露社会弊端，伸张正义，提出改良社会的方向，担负起教育读者的使命。‘新新闻主义’就是在这样的背景下诞生的，它最初的涵义是‘通过改进新闻写作和版面编排，使用大字标题和插图，以及内容的通俗化来迎合广大读者的兴趣’。”③ 康纳里（Connery）界定：“文学性新闻，也被称作‘非虚构小说’、‘新新闻’或‘艺术新闻’，它采用散文的笔法书写真实、现时的事件。它在风格、功能、主题、认识论上均不同于传统报纸和杂志的新闻报道。”④ 李良荣是这样介绍新新闻主义的：“倾向于纪实的形式，倾向于个人的坦白，倾向于调查和暴露公共问题，倾向于作者。”⑤ 对于新新闻作者而言，他们不是在纯客观地观察与报道新闻事件，而是“将自己变为作品中的主角，就像一个当代地狱之行的

---

① 楼坚. 新新闻主义的复活［J］. 新闻大学，1995（4）.

② 王莉. 西方新新闻主义特征与现实价值考证［J］. 长江大学学报（社会科学版），2013（1）：189－191.

③ 埃默里 M，埃默里 E. 美国新闻史：报业与政治、经济和社会潮流的关系［M］. 展江，殷文，主译. 北京：新华出版社，2001：12.

④ CONNERY T B. A sourcebook of American literary journalism：representative writers in an emerging genre［M］. NewYork：Greenwood Press，1992：3－19.

⑤ 李良荣. 西方新闻事业概论［M］. 上海：复旦大学出版社，1997：69.

导游"①。在极具影响的《新新闻主义》一书中，沃尔夫称新新闻主义就是记者在报道时以真人真事为基础，采用小说的一些技巧，包括从传统的对话到现代主义意识流等小说特有的手法，对事件进行生动的叙述和分析。可见，新新闻主义就是新闻报道和小说技巧的一种结合。它的基本特点是"运用记者自己的感受和访问手法从人物内心获得对某一事件的观点，而不是依靠一般采集材料，提出老一套问题的手法，它把重点放在写作风格和描绘方面"②。

各种理解大致可以归纳为三点，来描述以新新闻主义为代表的非虚构写作的特点。

第一，它具有新闻性。五个 W——who、where、when、what、why（何人、何地、何时、何事、为何）是新闻最核心的部分，在文本表述中必须明确落实，不能捏造，也不能夸大或是歪曲。新新闻主义的作品无论表达方式如何变化，归根结底都是在做新闻报道，即告诉人们新近发生的事件。对于新闻而言，真实就是生命。从新闻的内在要求看，真实是新闻的首要标准和第一选择；离开了真实，也就无所谓新闻。五个 W 中任何一项存在丝毫的虚构，都将违背新闻的内涵。普利策新闻奖所设的特稿奖间接表明了对新新闻主义报道方法的肯定。新新闻对所描述事实的准确性要求很高，力图在对真人真事的描述中"寻求几乎是超过可能的更大真相"③，做到"比嚷嚷大叫翔实的传统新闻更翔实可靠"④。另一方面，许多新新闻主义作家出身于记者，其中包括诺贝尔文学奖和普利策奖获得者欧内斯特·米勒尔·海明威（Ernest Miller Hemingway）。记者的职业经历造就出他们简洁、

---

① 霍洛韦尔. 非虚构小说的写作［M］. 仲大军，周友皋，译. 沈阳：春风文艺出版社，1988：12.

② 埃默里 M，埃默里 E. 美国新闻史：报业与政治、经济和社会潮流的关系［M］. 展江，殷文，主译. 北京：新华出版社，2001：34.

③④ 彭家发. 新闻文学点线面：译介美国近年的新派新闻报道［M］. 台北：台湾业强出版社，1988：23.

富于表现力的语言风格，并且他们作品的内容包含浓浓的生活气息。学者安冬认为，海明威“战前新闻工作养成的言简意赅和简洁精悍的电报式写作由于描写人心理和精神世界的需要逐渐演变形成了他疏密有致简练但不失细腻的风格，既有洞悉人心理的圆润之笔，又有对过渡性情节概括清晰的记叙。与其后兴起的新新闻主义所倡导的写作要义不谋而合，成为新新闻主义先锋之一”①。他的代表作《老人与海》讲述了古巴老渔夫圣地亚哥在连续八十四天没捕到鱼的情况下，终于独自钓上了一条大马林鱼。但这鱼实在太大，小船在海上拖了三天，老渔夫筋疲力尽，于是他把鱼杀死绑在小船的一边。在归程中，他遭到一条鲨鱼的袭击，最后回港时大马林鱼只剩鱼头、鱼尾和一条脊骨。而在老圣地亚哥出海的日子里，他的忘年好友一直在海边忠诚地等待，满怀信心地迎接着他的归来。

他是个独自在湾流中一条小船上捕鱼的老人，已到那里去了八十四天，但一条鱼也没捕到。头四十天里，一个男孩跟着他。可是，过了四十天都还没捕到一条鱼，男孩的父母就说，这个老头如今真是“霉登”了，也就是倒霉透顶之意。于是这孩子就听从父母的意见，跑去了另外一条船。一换地方，头一个礼拜就捕到了三条好鱼。这孩子看见老人每天回来时，船总是空荡荡的，觉得有些难过。一见老人回来，他就走下岸去，帮老人拿卷起的绳索，或者鱼钩和鱼叉，还有绕在桅杆上的船帆。帆上用面粉袋的布片打了些补丁，收拢后，看起来，像是一面意味着永远失败的旗子。②

文章的开头简洁平实，却真实深刻。

“圣地亚哥，”这一老一小从小船停泊处爬上岸时，男孩子对他说，“我又能陪你出海了。我们家里挣了点钱。”

① 安冬. 海明威创作中的“新新闻学”因素［J］. 青年记者，2007（Z1）：85－86.

② 海明威. 老人与海［M］. 贺宏亮，王庆誉，译. 成都：四川文艺出版社，2017：1.

是老人教会这孩子捕鱼的，所以男孩很亲近他。

“不好吧，”老人说，“你碰到一条运气好的船，你就该跟他们一起。”

“你该记得，你有一回八十七天都钓不到一条鱼，但是跟着有三个礼拜，我们天天都逮住了大鱼了。”

“我记得，”老人说，“我知道你不是因为没有把握才离开的。”

“是我们父母叫我回去的。我是儿子，只能听他们的。”

“我知道，”老人说，“是该这样子的。”

“主要是我爸爸觉得没有太大把握。”

“是啊，”老人说，“但是我们有把握，不是吗？”

“是的，”男孩说，“我等会儿请你到露台酒馆去喝两杯啤酒，然后我们一起把那些打鱼的工具搬回去。”

“好的，”老人说，“打鱼的都是一家人。”①

海明威通过新闻直接引语式的书写方式将故事巧妙展开。这样的简洁风格，也体现在包括人物白描的细节描写上——“老人消瘦，而且憔悴，脖颈上都有些很深的皱纹。腮帮子上还有些老人斑，那是太阳在热带海面上反射的光线引起的良性皮肤色变。斑痕从他脸的两侧往下蔓延。他的两只手，因为常用绳索去拉那些大鱼，留下了很深的伤疤。但是这些伤疤中，没有一块是新的，它们就像水土流失了的干涸沙漠那么久远。他显得苍老，但是那双眼睛却像海水一般蔚蓝，愉快，不服输。”② 读上去，就像新闻作品中的深度报道一样，内容明确，语言中肯。正如海明威自己在谈到《老人与海》时说的，这部小说“本来可以写成一千多页那么长，小说里有村庄里的每一个人物，以及他们怎样谋生、怎样出生、受教育、生孩子等等的一切过程。但结果，小说却被作者浓缩进只有五万多字，小说仅集中描

---

① 海明威．老人与海［M］．贺宏亮，王庆誉，译．成都：四川文艺出版社，2017：2－3.
② 海明威．老人与海［M］．贺宏亮，王庆誉，译．成都：四川文艺出版社，2017：1－2.

写了圣地亚哥在海上捕鱼的惊心动魄的三天”。

第二，非虚构写作具有文学性。新新闻主义不同于传统新闻理念。传统新闻理念强调报道的客观性，以事实说话，反对在新闻中夹叙夹议，加入主观情绪。其基本原则是“单纯的纪事，意见必须与新闻分开”①。要求不仅新闻内容实事求是，报道手段也要公正客观。而新新闻报道者却指出，“记者与作家的混合才是新闻的新哲学，只有用艺术手法写新闻，才能高于事实，进行真正的艺术概括”②。他们认为，文学性新闻追求的是意义，不像传统新闻只在说明事件。在新新闻主义者看来，这种艺术的报道方式不仅是一种形式，也是一种自觉的、主观的、直觉的、浪漫的体验。其写作更强调可读性与感染力，主张通过戏剧性的场景、完整的对话记录、对人物的细致刻画、深入细致的心理和背景分析、角色拼合等方式启发读者的想象力。他们受虚构文学的影响很大，会大量地运用多维的叙事结构、丰富的人物对话以及充分的细节描写等小说技巧于新闻报道写作中。所以，我们能感受到在新新闻报道里，洋溢着浓郁的小说化气息和主观性色彩，甚至走着由事实转向虚构的道路。从某种程度上来看，新新闻主义可以被看作是新闻学向文学传统的一个回归。比如，诺曼·梅勒的代表作《夜幕下的大军》。1967 年 4 月在纽约爆发了有 25 万人参与的反战游行，此后美国人民的反战情绪日益高涨。同年 10 月，美国各种反战力量在全国动员同盟委员会的组织下举行了声势浩大的向五角大楼进军的示威游行。梅勒也参加了这次反战行动，他用新新闻报道体的形式详尽记录了这次活动。诺曼·梅勒通过副题称该部作品为“作为小说的历史，作为历史的小说”③。在“作为历史的小说”部分，他以第三人称的方式记载了自己参加活动三天的经历；第二部分“作为小说的历史”则引用了大量的报刊报道，以历

① 施拉姆，波特．传播学概论［M］．陈亮，周立方，李启，译．北京：新华出版社，1984：7.

② 甘惜分．新闻学大辞典［M］．郑州：河南人民出版社，1993：81.

③ 缅杰利松．当代美国文学探胜［M］．傅仲选，译．上海：上海译文出版社，1994：297.

史家的口吻还原了他不在场的现场事实，使读者能够更全面地看待这一场反越战游行示威。上下两部分，历史和小说、现实和想象、写实和虚构交织在一起，展现了20世纪60年代美国的政治图景。

第三，具有亚文化性。20世纪60年代，越南战争、太空探险、政治谋杀等事件动摇了人们传统的生活信念，诱发了人们道德风貌、生活方式、人生态度的巨大改变。人们亟待寻求一种表达——直面人生，正视现实。完成这个重任的不是小说家，而是新闻记者。很多新新闻主义者都钟爱“亚文化”题材，为彼时的美国新闻界带来了一股清新的空气。杜鲁门·卡波特、诺曼·梅勒、汤姆·沃尔夫就是其中最具影响力的。这三位美国当代著名记者，他们的创作思想和作品影响了一大批作家，造就了新新闻主义队伍。

1965年，杜鲁门·卡波特提出了“非虚构小说”的概念，并出版了代表作——《冷血》。以诞生于美国的非虚构小说来看，诸如《冷血》这样的作品都是从20世纪60年代充斥着冲突和动荡的美国社会中来的。那个对小说的生命产生疑虑、对文学的兴趣不高涨的局面，中国文学同样经历着。与时代的激变同时发生着的是，虚构小说显得仓皇和无意义，它们距事实太远，不能满足读者审美层次的需求。20世纪后半叶，美国作家对美国大部分现实生活再描绘，使其变得真实可信。事实不断扩大他们的写作天赋，非虚构作家几乎每天都可以抛出一些使任何小说家都感到羡慕的人物形象。《冷血》讲述了一起真实的凶杀案件及其侦破、审判的始末。凶杀案发生于1959年11月14日的美国堪萨斯州。当时的《纽约时报》对此做了报道。作为小说家的杜鲁门·卡波特对此案产生了极大兴趣。案件发生后不到三天，他就赶到事件发生地——豪康镇，在那里，他做了大量采访，包括克拉特一家的友人、邻居，并向当地警察追寻新闻线索。此后的五年半时间，他都在努力完成这部《冷血》。全书分为四大部分：“死神来临前夕”“不明人士”“水落石出”“角落”。吸引读者的疑问，也是作品的线索——凶手佩里·史密斯与理查德·迪克的杀人动机是什么？假如是谋财，凶手一开始根本不确定克拉特一家是否有保险箱，即使有也不知道有多少钱（事实上，后来只翻出了不足五十美元）；假如是寻仇，凶手与受害者一家素不相识；假如是为色，死者的女儿也并未遭到凌辱。但是，卡波特“告诉”了，佩里幼年家境贫困，父亲为养家糊口终日辛劳，父母感情不和，母亲酗酒，与他人鬼混，父母离异，他没有得到过家庭的温暖，姐姐害怕他一直躲得远远的。渴望爱却得不到爱的孤独者佩里走上不归路，他的家人有着不可推卸的责任，他们也是“冷血”的。卡波特用事实暗示我们，造成该事件的真正原因其实是无情的社会。

诺曼·梅勒1968年和1979年凭借相继问世的《夜幕下的大军》与《刽子手之歌》两度获得普利策奖。《刽子手之歌》记述了一位1977年被枪决的杀人凶手的故事。作者从吉尔摩的情人、朋友、亲戚、上司，从警察、看守、法官、律师、精神病专家和记者那儿获得了大量的第一手资料，细腻地再现了吉尔摩痛苦扭曲的世界。许多人认为它可以和卡波特的《冷血》相媲美，将这两部作品视为新新闻主义的双璧。它们相同之处都不仅仅是叙述一个犯罪故事或是人物，而是抱着表达意见的态度来审视社会，甚至带有反叛和抵抗性。《夜幕下的大军》直接以反战为主题，亚文化性不言而喻。

汤姆·沃尔夫1968年出版的《电冷却器酸性测验》，“描述了一位沉醉于毒品‘享受’的‘鄙德派’小说家肯·凯西与一帮‘快乐的诙谐汉’的摇滚乐团漫游德克萨斯以及南部各州后又回到纽约的经历。沃尔夫以一个亲身参加者的身份耳闻目睹了‘嬉皮士运动’最初是怎样开始的。全书运用谈话记录、磁带录音、照片、信件和日记等文献资料制作成反映青少年中新的一代亚文化群的图像——吸毒、摇滚乐、新款式的时装，这是汤姆·沃尔夫对探索新新闻主义的一种新艺术形式所做出的大胆尝试”①。

---

① 张素珍. 纪实小说：国际性的文学现象：兼评美国的新新闻主义和中国的纪实小说[J]. 外国文学研究，2003（3）：154－158.

除了题材选择上的亚文化倾向外，以新新闻主义为代表的非虚构写作还表现出表达方式的反叛性。20 世纪 60 年代的美国社会中充斥着反理性、反权威、反正统、反约束的社会情绪，尤其是青年一代出现狂热摇滚、吸毒、性泛滥等违背正统社会约束的行为方式。他们以否定传统社会的理性和制度来确立自己的生存方法。他们背离了原本的生存轨迹，同样放弃了传统的新闻报道方式，因为传统的新闻报道总是以权威、全知的面目呈现。新新闻主义的到来正是对这种话语霸权的挑战，“认为它不足以反映现实，只是一种皮毛的梳理，并不能反映出时代的灵魂痼疾。外部的压力也是新新闻主义发展的另一个因素。由于电影和电视快速发展带来的威胁，报纸杂志感到了空前的压力，意识到了对新闻报道进行革新的必要。由于报刊不能像电视那样及时地反映事件，记者们只能借助文字描述的优势，更细腻、更深入地挖掘事件的发展和人物的思想。同时，遭受电视新闻媒体轮番轰炸的观众也开始对电视新闻报道的真实性表现出极大的怀疑。他们渐渐发现电视新闻并不都像他们宣称的那样客观。电视造就的只是一个虚拟世界，一个并不真实的世界。电视报道似乎切断了他们与事件和人物的个人联系。他们感到需要与事件和人物有更深入的个人交流。这时，以深入事件和人物、强调个人交流、揭示人物内心等为特点的新新闻主义作品便获得了读者的欢迎和青睐”①。

第四，强调人与社会的意识。在新新闻主义作品中，记者不再是冷静、客观、不加入任何主观意识的报道者，而是试图与被采访者建立联系并对其经历投入理解和观照的人。“新新闻主义者不求显示自己无所不知，是事件的内幕人；相反，他在作品中往往表现自己从无知到了解的过程，并在这个过程中，挖掘表面现象后的根源”②。就像卡波特与《冷血》的主人公佩里，两者的身世、背景、性格有许多相似之处。他们都来自暴力、酗酒

① 吴燕. 新新闻主义的发生学探微［J］. 学海，2000（5）.

② 王春泉. 现代新闻报道形式及其写作［M］. 西安：西安出版社，2001：30.

和有自杀行为的家庭。卡波特的母亲是个“少女妈妈”，生下他时才 17 岁，他出生不久就被寄养到亲戚家，直到 9 岁才被改嫁到纽约的母亲及有钱的继父领回抚养。佩里的父亲为了养家糊口，整日四处奔波，甚至经常做一些非法交易，根本就没有任何时间来教育孩子。母亲更是一个不称职的人，嗜酒如命，整日与他父亲争吵，甚至在他父亲出远门的时候在家中与几个水兵“作乐”，还与一个黑人帮工在家偷情。相同的成长经历造就他们性格的共通，敏感、缺乏安全感、强烈自尊，同时极度自卑。克拉特先生之死便很有可能是这样的一种情形。佩里形容自己是“特殊”的，卡波特自称是“天才”。他们都极力掩饰自己的缺陷：佩里用和人群对决的方式自毁，谋杀别人，断送自己；而卡波特却强忍厌恶，作为公开的同性恋者，热衷于参加各式“上流社会”的聚会，是纽约名流派对圈的活跃分子。在和佩里的长期接触中，卡波特难免会从他身上看到自己，并重新审视自己的生活。试想，如果他没有一张好看上镜的脸，一张善于迎合取巧的嘴，又如果他不是生活在繁华时尚的纽约，如果他没有遇上发小哈珀·李那样耐心帮助他的工作同伴，或许，他和佩里很有可能便是殊途同归。这印证了电影《卡波特》中的那句经典台词：“佩里和我好像是在一个屋子里长大的。有一天他从后门出去了，而我走了前门。”

通过对单一事件或人物的书写来观照社会，也是非虚构写作的特性之一。“无论是汤姆·沃尔夫基于一个社会学者的理性，还是亨特·汤普森（Hunter Thompson）的放浪形骸，作为个人，他们仅有的、但恰恰也是最触及新新闻主义精神实质的交集在于：社会意识”①。亨特·汤普森从体育和政治入手，几十年来一直深入美国文化的心脏，把握社会的脉搏。他的作品用语犀利，直指美国社会和政治的丑恶面。在美国“9·11”惨剧发生 24 小时后，亨特·汤普森写了一篇题为《在美国的恐惧和嫌恶》的文章，准

① 霍文利. 论新新闻主义的核心价值：以汤姆·沃尔夫的杰弗逊演讲为线索［J］. 现代传播，2007（1）：151－153.

确地预言了布什对外发动战争的必然性，真实地把握住了美国全民的悲痛、对人类和平的忧虑。

报告文学也是具有鲜明社会意识的非虚构文体。报告文学是近代文化转型的产物，是启蒙文化的伴生物。“在中国报告文学史上，特显光彩的有两个时段，一是30年代，二是80年代……新时期的报告文学，是对30年代为发端的自立期报告文学的承绍呼应与反拨超越。承绍呼应的主要是30年代报告文学关注民主生存图景，积极介入现实生活的基础精神，新时期的报告文学在对现实多向的富有的深度的参与中，充分实现着文体的自身价值，反拨超越的是政治文化制导期由于政治对报告文学的过度遮蔽而造成的自主性的失落。”① 章罗生在其著作《中国报告文学新论——从新时期到新世纪》中阐述，“中国报告文学在观念、性质方面，完成了从‘旧三性’到‘新五性’的革命变革”②，具体说来报告文学是实现了从传统的“新闻性、文学性、政论性”到“主体创作的庄严性、题材选择的开拓性、文体本质的非虚构性、文本内涵的学理性和文史兼容的复合性”③ 的转变。这个概括不仅包含了中国报告文学作品文体的发展和流变进程，也涵盖了报告文学理论研究者对这一文学体裁深入认识的过程。自20世纪80年代，从黄济人等人“以长篇重武器向报告文学‘轻骑兵’的传统观念提出挑战”和“‘苏晓康模式’对‘新闻性’、‘文学性’的挑战”，到以叶永烈为代表的史传报告文学家将“报告文学题材从‘现实’全面扩展到了‘历史’”，作品的原创性和开拓意义被提升到了报告文学审美标准的高度。伴随着报告文学向“人学”的回归，在20世纪末涌现出的一大批报告文学作品已明显表现出文学性与理性之间的矛盾被化解的迹象，这时期的报告文学在文

① 丁晓原. 文化生态视镜中的中国报告文学［M］. 上海：复旦大学出版社，2008：18.

② 章罗生. 中国报告文学新论：从新时期到新世纪［M］. 长沙：湖南大学出版社，2012：9.

③ 章罗生. 中国报告文学新论：从新时期到新世纪［M］. 长沙：湖南大学出版社，2012：2.

学的感性与客观社会及文学批判用意的理性中间找到了一个平衡点，即题材更加开放的选择和高度融合文史哲的理性精神。例如《马家军调查》不仅具有一般文学作品的生动形象，也因为富含深刻的问题意识而使其具有很强的“文化启蒙和理性批判精神”。经过20多年的探索和积累，21世纪以来的中国报告文学已更加丰富和多元，一方面体现在新作品数量之庞大并保持增加之势，另一方面也源于创作者不断挖掘写作对象和勇敢地尝试各种表达技巧。如果将21世纪后的中国报告文学比作一座园林，就算达不到雄伟气派或是百鸟争鸣，却总能算得上郁郁葱葱、精彩纷呈。通过对新时期到21世纪这段时间内中国报告文学作品分阶段的梳理，可以看出每个时代的报告文学都有着独一无二的特点。作为文化的具象表现形式，文学作品具有“意识形态实践活动的主题建构”① 功能，尤其是对于报告文学这类将建构意识形态作为最重要任务的文艺表现形式而言，意识形态的时代性与作品创作的每个关节息息相关、紧紧相连。从新时期的《人妖之间》和《西部在移民》，到《北京保卫战》和《中国农民调查》等21世纪报告文学，每一部作品无不烙着深深的时代印记，反思过去和关注现实与生命等一系列意识形态都被融入文字。

① 赵一凡，张中载，李德恩．西方文论关键词［M］．北京：外语教学与研究出版社，2006：592.

第二章 | ◆

非，之于非虚构

最能描摹非虚构文体独特性的是非虚构之“非”，我们对非虚构本质的认识关键也要落实到对“非”的探讨上。非虚构中的“非”，逻辑上代表的是对虚构的否定。同时，“非”也象征着对某种意指的肯定，即象征着非虚构写作精神内涵的元素。本章将围绕非虚构的“非”展开讨论，深入非虚构文类中最重要的两个文体——新闻和报告文学，结合具体例证，试求把握非虚构与新闻、非虚构与报告文学、新闻与报告文学之间的异同，以期抓住非虚构的两个面向。

我们使用“非虚构文学”这个名称，就是指 20 世纪 60 年代以后出现的以美国新新闻主义为代表的文学作品类型，作为对舶来品的命名，它很容易使人产生混乱。基于文学传统的中国非虚构文学，则是根据素材的真实性和虚构文学划清界限。非虚构文学是非虚构的一个方面，非虚构性是非虚构的最重要的性质，非虚构文学是以非虚构写作方式为主要创作和表达方式的文学文类。本章将从中国现当代非虚构文学的混乱现象入手，对非虚构文学的“非”进行深入剖析，对以《人民文学》《钟山》等为代表的中国非虚构文本进行梳理和分析，讨论中国非虚构文学的内核和指向。

一、非虚构与新闻

人们谈论起非虚构写作时，很容易就联想到新闻。我们需要关注两件事情：其一，非虚构写作与新闻存在联系，甚至是密切的关联；其二，非虚构写作与新闻究竟是怎样的关系。关于第一点，共识是比较明确的。新闻学研究者也支持“非虚构写作发端于新闻”的说法。现实中，许多非虚构写作作家都是记者出身，比如苏晓康、张胜友，他们新闻的知识背景势必也会影响到文学创作。甚至有人说，“记者与作家的混合才是新闻的新哲学，只有用艺术手法写新闻，才能高于事实，进行真正的艺术概括”①。

事实上，作为广义上的文学类型的一种，新闻在创作方面与小说等其他文学形式确实有许多关联。根据通用的定义，我们可以理解新闻是对新近发生的客观事实的反映。新闻是第二性的，而客观事实是第一性的；事实在前，新闻在后；有客观事实，才有新闻。然而，新闻并非客观事实本身，客观事实本身不会自动转化为新闻，它只有经过“反映”，即记者的发现、报道之后，才能成为新闻。如果没有人去传播，客观事实无论怎样实在、怎样重要，它毕竟只是客观存在，只会默默无闻。新闻是作者根据客观事实加工制作的，是对事实的报道；纯粹的客观应该说是不存在的。所以说，没有客观事实，就没有新闻；反过来，没有“反映”也没有新闻。所谓“反映”，其实是一种认识和评价，这种反映是能动的，而不是被动的。新闻反映的社会生活，是经过记者的头脑过滤了的社会生活。因为，面对大千世界，你可以报道这个事实，我可以报道那个事实，这个过程本

① 甘惜分．新闻学大辞典［M］．郑州：河南人民出版社，1993：81.

身就是一种主观选择。狭义上理解，非虚构写作通常是非虚构小说。建立在这种认识基础之上，非虚构写作与新闻是一对和而不同的概念。新新闻主义是新闻性和文学性相结合，并在此基础之上创造出自己的艺术个性。它与一般意义上的新闻有着千丝万缕的关联，却也有各自完全不同的品格。具体说来，可以从以下三篇通讯、解释性新闻报道和非虚构小说来例证。

《中国青年报》2014 年 12 月 12 日登载的通讯——《南京大屠杀死难者国家公祭仪式 12 月 13 日上午在南京举行》："今年 12 月 13 日是首个南京大屠杀死难者国家公祭日。当天上午，党和国家领导人将出席在侵华日军南京大屠杀遇难同胞纪念馆举行的国家公祭仪式。中央人民广播电台、中央电视台、中国国际广播电台将进行现场直播，人民网、新华网、中国网络电视台、中国网也将同步直播。"这就是典型的新闻通讯报道，要求以事实说话，它篇幅短小、语言精练，具有真实性、针对性和时效性。

与通讯相比，解释性新闻报道篇幅更长，它又是运用背景材料来分析一个新闻事件发生的原因、意义、影响或预示发展趋势的一种新闻报道。侧重于说明新闻事实的来龙去脉，阐述事实发生的原因、结果以及相关事物之间的联系。以《现代快报》2014 年 10 月 10 日对雾霾的报道为例：

> 秋天到，人们担心的雾霾又要来了。不过昨天，江苏却意外地抵抗住了京津冀地区的"霾干扰"，13 个市的空气全部良好。但是环保专家表示，等到 12 日，受一股冷空气影响，京津冀地区重污染天会趋于结束，但那时污染团可能会出现东移，反而对江苏产生影响。
>
> 还记得前晚的"红月亮"吗？江苏各地的网友拍到的清晰图片刷爆了朋友圈。而此时，身陷霾伏的京津冀地区的网友只能"盗图"，他们幽怨地说："该死的雾霾天，红月亮变成毛月亮了，我只能借用南京小伙伴的图片了。"
>
> 应该说，这段时间南京的空气也是不错的，不仅蓝天白云，

中午还艳阳高照，好空气和好天气终于合为一体。即使在华北地区遭遇重霾影响的情况下，南京也是“风景独好”。

截至昨天下午5时，南京的空气污染指数为74，良好，主要污染物是PM10。而昨天不仅仅是南京，江苏13市的空气都很好。省环保厅发布的空气质量状况显示，昨天江苏空气均良好，AQI污染指数在52～93之间，由于照射强度大，13省辖市中10个城市首要污染物表现为臭氧。

昨天，京津冀地区大范围雾霾，为什么没有波及江苏？省环保厅专家表示，此次污染范围主要集中在京津冀，华北地区主要受稳定天气控制，污染物也是快速积累。首先在河北、河南形成较大面积区域性污染，随后范围进一步扩大，乃至整个京津冀以及周边受到重污染。由于京津冀空气相对静稳，并没有对江苏空气产生影响。但是环保专家表示，等到12日，受一股冷空气影响，京津冀地区重污染天会趋于结束，但那时污染团可能出现东移，反而会对江苏产生影响。

江苏此次没有受到雾霾影响，但却不敢放松警惕。@江苏环保发布微博：“秋天早晚温差大，雨水又少，大气层结太过稳定，在无风的日子里很容易出现雾霾，应提前做好防范。”省厅专家表示，江苏的雾霾天多集中在10月底和11月初，那时候江苏也进入了秋收季节，秸秆焚烧也会抬头。目前江苏各地的秸秆禁烧工作已经启动。

可以看出，这类写作方式是一种解释或者分析，它是一种加背景给新闻揭示更深一层意义的非虚构叙事。记者，即非虚构创作主体切实参与其中，他们的思维与意识也深藏其间。非虚构小说是作者参与程度最高、主观意识最强的一类非虚构写作方式。在非虚构小说作品里，作者身份通过全知视角显示出来，甚至在有些作品里，创作主体作为故事人物出现在叙事中。比如，《中国，少了一味药》中：

二〇〇九年底，我照常到三亚过冬。居处离海很近，终日游泳、闲逛、吃海鲜，偶尔在电脑上敲几个字，不成篇章，只求有趣。慵懒闲散的午后，我常躺在椰子树下读书，读《国王的人马》，读金圣叹歪解唐诗，偶尔也会翻两页弗兰西斯的传记。海边阳光明媚，我晒得像个精壮剽悍的非洲恶棍。出版社的朋友催我抓紧时间写作，我口头答应，却迟迟不肯动笔，感觉一辈子游手好闲也挺好。

有一天刚从海里爬上来，我的朋友小庞给我电话，问我了不了解什么是“连锁销售”。我说这有什么可了解的，麦当劳、肯德基都是连锁销售。他说不是这些，而是一种新事物，只要交三千八百元，再发放三次机会……我打断他：“你到底销售什么东西?”他支支吾吾地回答：“也没销售什么，就是……就是推广一种模式。”我有数了，说这肯定是传销，你千万别上当，赶紧回来。

几天后，他回到三亚，对我大谈自己的经历。小庞口才不好，可还是把我唬住了，他讲的每一件事都难以置信，就像走进了《天方夜谭》的世界，所见都是宝瓶里的魔鬼、洞窟里的妖怪。更不可思议的是他们的生活，据说每人每天只有三毛五的菜钱。我大为起疑，说这也太离谱了吧，三毛五能买到什么？连根针都买不到，怎么够吃？他一口咬定：“真的，不骗你，有时还不到三毛五呢。”

这个传销团伙在江西上饶，小庞也是被人骗去的。他三十岁了，几次恋爱都不成功，现在很想找个姑娘结婚。有天他的前同事李新英给他电话，说要给他介绍女朋友，小庞大喜，李新英说那女孩现在上饶，见不到真人，只能先看照片。照片上的女孩叫小琳，小庞给我看过，很年轻，笑得很灿烂，眉眼有点像著名的美女曹颖。小庞很是着迷，用手机跟她聊了几天 QQ，渐渐不能自拔。①

---

① 慕容雪村. 中国，少了一味药 [M]. 北京：中国和平出版社，2010：008－009.

《中国，少了一味药》是作者慕容雪村2009年年底潜入江西上饶的一个传销组织，并在其中生活了23天，掌握了传销人员的活动规律和大部分窝点的分布情况后写出的一篇作品。作者，在这里也是故事里的一个角色，主体的双重身份使得非虚构小说既有客观真实的内容，又富有主观的情感色彩。非虚构小说不用像通讯、解释性新闻等那样，需要刻意将叙事者掩藏起来，将情感和思想收敛。他们完全可以将感情外放，通过对故事的叙述，逐渐释放创作者的意识。

二、非虚构与报告文学

报告文学与新闻有许多相似之处，也有明显区别。“非虚构写作与报告文学从本源来看，是两片不同土壤里生长出来的产物。成熟的报告文学、纪实文学文体起源于20世纪40年代前后的国统区和延安时代，是中国本土的报道和宣传范式催生的写作理念、写作方法与文本样式的综合，最终形成其立足宣传、立场鲜明、文学色彩浓厚等风格特质。而非虚构写作是一个舶来品，产生于19世纪30年代的美国报业。当时的美国报业形成了资讯型和故事型的两种传统。非虚构写作是西方客观主义新闻学理念催生的写作哲学和文本样式，成熟于20世纪60年代的美国传媒业。报告文学、纪实文学和非虚构写作虽然都追求真实，但是在具体的文本生产与写作实践中，报告文学、纪实文学发挥的空间过大，以至于受到诟病。报告文学中充斥的议论、抒情、合理想象被视为理所当然，更不用说对材料的选择性使用与立场了。而非虚构写作在写作技术上试图中立、客观、平衡，特别是对真实性的苛求，显得不近人情。”①

在前面已经讨论了作为非虚构文类之一的报告文学与新闻的关系，这里将结合具体的报告文学作家和作品做进一步说明。

---

① 沈闪．“非虚构”：写作的“十字路口”：刘蒙之访谈录［J］．写作，2018（4）．

（一）以何建明报告文学创作为例

报告文学作家何建明有一个独特而有分量的称号，2005 年他成了全国劳动模范。新时期以来作家而为全国劳动模范的，应该只有何建明。将劳动模范的称号授予何建明是颇具意味的。报告文学不同于小说、散文、诗歌诸体类的写作，这是一种基于采访、需要作家行走的“劳动文体”。何建明是一位特别能劳动的报告文学作家，写作了大量的报告文学作品，仅长篇就有四五十部，其采访的足迹遍及大半个中国。何建明的报告文学不仅数量甚多，而且许多作品产生了重要的影响，《共和国告急》《落泪是金》《部长与国家》分别获得第一、第二和第四届鲁迅文学奖；《中国高考报告》《根本利益》等获得全国优秀报告文学奖；《国家行动》《我的天堂》获得全国“五个一工程奖”。这样的实绩，在报告文学作家中也是不多见的。可以说，何建明是当代一位创作数量特别大、质量较高的具有重要代表性的报告文学作家。他以自己对报告文学特有的敬业、专业，创造了属于自己的，同时也进入了报告文学史叙事的文学事业。

进入 21 世纪，何建明的报告文学在高位上持续地高频度地放大自己的优势。2000 年《中国高考报告》、2002 年《根本利益》和《国家行动》、2003 年《北京保卫战》、2004 年《永远的红树林》、2005 年《我们可以称他为伟人》、2006 年《部长与国家》、2007 年《国色重庆》、2008 年《生命第一》和《中国农民革命风暴》、2009 年《我的天堂》、2011 年《忠诚与背叛——告诉你一个真实的红岩》，差不多每一年何建明都有重要的作品发表或出版。何建明进行性的成规模的报告文学高位写作被人指称为“何建明现象”。由于文体的一些特殊性所致，报告文学创作很少有“70 后”的作家显山露水，更不用说“80 后”的作家能有为于报告文学了。因此，包括何建明在内的“跨世纪”报告文学作家（赵瑜、李鸣生、杨黎光、陈桂棣、徐刚、徐剑、王宏甲、黄传会、一合等），成为推进 21 世纪报告文学新发展的主力，而何建明无疑是其中重要的领军人物之一。

评论家王晖和丁晓原在总结2012年度中国报告文学发展时对何建明的《国家》给予了很高的评价："二〇一二年度报告文学的宏大叙事以何建明的《国家》为最。在我看来，这部长篇报告文学是何建明创作的又一个标志性作品，它既保持着'何氏'报告文学一以贯之的文本特质，又显示出别样的风姿。一方面，这部作品描述对象的重大性，可能是二〇一二年度报告文学中最为突出的，它是对当下中国具有国际影响的重大事件的深度追踪和全景勾画；另一方面，出色的文学性表达使作品深具可读性之魅，令人产生'欲罢不能'的阅读效应。作者说这部作品是'国家叙述'，我理解这个'国家叙述'应当包含两个方面：一个是指文本叙说的对象，那些涉及具有全国性或全球性影响或意义的事件与人物，以及体现中国特色社会主义制度、践行社会主义核心价值体系的重要典型等；另外，'国家叙述'指叙述方式，即全景式、多角度、多层次的高屋建瓴式描述，以及这种描述所显示出的国家形象、文学气势与民族风格。""何建明的《国家》属于典型的'国家叙述'，而他的《三牛风波》可谓是一种'典型'的'国家叙述'。表面看来，作品叙写的只是一个事件，但作品通过回应公众质疑、还原生活的真实的方式，表达了对西部发展和中国青年知识分子成长等重大问题的关切，可谓小中见大。"

李朝全认为《忠诚与背叛——告诉你一个真实的红岩》专注的是"有无信仰及信仰是否坚定问题"，是"很好地提炼出自己的思想并借助人物故事或事迹表现了自己思想的优秀之作"。

2017年的长篇报告文学《那山，那水：美丽中国从这里开始》，通过报告文学的形式生动反映余村人民牢记习近平总书记的嘱托，以"两山论"重要理念为引领，坚定不移地举生态旗、打生态牌、走生态路，协调推进生态文明建设和经济社会发展，逐步走出一条产业兴、生态美、百姓富的可持续发展路子，也写出了发生在中国大地上的平凡百姓、基层乡村的动人故事，写出了改革转型之痛，观念改变之难，以此展现“两山”重要思想给美丽中国建设的强大生命力。如今，“绿水青山就是金山银山”科学论断已被写入党的十九大新党章，新华社、人民日报、党建网、中国环境报等争先报道，全国大力学习推广。

就人物系列而言，《共产党人》是其中产生较早的。作品书写的是一位默默为人民奉献三十余年的常熟农村村支部书记常德盛，何建明说写作此篇作品是因为“我相信所有正直的中国百姓对中国共产党人都怀有深厚感情，但我同样也相信有不少中国的百姓，特别是青年人对什么是中国共产党人的概念越来越模糊了。拥护共产党，服从共产党的领导——作为一种群体意识、群体观念，它在我们今天这个社会里是普遍的、主流的。然而百姓们对自己周围的某些单个的共产党人形象常常又是淡薄的”。就城市系列而言，《我的天堂》是对苏州另辟蹊径的描述。苏州是一座古老美丽的江南名城，素有“上有天堂，下有苏杭”之美名，亦是何建明的故乡，但是过去人们在感受苏州的时候往往是从历史文化和山水园林这些方面出发，而《我的天堂》中何建明在保持苏州古老闲适的风韵的同时，更关注新苏州发生改变内情的原因和动力。正如李炳银所说：“《我的天堂》的写作就内存了何建明其他作品中不曾有过的情感元素。例如他对童年生活的回忆，对已经故去的父亲的依恋，苏州这块土地永远也不能够使他离弃的历史、精神、情感、生活联系等丰富内容，都很自然地进入了作者对苏州的叙述。这样的叙述，是存在一种磁性吸引的力量的，既很容易使作家在自恋中忘却写作的限制，同时也会使读者在作家投入的述说中发现一种真爱。”2009年，《我的天堂》获中宣部第十一届“五个一工程”奖。

（二）以中国军旅报告文学为例

在报告文学内部，军旅报告文学可以说是最重要的一支力量。改革开放 40 多年来，中国当代军旅小说的发展，大体经历了四个阶段：一是 20 世纪 80 年代“两代作家在三条战线作战”；二是 20 世纪 90 年代军旅长篇小说的潮动；三是 21 世纪初年军旅小说的第四次浪潮；四是“新生代”军旅作家在更广阔空间的崛起。

新时期伊始，思想解放运动如春风吹拂文化原野，中国当代文学迎来了繁荣发展的黄金时期。军旅小说有一点滞后，虽然有徐怀中、邓友梅等发表了《西线轶事》《追赶队伍的女兵们》等名作，但还是单兵作战，难成阵势。

真正标志着新时期军旅作家集团冲锋的“信号弹”恰是 1982 年间朱苏进的《射天狼》和李存葆的《高山下的花环》两部中篇小说“一南一北”的问世，这不仅宣告了新时期青年军旅作家的集群崛起，拉开了新时期军旅小说进入高潮的序幕，而且以此为象征，开辟了反映“和平军营”和“当代战争”的两条战线，昭示了一大批青年军旅作家在这两条战线大显身手。

待到 1986 年，莫言的《红高粱》又开辟了第三条战线——“历史战争”，引导了一批没有战争经验的青年军旅作家写出自己心中的战争。至此，“两代作家三条战线”的创作格局基本形成，新时期军旅文学也借此进入全盛时期，掀起了新中国军旅文学的“第三次浪潮”。

20 世纪 80 年代的军旅小说紧随时代步伐，汇入现实主义深化的主潮之中，在三个层面上急速向前推进。一是在思想深度上，向现实主义的深部和细处挖掘，寻觅和平时期军人的历史定位和战争中人性的裂变与闪光，在颂歌与悲剧的讨论中摸索英雄主义与人道主义的辩证把握；二是在题材广度上，从雪山哨卡到火箭基地，从女兵王国到受阅方阵，从将军到士兵，从历史到现实，从天空、海洋到陆地，展开了广阔壮丽而绚烂的人民军队生活画卷；三是在艺术形式上，继承传统而超越传统，立足本土又面向外域，在叙事结构、语言修辞和感觉方式等诸多方面不断接受挑战，变革前行。

20 世纪 80 年代的军旅小说完成了革命性突进，涌现出了一大批脍炙人口的名篇和才华横溢的优秀作家，部分作家作品甚至已经表现出了努力与世界战争文学对话的追求，军旅小说再度成为当代文学独特而无可替代的组成部分，为新时期文学的繁荣进步做出了自己独特的贡献。

进入 20 世纪 90 年代后，骤然加速的社会转型带来了文学的失重，更带来了军旅文学的失位，使其面临着“消解”的严峻挑战。这种“消解”来自两个层面，表层是更多的散兵游勇式的个人化的“写作活动”取代了“集团冲锋”。深层的消解则表现为军旅文学意识形态色彩的淡化，它牵涉到军旅作家如何将一种政治的优势转化为艺术的审美的优势及相关叙事策略。

挑战与机会并存、淘汰与新生同在的双向动态演进中，军旅小说和作家队伍出现了新的景观。一批崛起于 20 世纪 80 年代的青年作家，艺术技巧、思想修养和生活积累都趋于成熟丰满，开始跃进一个新的境界，创作重心从中篇小说转移到长篇小说，先后创作出了《炮群》《醉太平》《穿越死亡》《孙武》《末日之门》《遍地葵花》《兵谣》《走出硝烟的女神》《突出重围》《英雄无语》《历史的天空》《亮剑》等长篇厚重之作，不仅弥补了 20 世纪 80 年代军旅长篇小说“歉收”的缺憾，而且还使长篇小说取代了中篇小说，成为 20 世纪 90 年代军旅文学的主要风景。

作家们以更加个体化的“青春角度”切入当下的军旅现实生活，以浓郁的自传色彩和个人人生经历或心灵历程，真实自然地流露与传达出了军队现代化进程中当代士兵的体验和情感，并以此填补了前代作家在追踪现实军营生活方面逐渐“淡出”的空白，再次印证了反映军队生活的文学必须在不同的时代找到不同的代言人的特殊性。而通过农家子弟入伍从军折射出农业文明与现代文明相碰撞的“农家军歌”，则是一个阶段内新军旅小说的“主旋律”。继老一代长篇军旅小说作家之后，新一代中年的长篇军旅小说作家日渐成熟，他们送来了军旅长篇小说创作大潮的隐隐涛声。

进入21世纪，军旅长篇小说佳作涌流，连绵不绝。军旅作家再次“突出重围”，以长篇小说的繁荣为标志，掀起了当代军旅文学的第四次浪潮。它和“前十七年”以长篇小说为主体的两次浪潮形成了一种遥相呼应，而且从数量和质量上都是一种继承、拓展和超越；它和以中短篇小说为主体的第三次浪潮构成了一种对比与补充，而且从中短篇到长篇，本身就是一种发展、承续和深化。

“第四次浪潮”中出现的军旅小说作品，不仅可以在纵向的比较中显出新的特质，就是横向——置于当代文坛一流长篇行列中比较，也有相当一部分毫不逊色，它们在茅盾文学奖、国家图书奖等重大奖项中频频折桂或入围，足以证明社会和文坛的认可；军旅文学有了一支成熟稳定的长篇创作队伍，他们当时年龄多在40～50岁，正富于春秋，经验老到，处于创作旺盛期，并有可持续的发展后劲；以这批作家作品为辐射，他们编剧、改编或被改编的电影、电视剧（如《和平年代》《激情燃烧的岁月》《亮剑》《士兵突击》等）热播不衰，充分显示了军旅长篇小说雄大深邃的“酵母”作用，和它们借助影视传媒成倍放大的幅面辽阔的覆盖力量，形成了新中国军旅文学史上最为缤纷多元、气象万千的雄浑景象。

继军旅文学的“第四次浪潮”之后，“新生代”军旅作家浮出水面，从业余走向专业，从青涩走向成熟，渐次成为军旅文学的希望和未来。他们之中的佼佼者已经在当代文坛初露峥嵘。“新生代”军旅作家在成长之初缓解了21世纪军旅文学出现的“孤岛现象”，他们的创作成果大多体现在中短篇小说领域，数量可观，并在质量上有着较高的艺术水准。

“新生代”军旅作家的成长环境决定了这些作家再难复制前辈们深切的战争亲历和磅礴的集体疼痛，也因此，他们的创作更多的是从个体角度切入生活，显示出迥异于老一代军旅作家的叙事范式和美学风貌，这既显露出21世纪军旅文学与其承接的“新时期”军旅文学之间创作生态环境以及文学观念的代际差异，也彰显了“新生代”军旅作家在21世纪语境下试图构建独立美学追求的创新精神和自觉意识。

“新生代”军旅作家大多数有着广阔的文学视野、扎实的文学训练和一定的基层部队生活经验，各自从熟稔的军旅生活出发，营造属于自己的一方“营盘”，写下了一系列暗含个人成长经历、富有个性化叙事风格的小说。然而，当“新生代”军旅作家所描摹和绘制的“军营现实”进入到一种过于私语化的境地而无法寻求突破时，他们笔下的军旅生活的面目就显得稍嫌狭窄了。

作家们显然也意识到了这个问题。近几年，在完成了最初的对军营生活的回顾之后，部分“新生代”军旅作家主动突围，密切跟踪强军兴军的伟大征程，在更为广阔的军旅生活土壤中寻觅新的写作资源。他们的新作显示出主动向爱国主义和英雄主义等军旅核心价值的积极靠拢，并从中引发出独特的思考，建构起个人化的风格。

三、非虚构写作的两个面向

根据非虚构写作区别于其他文学形式的特点，有学者认为非虚构写作从一开始就在自觉地警惕三种陷阱：“一是传统文学的纯粹‘虚构’式的写作，二是以‘事件’为中心的新闻式写作，三是传统的‘报告文学’写作。”① 这种分类方式只适用于狭义上理解的非虚构写作，甚至可以说是只针对《人民文学》倡导的非虚构写作。广义上来说，非虚构写作所囊括的内容远远不止这些。笔者以为，一切以非虚构形式展现的写作形态和作品都可以被称为非虚构写作，其中包括新闻，也包括如纪实文学、报告文学、传记等非虚构文体。基于这个认识，非虚构写作可以按照写作风格的不同分为内容导向和手法导向两个面向。新闻是内容导向非虚构的典型。

① 张柠，许姗姗. 当代“非虚构”叙事作品的文学意义［J］. 中国现代文学研究丛刊，2011（2）：106－115.

20 世纪 80 年代末期中国文学的“新写实”受到新闻文体的影响。“像池莉的《烦恼人生》和刘震云的《一地鸡毛》，纤毫毕现的自然主义笔法和叙述人的旁观视角赋予作品以一种煞有介事的客观性，这和将客观性与公正性视为生命的新闻文体在表象层次上不谋而合。而且，‘新写实’对于灰色人生的显微式的凸显手法，和新闻特写擅长的‘放大’与‘再现’技法如出一辙。有趣的是，刘震云在 1993 年推出了中篇《新闻》，标题与正文相得益彰。‘新写实’所传递的信息不是那种能够载入史册的具有历史意义的事件，而是平淡无奇、无关紧要的家长里短。这种事件恰恰是 20 世纪 90 年代以后纷纷创办的都市晚报所关注的话题，弗兰克·埃夫拉尔将这种事件称为‘杂闻’，并认为：‘实际上，杂闻的本质是被传播，供千百万市民看、闻、读。出自家庭或私人范畴的某一事件、态度或行为却能跻身报刊文章行列，对此该如何解释？选择某一事件使其转变为报刊故事的标准取决于事件本身：极为罕见或是新兴事物（第一位“代孕母亲”）以及与之相反的老调重弹（穆斯林的面纱），临近规则（特别是一些地区报刊，它们尤为关注某一区域发生的事件），“当事人”的特点（显赫的地位、年龄等等），总之，能够产生某种影响的诸多因素均可视为选择标准。’”①

如果说新闻代表的是内容的非虚构，那么新写实则偏向表现的非虚构。“还原生活本相，或者说是在作品中表现出生活的‘纯态事实’是新写实最基本的创作特征。它改变了传统现实主义对‘现实’和‘写实’的理解，力图驱除经政治权利意识形态加工或覆盖过的‘现实’、‘生活真实’，消解强加在生活现象之上的所谓‘本质’以求复原出一个未经权力观念解释、加工处理过的生活的本来面貌。为达到这一效果，新写实小说在创作方式上有意瓦解了文学的典型性，以近似冷漠的叙述态度来掩藏作者的主观倾向性。”② 以池莉的代表作《烦恼人生》为例，它讲述的是主人公印家厚这

① 黄发有．文学传媒与文学传播研究［M］．南京：南京大学出版社，2013：223.

② 陈思和．中国当代文学史教程［M］．上海：复旦大学出版社，1999：307.

个普通工人的生活——弄孩子、上班、挤车、吃早饭、发奖金、回家等等——中国家庭琐碎事情堆积起来的平凡一天。小说似乎完全是写实的，没有跌宕起伏的情节，没有惊天动地的故事，展现的就是如住房、工资、奖金、老婆、孩子等现实的问题，真实地复制和还原芸芸众生的生存本相。《烦恼人生》正是通过“还原真实”的非虚构写作方式关注平凡人生和世俗百态，看似不经意地构造戏剧化的情节，选择遵从生活的原生态，累积起大量的、微小的、平凡的、充满偶然性和随机性的生活事件，以表达作家对于生活的感受和看法。

新体验也是非虚构写作的表现面向中的一种。“新体验小说”的作家们将“我”写入文本，直面生活和世界。正如赵大年在《几点想法》中所说：“新体验小说是作家全身心投入，把自己喜怒哀乐也写进去，区别于那种冷漠的纯客观的不动声色的描写……这种作品的魅力在于作家的亲历性，小说的内容是作家的亲身经历和体验，或亲眼所见、亲身所闻。”①

以《预约死亡》为例，它讲述了作者在一家临终关怀医院的见闻和体验。毕淑敏对将逝病人及其亲友以及医院工作人员进行访谈，并假扮病人进行“体验”，从而深度剖析死亡，带来一个“预约死亡”的视角，文章对生命的思考发人深省。

> 淡蓝色卡片。病危通知单。
>
> 夫接过它，眼睛忽而大忽而小地凝视着。因为夫的面色偏黄，在蓝光的辉映下，显出绿来。
>
> 姓名　毕淑敏　年龄　七十　性别　女　籍贯　山东　诊断　肝癌晚期
>
> …………
>
> 夫翻来覆去地检视着，好像在欣赏深秋原野上最后一朵矢

① 赵大年．几点想法［J］．北京文学，1994（2）．

车菊。

“开什么玩笑。”他说。

我说：“不是开玩笑。是真的。”

他说：“什么是真的？七十岁吧？肝癌吧？为什么要选择七十？这是你的吉祥数吧？还有肝癌。就是一定要得癌症，就得别的癌好了，不要选肝癌。我第一次听到这种病，是在毛主席的好干部焦裕禄身上。是它把焦裕禄的藤椅扶手抵出一个洞。”

我说：“七十是上了诗歌的。杜甫语录。而且我以为七十是一个界限。七十以前算短寿，七十以后就死而无憾了。至于肝癌，鉴于这样不愿意听，我可以改为胰腺癌。”

夫说：“你饶了我最主要的是饶了你自己好不好？为什么非要选择这些绝顶可怕的罪名折磨自己？”

我说：“这不是罪名，是病。况且，都一样。”

他说：“什么都一样？病是不一样的。感冒只会使我们趴在床上，可癌会使我们死亡。”

我说：“你不错。你在给一名优秀的内科医生当了近二十年的丈夫后，已经相当内行。有人是久病成医，你是久爱成医。”①

如束东山所说：“新体验小说作者的主体意识以一种‘下放’的姿态回归现实，对百姓生存本相、生存境遇以近距离的方式观照。”② 如果说记者是以非虚构的方式反映其对真实的认识，那么作家则是以非虚构手法传达其对真实的认知。两种路径不同，但是终点归一——揭示我们所赖以生存的这个世界的本质和真实。

---

① 徐明．文坛自白［M］．西安：太白文艺出版社，2004：7－8．

② 束东山．新体验小说：文体颠覆与文化溃败的寓言［J］．当代小说，1997（1）．

四、“非”的探讨

最能描摹非虚构文体独特性的是非虚构之“非”，我们对非虚构本质的认识关键也要落实到对“非”的探讨上。关于非虚构的“非”，包含以下几个方面：①代表一种能指意义；②代表一种程度，不、没有或少；③代表一种写作态度。

第一，非虚构不虚。非虚构写作是对事件、人物的真实记录，但它又超越了简单记录的局限，是非文献式写作。非虚构写作除了记叙真实发生的事件外，还能指现实社会的意识形态。例如，非虚构写作对拆迁问题的关注。乔叶的《盖楼记》写的是“我”姐姐家所在的张庄即将成为市高新区的组成部分，姐姐和同村人想趁着土地被征之前抢先盖楼，以获取更多的政府补偿。为帮助姐姐脱贫致富，“我”身不由己地成了这一重大举措的参与者和背后军师。楼盖好之后，结成统一战线的十几家人先后遭到上级部门的各种瓦解，一场巨大的较量如拉锯战一样展开。

> “对。不过，我觉得，”我说，“你们的地价核得有些低了。”
>
> “是有些低。不过，你知道吗？”他的眼睛里有什么东西在闪闪发光，“我们这块地上有高压线呢。有高压线的地能核到这个价，可是高新区头一份儿！高压线可麻烦着呢。要是不移走高压线，开发商再大能耐，他也成不了事！你看，我这合同里写得多清楚：移走高压线是本开发项目的一大难点，约需资金九千万元，乙方应负担移走高压线的一切费用……”
>
> 我又问他学习土地流转经验的情况，他摇摇头：“各地情况不一样，不好照搬。不过，总也长了见识。”他说四川成都的试点都给农民办了土地证，有的地方还允许农民把土地抵押到银行……
>
> 聊了一会儿，我起身告辞。我站起来的时候，电视里的专题

片也已经到了尾声，画外音抒情得越发富有诗意："物华天宝，膏腴山川。盛世华彩，春水绵绵！巍巍太行作证，浩浩黄河作证，诸多造福千秋的工程镌刻出的例证告诉我们：离旧移新，是科学的选择，是历史的选择，也是人民自己的选择！对于他们火热的奉献和无私的付出，历史和人民将会共同铭记！"

王永和王强一起送我到门外。我回身看着王强新加盖的房子，对王永道："听说你扒你弟房子了？"

兄弟两个呵呵笑了起来，王永沉吟片刻，道："这个么，该扒就得扒。"

"该盖也就得盖。"我说。

"是啊，该扒得扒，该盖得盖，该拆得拆，该赔得赔……"王永点点头，"好在不是村集体的土地。集体的土地，是千万不能的。村里人也就这么点儿地了。"

"那你多费心了。好好协调一下，能让上头多赔点就多赔点。"

"那是肯定的。不单为他，还有那么多群众呢。不过丑话说到前头，能叫大家顾住本儿，少挣些就中了。世上的事，就是这。不能太过。哪条道上的理儿，都得顺……"

都是些家常话，都是些家常理。我默默地听着，这些话，这些理，暗淡得如同土地。但是，我也清楚地知道，它们的坚韧，也如同土地。

在王强家的大门口，我略站了站。往西看去，没有路灯，一排新盖的房子，都只是黑黢黢的轮廓。远处有车驶来，明亮的车灯照亮了这排新房，一瞬间，我仿佛看见这排房子都被镀上了一层黄澄澄的金色。车灯过去，金色消失，四周便重新陷入了黑暗。更黑的黑暗。

我下意识地抬了抬脚。这下面，就是曾经的灵泉河吗？

“看啥呢？”王强问。

“不看啥。”我说。

把车启动，我看着倒车镜里弟兄两个的容颜，虽然酷肖，但终有别，王永有一种难以言喻的朴实，王强则有一种难以掩盖的伶俐——或是奸诈。一刹那，我心中腾上一股不祥的阴影：这个王强，双刃剑，就是他。我们会使他，上头难道不会使？如果到时候上头也拿他开刀，偷偷补给他一笔赔款让他带头拆房，他未必会不听话，反正他既可得利还可以成全他哥还可以赖八万块钱的债还可以在我们面前装可怜……

我打了个寒噤。不会吧？不至于这么坏吧？

——可是，谁知道呢？

我甩甩头。不管他，先搁在心里，走一步说一步吧。

难过的感觉再次袭来。是的，仍然是那种似曾相识的幽深难过。①

还有一些人如王强、王永一样。在种种现实利诱或威胁面前，统一战线逐渐分崩离析，怎么选择都令人心有不甘。作品是现实社会改革进程中发生的矛盾的真实写照，透过作品，我们看到人物狡黠、善良、愚昧和单纯的本性。

又比如，慕容雪村的《天堂向左，深圳往右》。文中，肖然、韩灵、刘元等人或意气风发、带着各自的理想从全国各地来到了深圳，创业、打拼、生存，在冷酷现实前面头重脚轻地行走，或干脆倒下、血流不止等故事。慕容雪村以一个悲剧的结尾作为故事开头，精准且深刻。

从长天大厦到太子山庄，开车五十分钟，坐公车一个小时，走路要走半天，肖然喝了半斤五粮液后，在这条路上走完了一生。

---

① 乔叶．盖楼记［M］．北京文学（中篇小说月报），2011（7）：60－88.

开加长货车的香港司机蹲在路边瑟瑟发抖，交警询问时，他指着肖然的防弹奔驰口吐白沫，下巴咯咯抖动，一句话都说不出来。几个记者围着那堆豪华的废铁“咔嚓咔嚓”地拍照，闪光灯下，肖然满身鲜血，双眼圆睁，一只手握着方向盘，另一只手奇异地勾在胸前，胳膊上有一排殷红如血的牙印。

天亮时现场清理得干干净净，车被拖走，血迹洗净，肖然的尸体静静地躺在太平间里，死灰色的脸上没有任何表情。清晨的阳光下，人们步履匆匆地走过一条条街道，一面低头看表，一面大口咬嚼刚买来的包子。这就是深圳，八点钟的深圳，危险而华美的城市，一只倒覆之碗，一朵毒蛇缠身的花。

没有人知道肖然死去。这个时候，刘元还在睡觉，陈启明穿着围裙在厨房里煎鸡蛋，陆可儿蓬头垢面地往脚上涂兰蔻指甲油，卫媛拉开紫色的窗帘，对着后海伸了个懒腰，然后开始随着音乐跳健美操。在千里之外的鞍山，韩灵犹犹豫豫地走出家门，总感觉自己忘了点什么，却怎么也想不起来。

死者的容颜即将被遗忘，活着的人笑逐颜开，大步向前。而无论你行善还是为恶，富有还是贫穷，你都将走向那个终点：鲜血涂地、尸骨无存，或为脓血，或为飞灰。

那个死者不是别人，正是我们自己。①

无须多言，只能感叹。接下来的故事即是对这个时代的叩问——这是最好的时代，这也是最坏的时代。

第二，非虚构写作与虚构文学相对应，但是两者并不是绝对的二元对立关系。《现代汉语词典》（第 7 版）对“虚构”的解释是：（动词）凭想象造出来。《牛津现代高级英汉双解辞典》（第 3 版）对“fiction”的解释

① 慕容雪村. 天堂向左，深圳向右［M］. 北京：中国和平出版社，2013：001 - 002.

是：1. ［c］ sth invented or imagined（contrasted with truth）. 虚构之事；捏造的故事（与 truth 相对）。2. ［u］（branch of literature concerned with） stories，novels and romances：（作为文学之一部门的）小说。东、西方对“虚构”一词的解释有一些区别。《现代汉语词典》并没有把虚构作为一种文体，只是强调事物变化的一种手段，而西方将故事（stories）、小说（novels）、传奇（romances）一类的文本都纳入到这一文体之中。我们暂且搁置东、西方语义理解上的差异，以求同的方式梳理出“虚构”的含义。作为一种文体，虚构文学在文本内容方面肯定是存在想象建构的。正如美国文学理论家杰拉尔德·格拉夫认为，虚构文学是“表示一种文学类型……笼统地表示文学的一个侧面，如情节、行为或寓言等因素，包括人物、环境、场景……表示一种包含相当多杜撰成分的叙述或故事”①。对于非虚构，通常被作为一种叙事手段并不是词源学意义上虚构的否定概念，而是一种符码，是人类对世界进行艺术表达的一种被迫策略，肇始于模仿阶段。在《非虚构文学：影响、异议、正名与建构》这篇文章中，王晖说：“‘非虚构写作’按照其所体现的作家的写真意识、文本再现的似真程度以及读者接受时的真实感效果等三个方面因素，将非虚构写作划分成完全非虚构（包含报告文学、传记、口述实录体、新新闻报道、纪实性散文等）和不完全非虚构（包含非虚构小说、纪实小说、新闻小说、历史小说、纪实性电影、电视剧剧本等）两种主要类型。”② 不难发现，前面提到的非虚构两个面向与王晖的“完全非虚构”和“不完全非虚构”之说建立在相似的认识论上。

王晖所归纳的“完全非”类，如报告文学、传记等都要求书写完全建立在绝对事实的基础上。比如传记文学的代表——罗曼·罗兰的《名人传》所书写的贝多芬：出身于德国贫寒的家庭，父亲是歌剧演员，性格粗鲁，爱酗酒，母亲是个女仆。贝多芬本人相貌丑陋，童年和少年时代生活困苦，

① 格拉夫. 如何才能不谈虚构［M］. 盛宁，译. 北京：中国社会科学出版社，1994：81.

② 王晖. 非虚构文学：影响、异议、正名与建构［J］. 中国作家，2006（8）：203－210.

还经常遭到父亲的打骂。贝多芬 11 岁加入戏院乐队，13 岁当大风琴手。17 岁丧母，他独自一人承担着两个兄弟的教育责任。1793 年 11 月贝多芬离开了故乡德国波恩，前往音乐之都维也纳。不久，痛苦叩响了他的生命之门，从 1796 年开始，贝多芬的耳朵日夜作响，听觉越来越衰退。起初，他独自一人守着这可怕的秘密。1801 年，他爱上了一位名叫朱丽埃塔的姑娘，但由于自己的残疾（此时他已耳聋）以及朱丽埃塔的自私、虚荣，两年后她嫁给了一个伯爵。肉体与精神的双重折磨，都反映在他这一时期《幻想奏鸣曲》《克勒策奏鸣曲》等作品中。席卷欧洲的革命波及维也纳，贝多芬的情绪开始高涨，这时的作品有《英雄交响曲》《热情奏鸣曲》。1806 年 5 月贝多芬与布伦瑞克小姐订婚，爱情的美好产生了一系列伟大的作品。不幸的是，爱情又一次把他遗弃了，未婚妻和另外的人结婚了。不过这时贝多芬正处于创作的极盛时期，对一切都无所顾虑。他受到了世人瞩目，与光荣接踵而来的是最悲惨的时期：经济困窘，亲朋好友一个个死亡离散，耳朵也已全聋，和人们的交流只能在纸上进行。面对生活苦难，似乎没有什么能使贝多芬屈服，他以自己的创作风格扭转了维也纳当时轻浮的风气。1827 年 3 月 26 日，贝多芬在风雪交加的日子咽下了最后的一口气。

尽管所有的内容都是建立在完全非虚构的基础上，但是作者依然可以有选择地进行叙事。罗曼·罗兰在《贝多芬传》里就没有拘泥于对贝多芬的生平做琐屑的考述，也没有一味地追溯他音乐的创作历程，而是着力刻画了他为追求真善美而长期忍受苦难的心路历程。罗曼·罗兰称他为英雄，在《贝多芬传》里他以感人肺腑的笔墨，写出了贝多芬与命运抗争的崇高勇气和肩扛全人类苦难的伟大情怀。

“不完全非”类，如非虚构小说和历史小说等，可以在内容有据可依的基础上进行文学再创造，允许合理想象和情节位移。以王小妮的《上课记》为例，它像是一本“教后感”，记录了“90 后”一代大学生彷徨、躁动又不失纯真的日常生活和思考。其中不仅收录了 2006—2010 年这五年间，王小妮在海南大学人文学院开设影视写作课程期间的教学笔记，还摘选了部分学生的作业和邮件。

那个早上7点20分，我去上课。路上全是和我同方向的向着教学楼赶路的学生，经过我旁边的一个穿牛仔裤的女生快步走着，提着一只塑料袋，好像是想倒换出手来做什么，也许那袋子太薄了，里面的东西忽然全掉在地上，她停住了，把一盒豆浆捡起来，这时候一只鸡蛋正慢悠悠地滚，最后停在两米以外，她没理那只蛋，像什么也没发生，继续朝前走。虽然那只蛋完全没摔破，她也不准备理它，好像躬下身去捡那只蛋一定很丢人。

一进教室我就对学生说这事，我说，养大一只母鸡容易吗，母鸡下一只蛋容易吗？他们只是笑，不知道他们都在想什么。①

在这个记叙“滚到两米以外的一个鸡蛋”的故事里，出现的几处“好像”都是作者精彩的想象。虽然都是真实的事件，但是这样的书写方式与新闻的完全真实记录就有些不同。带有趣味儿的联想和叙事者的主观心情描写，使得非虚构小说更加生动活泼，更富有故事性。所以说，非虚构与虚构是有交集的两个文类。非虚构继承了虚构文学的诗性内涵，又将这种诗性建立在每一个细节的真实之上；它不单是为了传播事实和知识，更重要的使命是传播思想、精神以及美学感受。非虚构的意义，正在于它的这种“非”的否定，以及“非”背后所体现的否定性内涵。

第三，非虚构的“非”代表了创作者的写作态度。非虚构写作强调支持作者以个人视角进行完全独立的写作，每一个非虚构作家都可以采用自觉最恰当的书写方式，将自己的个性与意识投射进作品中。例如，《女工记》的作者郑小琼曾经是工厂流水线上的女工，她以自己的亲身经验为基础，书写流水线上的女子为生活艰难工作、为生活努力奋斗的生活。她的

---

① 王小妮. 上课记［M］. 北京：中国华侨出版社，2013：17.

笔触不仅伸及非虚构女工打工现实，更是以女性独有的视角观察这一群体在社会中的不易。正如郑小琼在后记中写到的：她有意识租住在混乱的城中村，每天都会碰到抢劫的、卖淫的、嫖娼的、做小贩的、补鞋的、收废品的、做建筑工的、失业的、偷盗的、贩毒的……她因为发表小文章被记者采访的时候也尽量不让自己的邻居知道，因为她怕失去她们的信任。她更怕她和她们被媒体脸谱化，变成“们”，却没有人真正关心一个个脸谱之后的命运。在她看来，她们每个人的命运都是一首完整的诗，这仿佛某种隐喻。不同于其他诗歌的难懂，这些诗平实好懂，但是也有力。

非虚构的“非”性体现在对文本内容的“选择”和“虚化”上。非虚构作品蕴含着作家的写作态度和能指意义，如何将其传达出来，则要通过创作者对“非”的表达——对“非”的选取和效果化。选取，指的是作家摘取现实中的哪些作为写作对象。存在即合理，只要时间不停，真实就一直在发生。但如此大量的真实不可能全部成为文学文本，作者只能选择他认为有用的成为写作内容。效果化，则是指通过怎样的书写方式呈现文本。作家掌握娴熟的写作技巧，包括历时、倒叙、插叙的叙事方法，比喻、拟人、排比的语言表达，还有直接引用、间接引用、客观叙述等书写方法。经过这些选择和效果化后，一部完整的非虚构作品才能算是成型。

五、中国非虚构文学的混乱与命名

我们关心的是非虚构，还是非虚构文学？在被引用无数次的 2010 年第 2 期《人民文学》，即其《非虚构》栏目创栏那期的“留言”，开头的一番话常常被忽略。为了说明方便，笔者将“留言”内容全文摘出：

> 先谈谈散文。
>
> 我们会多发一些散文——
>
> 言之有物的。所谓言之有物，就是有真切的生命体验，有真

知有见识。不要空洞的、浮泛的，不要抒情套子。

我们也期待有趣味的散文，谈文谈艺谈历史谈学问，心与文俱是自由活泼。

我们认为，散文无疆。散文是散文，随笔也是散文，书信也是散文，演讲也是散文，甚至写一篇博客微博或发一条短信，其实也是写散文。

我们期待散文家的散文，我们也期待其他作家、艺术家、学者的散文。

我们还期待并非以文为业的人们写的散文，比如这一期的马伯庸，据说就是一位卖变压器的先生。

这一期我们新开了一个栏目，叫《非虚构》。何为“非虚构”？一定要我们说，还真说不清楚。但是，我们认为，它肯定不等于一般所说的“报告文学”或“纪实文学”。去年我们发的《解放战争》，当时标为“叙事史”，其实就是“非虚构”；这一期，我们发了韩石山先生的回忆录，也是“非虚构”。韩石山先生是作家，我们也希望非作家、普通人，拿起笔来，写你自己的生活自己的传记。还有诺曼·梅勒、杜鲁门·卡波特所写的那种非虚构小说，还有深入翔实、具有鲜明个人观点和情感的社会调查，大概都是“非虚构”。

由此可以看出，我们其实不能肯定地为“非虚构”划出界限，我们只是强烈地认为，今天的文学不能局限于那个传统的文类秩序，文学性正在向四面八方蔓延，而文学本身也应容纳多姿多彩的书写活动，这其中潜藏着巨大的、新的可能性。

所以，先把这个题目挂出来，至于“非虚构”是什么、应该怎么写，这有待于我们一起去思量、推敲、探索。

过年了，给朋友们拜年！

——编者

依据《人民文学》编者所见，“散文”与“非虚构”是不同的。当然，这两者不是同一范畴上的概念，散文是一种独立文体，非虚构是文类。可是，从性质上来说，编者的话又显得有些暧昧了。“我们认为，散文无疆。散文是散文，随笔也是散文，书信也是散文，演讲也是散文，甚至写一篇博客微博或发一条短信，其实也是写散文。”那么，非虚构呢？非虚构有疆吗？随笔、书信、演讲、写篇博客或发条短信是非虚构吗？笔者以为，也可以是的。“言之有物的。所谓言之有物，就是有真切的生命体验，不要空洞的，浮泛的，不要抒情套子。”难道非虚构的帽子不能戴吗？笔者以为，也可以有的。编者按里有一种引导——叙事史是非虚构，回忆录是非虚构，写你自己的生活自己的传记是非虚构，非虚构小说、社会调查也可以是非虚构，可是非虚构是什么却说不清。这么一来，又制造了一个问题——散文和非虚构越说越不清。

近年来，非虚构受到越来越多的关注，学术界关于非虚构的讨论也越发热烈。许多媒体提供非虚构写作平台，推广全民非虚构写作计划；一些杂志相继开设非虚构栏目，刊发非虚构文学作品，组织非虚构文体讨论，学界也对非虚构被广泛注视的现象、原因以及非虚构所带来的文化冲击产生争鸣。在对非虚构文学的起源和性质界定方面，有学者提出“非虚构文学是一个相对于‘虚构文学’的文学族群，在狭义上，它专指美国上世纪60年代至70年代兴起的非虚构小说、新新闻报道和历史小说等新的写作类型”①。也就是说，如果我们使用“非虚构文学”这个名称，就是指20世纪60年代以后出现的以美国新新闻主义为代表的文学作品类型。要肯定的是，非虚构文学不是一种文体，与小说、诗歌、戏剧等不在一个分类系统中，后者是根据体裁和表达方式的划分，而非虚构文学是根据素材的真实性和虚构文学划清界限的。但是，不得不承认，这样一个舶来品的命名很容易

① 王晖．“非虚构”的内涵和意义［N］．文艺报，2011－03－21（5）．

使人产生混乱。

“非虚构文学”的混乱，是从对某部作品的体裁认识不统一，到研究者因为名称使用不一致导致学理探究说不清的普遍性混乱。大致可以将混乱的表现概括为三个方面。

第一，是具体文本指称时的混乱。李洱在《梁鸿之鸿》中揭露一个事实：“从事二十一世纪非虚构研究的人或许不知道，目前为众人所知的《中国在梁庄》中的很多故事，最初实际上是要当作小说写的。……我不知道批评家是否注意到，《中国在梁庄》其实可以看成回忆性散文，差不多是当代酷烈版的《朝花夕拾》。田野考察那是在后面写《出梁庄记》时发展出来的。《中国在梁庄》作为非虚构的代表作，首先得益于时任《人民文学》主编的李敬泽把它当作非虚构作品刊登出来。李敬泽当时或许是要把它当成药引子，好激活青年作家的神经，让他们去关注大历史中的变化。我想，梁鸿本人可能压根儿就没有想过，它究竟是虚构还是非虚构。”① 《人民文学》的《非虚构》栏目发表过的阿来的《瞻对——一个两百年的康巴传奇》，在鲁迅文学奖报告文学类别中获得零票，报告文学又是非虚构文体很重要的组成文体，那么报告文学、非虚构文学以及非报告文学的非虚构文学究竟是怎样的关系？

第二，西学中用时的混乱。在中国现当代文学发展过程中，是先有被命名为“非虚构文学”的中国非虚构文学作品，后有文学评论者和研究者使用这个诞生于西方、在域外流行的文学词语对中国非虚构文学进行批评和理论研究，假使不说明清楚，很容易造成指鹿为马。西方非虚构文学已经有了长期的作品积累，也有相对丰富的理论基础。以新新闻主义为例，对于它的研究早已经是各大新闻专业最重要、最受关注的议题，有诸多书籍论著和研究成果。就文学外部而言，我国的新闻制度与西方完全不同，

① 李洱．梁鸿之鸿［J］．扬子江评论，2018（1）．

无论是现实的社会情况还是文学创作环境都不一样；在文学内部，无论是创作者、文本，中国与西方都是千差万别。单就中国当代的非虚构文学作品来说，和非中国的也是截然不同的。比如，像阿列克谢耶维奇的《我是女兵，也是女人》、巴巴拉·W. 塔奇曼的《八月炮火》这样的文本在中国非虚构文学领域中就从未出现过。

第三，对非虚构性与非虚构文学的认知混乱。虽然到20世纪60年代才有了“非虚构文学”的命名，但是以非虚构为特征的文学早已有之。可以说，文学天然地是带有非虚构性的。更何况以《史记》为代表的纪实书写就是以“史家之绝唱，无韵之离骚”享誉盛名，致使许多人将中国非虚构文学的渊源追溯到古代。无论是古代的模仿自然还是史料纪实，都具有鲜明的非虚构性。可是，非虚构性并不代表非虚构文学。进一步说，非虚构文学一定是具备非虚构性的，这是这个文类的基本特征，但是并非所有具备非虚构性的事物都是非虚构文学，或曰现代文学传统里的非虚构文学。

非虚构文学的表达方式可以多种多样，实现“叙述真实”的手段很多，坚守“事实真实”和“情感真实”，最终实现深刻书写，就是非虚构文学的内核和指向。文学从来不是一成不变，也没有固定程式可循，探索和找寻的过程，也是文学的一部分。且以《人民文学》探寻非虚构为例做说明。《既贱且辱此一生》是《人民文学》《非虚构》栏目发的第一篇文章。作者韩石山不是伟人也并非草根，文章不像励志传记那般大开大合，也毫无扑朔迷离、剧情翻转，它就是一部不那么特别的中国个体的成长史、心灵史，也是大多数同时代人的普遍故事，也可以被称作凡人回忆录。2010年第5期的《宝座》，作者从自己亲历宝座切入，写了数位与这皇帝宝座有过交集的人——贝托鲁奇、绿蒂、慈禧、路易十四、王懿荣、毓贤、朱家溍之间的故事——宝座的沉浮故事，也是中国近代史的缩影。文章终结于“当我一步步走近它的时候，它就安放在太和殿的中央，完好如初，仿佛一个婴儿，安稳地依靠在世界上最大博物馆的怀里。所有的刀光剑影都不见了形迹，只有清风，穿越那些镂空的门窗，在它的上面回旋——时间没收了所有的刀俎，但宝座仍在，宛如一座拒绝湮没的岛屿，或者一个早已设定的结局。就像一个人一样，它也有属于它自己的意志和道路，所有妄图施加给它的命运，都不会得到它的赞同”①。

2010 年第 9 期，迎来了梁鸿的《中国在梁庄》、刘亮程的《飞机配件门市部》以及李晏的《当戏已成往事》，编者的希望也更加明确——“探索比报告文学或纪实文学更为宽阔的写作，不是虚构的，但从个人到社会，从现实到历史，从微小到宏大，我们各种各样的关切和经验能在文学的书写中得到呈现”②。刘亮程写的是自己在开配件门市部的那段日子，这是篇是非虚构但又不那么非虚构的作品。一是因为文章的结构，它不是完全按照时间或是空间顺序发展的，而是随着作者的意识和情感倒叙和插叙。二是文章的语言。作者以“我”为中心，叙述自己的事儿、自己的生活，包括自己的妻子、朋友，这些人是“我”眼里的人。尤其是作者叙述自己，讲自己的经历、每一件小事、每一件小事与小事之间的关系，以及自己内心的自己。这不是心理描写，而是内心的自己跳出来写作一般，像是自言自语，有时甚至是反复的自言自语。

> 每天有飞机从县城上空飞过，从我的农机配件门市部房顶飞过。我住的县城在一条飞机路下面。我注意到天上有一条飞机路是在开配件门市部以后。门市部开在城东，那里是三条路的交会点，从东边南边北边到县城的路，都会到这里。我看到飞机的好几条路也在头顶交会。由此我断定飞机是顺着地上的路在飞，因为天上并没有路，飞机驾驶员盯着地上的路飞到一个又一个地方。这个发现让我激动不已，我本来想把我的发现告诉单位的老马，老马说他坐过飞机，不知是吹牛还是真的。我和老马骑自行车下

① 祝勇．宝座［J］．人民文学，2010（5）．

② 见《人民文学》2010 年第 9 期，留言。

乡，头顶一有飞机过，老马就仰头看，然后对我说，他坐过的就是这种飞机，或者不是。老马能认出天上飞机的型号，就像一眼看出拖拉机的型号一样，这让我很是佩服。有几次我都想问老马，他坐在飞机上是否看见下面有一条路。但我没问。我觉得飞机顺着地上的路在飞，这肯定是一个重大的秘密。如果我说出去，大家都知道了飞机沿着地上的路在飞，飞机就飞不成了。因为飞机是有秘密的。没有秘密的东西只能在地上跑，像拖拉机。拖拉机没啥秘密，我是管拖拉机的，知道它能干啥，不能干啥。尽管我时常梦见拖拉机在天上飞，那都是我在驾驶，我的梦给了拖拉机一个秘密，它飞起来。飞机的秘密注定是我们这些人不能知道的，那是天上的东西，即使被我这样的聪明人不小心知道了，我也要装不知道。给它保住密。

我跟飞机的秘密关系就这样开始了，虽然我没坐过飞机，连飞机场都没去过，但我知道了飞机的一个大秘密，它顺着地上的路在飞。我们天天行走的路原来有两层，下面一层人在走车在跑，上面一层飞机在飞。地上的人除我之外都只能看到一层，看不见第二层。有时我往西走，看见一架飞机在头顶，也往西飞。我就想，我要一直走下去，会追上这架飞机。但我不会追它，我不是傻子。我们县上有一个傻子，经常仰着头追飞机，顺着路追。我不清楚他是否也知道飞机沿着路飞的秘密。他后来被车撞死了。①

一开始，关于“飞机秘密”并没有什么特别引人注意的，兴许只是那个年代人的眼界不大的有趣想法罢了，之后，作者数次絮絮叨叨他的“飞机秘密”，正面说了，反过来又说了，本来没有秘密的事情通过他的语言好像真的带有神秘色彩了。这是作者有意为之的。往往神秘东西会有神圣感，

① 刘亮程．飞机配件门市部［J］．人民文学，2010（9）．

就像理想一样，是要在天上飞的。刘亮程用非虚构去写理想，这个看不见、摸不着、在心里的东西，可以说是虚构之物，在现实与理想之间用非虚构勾连，此时的非虚构更像是一种文学技巧，或是一种表达方式。

随着慕容雪村的《中国，少了一味药》和萧相风的《词典：南方工业生活》的出现，《人民文学》“心里已经有了一点数”①。如果要分类的话，《中国，少了一味药》《词典：南方工业生活》和《中国在梁庄》都应该属于同一种非虚构，《人民文学》认为它们在“行动”范畴上是一致的，包括后来的《生死十日谈》《到东莞》等。的确，这些作品都是作家沉浸式写作，不仅是自己身体力行沉浸于事实，更是实际参与、成为其中之人。作品不是用第三人称写他和他们的生活，而是写“我”和“我们”的生活，这种“行动”是转变人物关系。写听到的和看到的别人的事，没有感同身受，所谓的客观，往一个趋势上发展就是作品显得冷眼旁观，往另一个趋势上发展就是想象过分造成作品自恋夸张。就如《人民文学》编者所言：“行动”不是为了作者的自我炫耀。纪实作品的通病是主体膨胀，好比一个史学家要在史书中处处证明自己的高明。纪实作品的作家常常比爱事实更爱自己，更热衷于确立自己的主体形象，过度议论、过度抒情、过度修辞，好像世界和事实只是为满足他的雄心和虚荣而设。我们认为，非虚构作品的根本伦理应该是：努力看清事物与人心，对复杂混沌的经验做出精确的表达和命名，而这对文学来说，已经是一个艰巨而光荣的目标。

2014 年的《相亲记》是另一种的非虚构，这是一篇在今天看来都是很有现实性的作品。文章写的作者自己的相亲故事如今依然在许多都市女孩身上发生，并且越来越普遍，也越来越“正常”。正如我们后来都知道的那样，李天田的现实爱情故事有了一个美好结果，但更大多数的中国单身女性的爱情状况究竟如何呢？《相亲记》是篇很有趣的文章，作者幽默的语言

---

① 见《人民文学》2010 年第 10 期，卷首。

书写，让读者带着笑，好奇心得到满足。可是，假如不是李天田写自己的相亲经历呢？假如是其他的什么人写他了解到的、想象到的现代女性婚恋状况呢？旁观者们还是会继续像故事中的“爸爸妈妈”“亲朋好友”那样误解女性的“挑剔”以及忽视婚恋市场的畸形。严格说来，李天田不是文学家。她的专业和职业与纯文学有一定距离。这里，就又说到非虚构品质的问题。可以说，非虚构作为一种写作方式，它的“门槛”是很低的，甚至比“行动”和“体验”的层次还要低，低到只要是非虚构就行。也就是说，“行动”和“体验”是以具备主观能动性为前提的，比如梁鸿“体验”梁庄后“行动”写作，比如慕容雪村有意“行动”去“体验”传销组织，而李天田不用刻意去行动，因为生活本来就如此，她不用接近、不用体验，那些相亲很自觉地围绕着她，是她生活的一部分。她做的，只是把生活写出来。

《瞻对：两百年康巴传奇》（《人民文学》2013 年第 8 期）有别于“现实非虚构”，这是阿来的“历史非虚构”长篇作品。作家长期深入康巴藏区，翻遍从中央到地方的相关史料，准确地重现了从清廷、民国政府到中华人民共和国新政权初期两百年对瞻对以及康巴地区统辖的历史状况。在《人民文学》开设《非虚构》栏目前，《钟山》在 2007 年就有了《非虚构文本》栏目，在“历史非虚构”方面推出了多篇佳作。《万岁，陛下》（2007 年第 1 期）写了明朝嘉靖皇帝“从世子到帝君”、登基时的“‘大礼’之议”，评述了“‘大礼议’看点”，后议论“嘉靖与明代士风”，再叙受嘉靖保护又被打倒的“严嵩的悲喜剧”以及嘉靖皇帝最后的“死得其所”。文章有史有评，尤其是抓住了嘉靖皇帝一生中几个重要时间节点和历史事件，将其命途记叙串联。史论融合，从人物性格特征分析入手，将其命运必然给予合理诠释。作为一篇可读性十分强的文学文本，以“四百年后，让北京市副市长兼明史专家吴晗身罹巨祸”开篇，以今引史，以史论今。作者李洁非是中国社科院文学研究所研究员，这篇作品以脚注的形式引用了 132

个注释，用做学术的方法收集资料，考证历史。文章文献翔实，有理有据。文学化的组织与表达，使得这篇有观点有论证的非虚构文本血肉丰满、耐人寻味。《瞿秋白的不得不走、不得不留与不得不死》（《钟山》2008 年第 3 期）、《墓碑上的民国三十八年孟冬》（《钟山》2009 年第 1 期）、《中共与美国之间的第一次亲密接触》（《钟山》2009 年第 2 期）、《孙中山与民国宪政》（《钟山》2009 年第 3 期）等都是历史非虚构。

本书探讨的是基于文学传统的非虚构文学，除了《人民文学》《钟山》等有关非虚构的栏目所刊发的现实非虚构、历史非虚构、体验与行动式非虚构（非虚构文学分类界限并不是绝对分明，存在包含和叠加）之外，还有像何建明《国家》、赵瑜《寻找巴金的黛莉》、美国记者彼得·海斯勒写中国的《江城》《甲骨文》《寻路中国》等的观察探寻，都是中国现当代非虚构文学发展通道之一。

于 2003 年设立的尤利西斯奖是全球范围内报告文学的唯一大奖，俄国作家安娜·罗列乔夫斯卡娅的《让俄国蒙羞的车臣人》、英国作家亚历山德拉·弗勒的《与一个非洲士兵一起旅行》等都是获奖作品，中国作家陈桂棣和吴春桃也凭借《中国农民调查》摘取殊荣。诺贝尔文学奖多次授予非虚构文学家，除了蒙森、丘吉尔以外，2015 年授予白俄罗斯作家斯维特兰娜·阿列克谢耶维奇。“我们可以这样来表述作家的创作：完全忠实于文献和受访者语言风格，将作者的声音隐藏于引言、提问、人物、环境描写和文献的筛选中，通过剪辑的方式将访谈置于作品同一的主题和中心思想之下，作者则是贯穿始终、无处不在和掌控全局的隐形人。通过作家的构思，作品创造性地将文献资料和文学创作有机结合，从人物与文本、感受与心声、人物语言与创作语言、内容与主题、非虚构与创作、叙述者与创作者等几个方面解决了纪实文学的一系列难题，比如客观报道与作家主观渗透、注重功利性而偏离审美价值、虚构与写真等多重矛盾，将文献和资料有机地统一于作者精心设计的中心思想下，完成了一场冰冷的文献史料与灵魂热度的碰撞，使一曲人类悲剧的哀歌成为一首‘文学与道德上的绝唱’。”①这些都给中国非虚构文学提供了更多通道，也是中国非虚构文学需要继续前进的方向。

① 郭艳，苏玲，向阳，等. 多面相的非虚构写作：以阿列克谢耶维奇《我不知道该说什么，关于死亡还是爱情》为例 [N]. 文艺报，2017-12-08 (7).

第三章 | ◆

中国非虚构文学的三次转型

近年来，关于非虚构的讨论越来越热闹，包括以文学领域、新闻学领域为代表的关于非虚构起源、特性、意义和社会价值、审美指向等的学术研究逐渐丰富。非虚构被广泛关注，对文类的发展是有积极推动作用的，但另一方面，在对于这一舶来概念中国化后的不断探索与争论中，一系列问题被暴露出来。观点交火的重镇是对非虚构文学“真实性”的合法性和权威性的地位抢占。

“非虚构文学”来源于美国新新闻主义的“non-fiction”，国内较早使用这个中文概念的是王晖和南平等学者。从 1986 年开始，他们先后发表了《美国非虚构文学浪潮：背景与价值》《1977—1986 中国非虚构文学描述》等文，讨论非虚构文学的内涵和意义以及新时期中国非虚构文学发展等问题。之后，张柠、许姗姗、缪俊杰、吴炫、张沛沛、刘利华等学者也做过非虚构文学叙事和审美等方面的研究。《钟山》杂志开设过《非虚构文本》栏目，一些作家也开始称自己的作品为“非虚构文学”。到 2010 年，《人民文学》提出“非虚构”和“人民大地”非虚构写作计划后，非虚构文学进入主流文学媒体的视野，成为大众关注度高、学界探讨热烈的文学议题，包括丁晓原、王晖、孟繁华、龚举善、霍俊明、邢军纪、张文东、房伟等学者，从学理研究角度撰文阐释对中国当代非虚构文学，尤其是对中国非虚构写作的看法。在对中国非虚构文学的起源和文类性质界定方面已形成共识，“非虚构文学是一个相对于‘虚构文学’的文学族群，在狭义上，它专指美国上世纪60年代至70年代兴起的非虚构小说、新新闻报道和历史小说等新的写作类型”①。涉及中国非虚构文学的内核问题时，一直是众声喧哗的状态。比如《人民文学》原主编李敬泽对《非虚构》栏目创办的目的解释：“希望由此探索比报告文学或纪实文学更为宽阔的写作，不是虚构的，但从个人到社会，从现实到历史，从微小到宏大，我们各种各样的关切和经验能在文学的书写中得到呈现”②。丁晓原与王晖在其合作的《2010年报告文学的三个话题》③一文中表达了不同看法，他们认为《人民文学》的非虚构有一种“祛报告文学”的意味。对于具体文本而言，创作者和批评者之间、评论者与评论者之间，也存在着不同的看法。以近年来广受关注的梁鸿的非虚构作品《中国在梁庄》的讨论为例，就展示出了多面的关于非虚构性的不同理解。当有人质疑《中国在梁庄》是不是非虚构文学时，梁鸿给出了自己的解释，她认为“不局限于物理真实本身，而试图去呈现真实里面更细微、更深远的东西，并寻找一种叙事模式，最终结构出关于事物本身的不同意义和空间，这是非虚构文学的核心”④。

无论是对非虚构文学的内部争论，还是结合文学外部的非虚构探讨，都是有必要的。作为一个被正式命名不足六十年的文学文类，它混合了新闻、报告文学、纪实小说、口述史文学、私小说与日记文学、历史抒情散

① 王晖．“非虚构”的内涵和意义［N］．文艺报，2011－03－21（5）．
② 见《人民文学》2010年第9期内容简介。
③ 丁晓原，王晖．2010年报告文学的三个话题［N］．文艺报，2011－02－28（2）．
④ 梁鸿．非虚构的真实［N］．人民日报，2014－10－14（14）．

文等各文体基因，如 DNA 螺旋上升式的排列以及互相作用后一样，中国非虚构文学呈现出有别于以美国为代表的非虚构且始终处于不断发展过程中的独特的、有别于母体的文学景观。本书试图通过对中国非虚构文学的梳理，厘清中国现当代非虚构的流变趋势和文体发展转折点，从而探索中国非虚构文学的元特征和发展方向。

一、从政治书写转向思想启蒙

中国现当代非虚构文学的起步标志是 20 世纪中期以来报告文学的发展，随着八九十年代报告文学由政治书写转向问题报告文学，中国非虚构文学进入第一次转型期。

中国报告文学的诞生和兴起与政治有着千丝万缕的关联，从 20 世纪 30 年代开创报告文学新纪录的《包身工》，到"文艺服从于政治"的《苏区一日》《如何保证跃进》和《谁是最可爱的人》，每一部作品都烙着深深的时代印记，"革命第一、文学第二"，大力发展生产和全力抗战，反思过去和关注现实与生命等一系列意识形态与文字相融。1951 年 4 月 11 日《人民日报》发表的魏巍的报告文学《谁是最可爱的人》是最具影响力的报告文学作品之一。周恩来在第二次文代会上说："我们就是要写工农兵中的优秀人物，写他们中间的理想人物。魏巍同志所写的《谁是最可爱的人》就是这种类型的歌颂。它感动了千百万读者，鼓舞了前方的战士。我们就是刻画这些典型人物来推动社会前进。"① 丁玲评论道：魏巍的文章好在哪里，就是他写了英雄人物的思想活动。写了有崇高思想有崇高品质的人物的灵魂。魏巍是钻进了这些可尊敬的人民的灵魂里面，并且同自己的灵魂融合在一起，以无穷的感动与爱，娓娓道出了这灵魂深处所包含的一切感觉。因此，

① 文化部文学艺术研究院. 周恩来论文艺［M］. 北京：人民文学出版社，1979：53.

他所要歌颂的人，就非常清晰，亲切地贴在人心上，使人兴起，使人愿意把自己的思想感情提高一步，向着这些最可爱的人们靠近。这就是有教育意义的好作品，这就是有“思想性”的好作品。他没有一点板着面孔说教的神气，他没有以“思想性”骇人。真正有思想、能达到教育目的的好作品，就必然有它的优美的表现手法和形式，这也就是有“艺术性”。① 另一篇具有代表性的作品是1978年在《人民文学》第1期发表的徐迟的报告文学《哥德巴赫猜想》，《光明日报》在2月16日转载并加了“编者按”，认为“广大科学工作者和知识分子会从这里受到教舞，受到教育，受到鞭策。广大工农民群众读过以后，一定会为我们国家有这样优秀的科学家和这样出色的科技成果而感到骄傲和自豪。一个民族，科学文化水平不提高，四个现代化是搞不起来的。我们要刻苦学习，要研究新问题，勇攀科学高峰，要努力提高我们整个民族的科学文化水平，争取对人类作出较大的贡献”。《人民日报》在2月17日转载时也加了“编者按”，提到：“它以生动的文笔，如实地反映了我国著名数学家陈景润不畏艰苦，勇攀高峰的动人事迹，受到广大读者的欢迎。这一期《人民文学》很快销售空这是一种十分可喜的现象。它反映了粉碎‘四人帮’之后，全国人民非常关心祖国科学研究事业的进步，反映了党中央关于向四个现代化进军的伟大号召已经深入人心，也说明在社会主义新中国，凡是有发明创造的科技工作者和工农兵群众，都会受到国家和人民的尊重，受到整个社会的尊重。”

到20世纪80年代，从黄济人等人“以长篇重武器向报告文学‘轻骑兵’的传统观念提出挑战”和“‘苏晓康模式’对‘新闻性’、‘文学性’的挑战”，到以叶永烈为代表的史传报告文学家将“报告文学题材从‘现实’全面扩展到了‘历史’”，使得作品的原创性和开拓意义被提升到了报告文学审美标准的高度。伴随着报告文学向“人学”的回归，涌现出的一

① 丁玲. 读魏巍的朝鲜通讯：《谁是最可爱的人》与《冬天和春天》［N］. 文艺报，1951-05-25：4（3）.

大批作品，它们在文学的感性与客观社会及文学批判用意的理性中间找到了一个平衡点。例如《解放军文艺》1986 年第 3 期刊发的钱钢的报告文学《唐山大地震——七・二八劫难十周年祭》。“作品采用在整体鸟瞰统摄下的分割布局法，为后人留下了一幅全景抗震救灾图，兼具长而不冗、杂而不乱之妙。作品的出色之处还在于，它的‘全方位’的结构方法从形式深入到内容。作者没有把作品写成一篇抗震救灾中好人好事的报道，他登上了更高峻的陡坡，他要以独特的角度表现真实可信的众生相。”① “在这里，大自然的景观和人的心灵世界的景观迭加映照，宏观的泼墨和微观的工笔交融一体，畸型年代的畸型思维和严肃科学的严肃命题对立而统一，逼真地画出了一幅属于唐山也属于人类的‘7・28’劫难日‘全息摄影’图。”② 又如，获得了第四届（1985—1986 年）全国优秀报告文学奖的作品《中国的“小皇帝”》，它反映了当时我国独生子女问题，以生动、凝重的笔触为我们展示了众所周知但未引起警觉的事实：中国的独生子女问题已成为影响国家能否真正走上现代化之路的重要因素。作品充满焦虑与厚望，描述简洁生动，议论精辟自然、发人深省，引发了较大社会反响。

问题报告文学的出现使得中国非虚构文学冲破传统政治屏障，开启了一片崭新的创作空间。作家将写作触角伸到了社会群体中受压抑的弱者、改革开放进程中饱受挣扎渴望解脱的底层人民，还有自然灾害面前真实的冷暖人生以及官僚制度压迫下的命途归宿等。与之前相比，以报告文学为代表的非虚构文学无论是在题材内容还是在形式表达等方面，都更富批判性。在对待政治的理解上，这时的作家有一种认识转变——极左年代，“政治”被狭义地限定为特定时期、特定语境中的党派政治，这种简单地把政治性等同于去自主性的共识限制了文艺创作的自由。自改革开放开始，以知识分子为代表的文化先锋逐渐以多元、理性的态度重新树立政治观，将

---

① 丁忱．我们有：比地光更亮的东西：读《唐山大地震》[J]．红旗，1986（9）.

② 钱钢．唐山大地震［M］．北京：当代中国出版社，2008：1986 年版代序.

政治看作是“人的言谈与行动的实践、施为，以及行动主体随这言行之施为而做的自我的彰显”①。政治认识的转变改变了非虚构文学创作观念和文学意识，作家不再预设“正确”和“错误”或是“敌”和“我”，而是将评判任务全部交给读者；同时，他们不以党的方针政策为唯一创作指南，将创作领域扩展到了社会公共空间，任何劳动、工作、行为等都可以成为创作题材。像《马家军调查》这类作品，不仅具有一般文学作品的生动形象，也因为富含深刻的问题意识而使作品具有很强的“文化启蒙和理性批判精神”②。

二、二次崛起以及理论跟进

经历二三十年的盘整与困顿期后的中国非虚构文学，自 2010 年开始，终于实现了二次崛起。之所以说是二次崛起，是因为无论是在作品被大众关注程度，还是在文学内部被广泛讨论等方面，都是热闹非常。《人民文学》发起“人民大地 · 行动者”计划，公开征集优秀的非虚构文学作品。伴随着这股非虚构旋风，慕容雪村的《中国，少了一味药》、萧相风的《词典：南方工业生活》等剑指现实生活的非虚构文学作品，陆续登上畅销书榜。其中，梁鸿的《中国在梁庄》在销量上取得丰收的同时，也再次引发学术界对于“非虚构”和“非虚构性”的深入探讨。

梁鸿的《中国在梁庄》记录了一个叫梁庄的村子近 30 年来的变迁，以近似纪实手法呈现了当代中国农村在城市化进程中出现的种种问题：留守儿童的教育危机，农民养老、教育、医疗的缺失，自然环境的破坏，家庭的裂变……在书中，梁鸿通过口述实录、现场调查等方式讲述了一个个具

---

① 陶东风. 文学理论的公共性：重建政治批评［M］. 福州：福建教育出版社，2008：2－3.

② 章罗生. 中国报告文学新论：从新时期到新世纪［M］. 长沙：湖南大学出版社，2012.

有典型性的人物故事。之后，她又推出新作《出梁庄记》，再一次以梁庄作为原点，将目光聚焦在了城市的农民工群体，为51位人物做了记录和调研，以非虚构的写作姿态追问时代真相。评论家谢有顺表示，梁鸿的写作是以真实的细节为基础，与生命个体进行对话，这种落实到细微的真实触角，把抽象的中国、被打包的中国具象化。有人说，这就是“非虚构的力量”；但又有人质疑这个“查无此庄”的文本不是非虚构，就此发问非虚构文学的真实性和真实限度。梁鸿在2014年10月14日的《人民日报》上发表《非虚构的真实》做了回应。她认为，“‘真实’从来都不是艺术的标准……文学要求比物理真实更多的真实”，“面对这样的提问，我只能回答：我所写的是个人的真实，是我所看到的，并且叙述的真实”。

这里涉及几个词语——“事实真实”“叙述真实”“情感真实”，还有“关系真实”“物理真实”等。所谓的争论，或是自非虚构文学诞生起就伴随着的关于非虚构真实性的讨论，都是各方对“真实”解构后的重建。比起对物理真实的严格值守，梁鸿等更加关注叙述真实和情感真实；一些秉持“真实是非虚构生命”的人则将新闻学中对真实的评判标准执行于非虚构文学，对于六要素——五个W和一个H（时间、地点、人物、事件、为什么、怎么样）的每一个元素都要求能经得起显微镜的检验，而不仅仅是只要求事件真实。慕容雪村说，非虚构文学作品的最大特色在于“提供一种在场的力量”，为历史保留一个个鲜活的“样本”。笔者认为，我们要警醒的是提供在场的力量不是目的，而是非虚构文学创作和传播过程天然伴随的效应。我们要谨防的是，各个领域的人都高举非虚构文学的大旗，都试图证明自己的纯正血统从而标榜自己的合法性和权威性。

学术讨论既存在不同观点交锋，也允许各抒己见，只要是友善和理性的发言，无论是否形成统一认识，讨论本身就对文学发展大有益处。中国非虚构文学理论建设在百家争鸣的过程中得到了促进。萧殷早就指出：“生活上真实的东西，未必就是艺术上真实的东西。艺术的真实应该比生活的真实更集中、更有组织、更典型。所谓艺术的真实，它是比生活的真实提高了一级的东西。一切不自觉的或群众还没有明确认识的重大问题，要求文学艺术家敏锐地明确地认识它，并描写它。只有如此，文学艺术才能帮助读者深一层地认识现实，并指导现实、改变现实。”① 相较于 20 世纪 80 年代理论研究远远滞后的创作，21 世纪以来的中国非虚构文学无论在作家作品，还是理论建设方面都是百花齐放，表现在想与世界文学的链接。

铁流和纪红建的长篇报告文学《见证——中国乡村红色群落传奇》让人联想起阿列克谢耶维奇的《我是女兵，也是女人》。前者记录的是一群中国大地上最朴实的庄稼人，他们送出自己家里最后一粒粮、送走最后一个儿女，甚至需要他们牺牲自己生命时，他们义无反顾，因为他们铭记自己有一个特殊身份——中国共产党党员；后者，那些入伍时第一件事就是剪掉长辫的普通姑娘们，为婚礼准备的裙子被战火烧毁，休假时抱着比自己身高还高的枪去商店里买糖果，连老鼠都害怕却举起狙击枪射杀了多少个人的头颅，明明她们先是女人后成女兵，但视女兵的身份比女人更重要。两部作品都是非虚构文学，都是通过历时许久的大量采访后的写作。一个是全知视角的叙述，一个是完全将话筒交给受访者的口述史——非虚构文学的表达方式可以多种多样，实现“叙述真实”的手段很多，坚守“事实真实”和“情感真实”，最终实现深刻书写，意义隽永，就是非虚构文学的内核和指向。无论是像何建明《国家》的宏大叙事、李春雷《朋友》的细腻描绘，还是像《中国在梁庄》的体验式白描，甚至是像美国记者彼得·海斯勒写中国的《江城》《甲骨文》《寻路中国》等的观察探寻，都是中国现当代非虚构文学包容并蓄的崛起转向。

---

① 萧殷．生活的真实与艺术的真实［N］．文艺报，1951 - 04 - 10：3（12）．

三、非虚构文学传播和媒介转向

至今，中国非虚构文学还未站上世界最高领奖台。中国非虚构文学经历着文本创作和理论探究的争论，逐渐趋于对话商讨和理性钻研。内容方面，更多地涌现出了时代书写、知识分子书写、非个人经验导向的集体书写；理论研究方面，更加关注到非虚构文学的审美意义以及社会、历史和文化属性的价值。文学、新闻学、社会学等各领域的学者参与到中国非虚构的研究中来，理论来源涉及全球。现代非虚构文学的鼻祖——美国新新闻主义是研究非虚构时绕不开的典范，近年来还有人提出“新新新闻主义”。笔者认为，一直保有生命力、高认可度，且具有权威性和高研究价值的对象，普利策新闻奖作品算是一个。在其至今已长达百年的颁奖历史中，获奖作品都得到了这样的赞誉：“美国最负责任的写作和最优美的文字”——这是对非虚构作品比较精练的概括。

获得文学奖项不是评判作品质量的唯一标准，但确实是提高文学传播效果的高效方式。尽管有一些中国作家的作品已被译成英、法、德、俄、日、韩等文字，但是否真的在国外获得实质性的关注，或者说中国非虚构文学国际影响力究竟如何，尚且让我们有所期待。还有一点，“有些汉学家在选择中国当代文学作品翻译介绍给西方读者时，可能会将集体无意识带进去，他们往往把一些‘闯祸’的作品视为‘异识’作品，这些作品一旦被纳入这种意识形态系统，其文学价值便会大大增量。这些作品也因此变为名作、名著而广为流传”①，这在非虚构文学中尤其应该被注意。因为非虚构文学书写的内容一定是得到“真实”验证的，当它们被作为艺术文化作品走向世界舞台时，这些文本一定程度上起到介绍和传播中国的作用。

---

① 程光炜. 文学史二十讲［M］. 上海：东方出版中心，2016：365.

读者，包括对中国毫无了解的人，很容易因为非虚构文学了解中国、产生对中国的印象。所以，中国非虚构文学从创作之时就应该知道它承载着的责任。

在文学传播的途径方面，中国非虚构文学正在经历着媒介转向，并且这很有可能将非虚构文学从中国百年文学史“重虚轻实”的窠臼中解放出来。受媒介技术更新和文化发展等影响，文学书写的方式发生了变化，也为非虚构文学发展带来了新的增长点。以影视政论片（报告文学与媒介的联姻）、传记文学电影（传记文学与媒介的联姻）、纪实专题片（纪实文学与媒介联姻）、纪录片（非虚构文学与媒介联姻）等为代表的非虚构文学大众传播媒介化后，在文本的宽度和深度方面都有了创新，在作者创作和读者接受方面也都被拓展了。比如说纪录片的非虚构形式被看成是一种语言表达，是包含文字语言、声音语言、图像语言在内的复杂的多媒体语言形式。

以《舌尖上的中国》为例，它通过对中华各地美食的非虚构描述，来展现食物给中国人生活带来的仪式、伦理等方面的文化。央视纪录频道总监刘文在《舌尖上的中国》第一季新闻发布会上说：“以美食作为窗口，让海内外观众领略中华饮食之美，感知中国文化传统和社会变迁，进而领略中国人对于生活的热爱，这是《舌尖上的中国》努力追求的目标。”① 相较于其他表达方式，非虚构是有绝对优势的。“中国拥有世界上最富戏剧性的自然景观，高原、山林、湖泊、海岸线。这种地理跨度有助于物种的形成和保存，任何一个国家都没有这样多潜在的食物原材料。为了得到这份自然的馈赠，人们采集、捡拾、挖掘、捕捞。穿越四季，本集将展现美味背后人和自然的故事。”——这是《舌尖上的中国》第一季第一集的开篇语。一语中的，为整部纪录片奠定了明朗的基调。在《自然的馈赠》中，选取

① 纪录片《舌尖上的中国》新闻发布会，中国网络电视台，2012 年 5 月 10 日。

了松茸、笋、诺邓盐、藕等四样最具代表大自然送给人间的食材作为纪录对象。数十分钟的纪录片里，随着解说词的指引，我们从香格里拉的原始森林，穿越到浙江的毛竹林，再到云南大理北部山区，乃至湖北的嘉鱼县。仅约 1 000 字的解说词，却向我们叙述了四个美食场景：藏民丹珍卓玛和妈妈凌晨 3 点就出发，步行 30 公里，小心翼翼采集松茸；与笋常年打交道的老包只需要看一下竹梢的叶子颜色就能知道笋的准确位置；云南山里人老黄和儿子熬盐制作火腿；安徽人——圣武和茂荣兄弟俩从老家安徽赶到有藕的地方。此外，还有《大国外交》《我在故宫修文物》等深受大众喜爱、兼具艺术价值的非虚构作品。

非虚构文学的媒介转向紧贴大众，在精英文化和大众审美之间找到平衡。语言文字媒介是一种抽象符号媒介，它必须通过语言文字的中介来间接地诉诸人的感官。而电子媒介则作用于视觉、听觉、触觉等全息感官，通过具象符号更为直接地传播。相对于传统的、付诸纸张的文学载体，在媒介融合之后，全球化和无实物化使得文学以全新的姿态绽放魅力，主要表现为传播速度、传播广度、传播维度上的增强、扩张和拓展。如果说过去普通读者之于精英写作的报告文学的关系是“接受式”的，犹如传播学中的“魔弹论”所形容——传播媒介拥有不可抵抗的强大力量，它们所传递的信息在受传者身上就像子弹击中身体、药剂注入皮肤一样，可以引起直接速效的反应；它们能够左右人们的态度和意见，甚至直接支配他们的行动，那么随着大众文化的发展深入，读者对非虚构的审美需求与作家创作初衷就变成了“互动式”的关系，即拉扎斯菲尔德所说的“有限效果”。大众传播没有力量直接改变受传者对事物的态度，在人们做出某种决定之际，许多其他因素起着重要的作用，其中包括个人的政治、经济、文化、心理的既有倾向，受传者对信息的需求和选择性接触机制，群体归属关系和群体规范，大众传播过程中的人际影响，等等。伴随着全球化进入中国，过去一度被精英知识分子奉若神明的高雅文化已被渐渐放逐至普通人生活的边缘，大众文化越来越深入地渗透到日常生活之中，它不仅影响着人们的知识生活和娱乐生活，而且也影响了人们的文艺审美趣味，且越来越显露出消费社会的特征。比如央视一档很具人气的纪实节目《见字如面》，在播出的高峰期连续十周蝉联网络热议第一名。它选取阅读私人书信的方式，将非虚构文本放置于媒介渠道进行大众传播。书信，是最早的非虚构文体，在当初写作时也许并不是为了给外人看的，所以最有可能保存真实的信息。正是因为它们的真实，才使得受众感受到非虚构的震撼力量。“它必须能为今天的人提供对历史、社会、人情和人性的认知价值。能激发大家的独立思考。在我看来，这是我们所有人进行精神产品消费的最核心利益……大家讨论得很激烈，多元价值的互动让这些信越读越厚。”① 与此同时，越来越多的非虚构文学作家也逐渐重视作品传播的问题，有的作家在创作之时就考虑到文本被改编成电影、电视剧等的可能。包括《战狼》《红海行动》等兼具票房和口碑的电影都是非虚构文学影视化的结果。

可以看到，非虚构文学显著的“影视化”趋向，歪打正着地“成就”了文学。从理性想象到感官世界，跨越的是两个传播时代。从理性想象到感官世界的跨越也象征了两种文化形式的更迭。图像文化总是与大众文化紧密地联系在一起的，大众文化的兴起使得文化界成为一个庞大的视觉场。在这一视觉场中，互动得到进一步的渗透。高雅文化与通俗文化之间的差别逐渐减少，公平的文化共享空间得以形成，大众的文化层次和文化素质得以提高。

当文学被无数次地宣告死亡之后，美国批评家希利斯·米勒带着《论文学》来到北京，他对文学的命运做了如下表达：“文学的终结就在眼前。文学的时代几近尾声。该是时候了。这就是说，该是不同媒介的不同纪元了。文学尽管在趋近它的终点，但它绵延不绝且无处不在。它将于历史和

① 关正山．见字如面［M］．长沙：湖南文艺出版社，2017：1.

技术的巨变中幸存下来。文学是任何时间、地点之任何人类文化的标志。今日所有关于‘文学’的严肃的思考都必须以此相互矛盾的两个假定为基点。”① “某些经典的人类精神活动范式的存在根基显现出被动摇的迹象。在这种冲击下，千百年来一直被作为人类精神家园守望者和美的创造者的文学活动不能幸免于难。”② 媒介不仅冲破了当代文学的外部环境，而且也进入文学生成机制内部，对包括作家队伍、文学结构、文学主题、创作方式、传播介质、传播方式、影响范围、文本形态、受众结构、接收方式和接受心理等文学活动的全过程都产生了深度影响。在媒介融合时代，非虚构文学传播不是传统意义上所说的“机械复制时代的产物”，而是具有强大的创造性、凝聚力量以及突破意义的文学流变方向。

① 金惠敏. 图像增殖与文学的当前危机 [J]. 中国社会科学，2004 (5)：167 - 178.

② 陈奇佳. 叩问媒介时代文学的终极命运：兼评金惠敏著《媒介的后果》[J]. 中国社会科学院研究生院学报，2007 (3)：143 - 146.

第四章 | ◆

媒介融合背景下的非虚构

加拿大传播学家麦克卢汉将人类文化传播的演进划分为三个阶段：“其一是拼音文字的发明，其二是16世纪活字印刷术的推广，其三是1844年发明的电报，预示了电子革命的来临。归纳起来即口语媒介时期、印刷媒介时期和电子传播媒介时期。”① 正如著名传播学家施拉姆所认为的，“媒介就是插入传播过程之中，用以扩大并延伸信息传送的工具”②。对于文学而言，媒介的发展影响着其传播速度、物化形态、文本内容，甚至塑造了新的文学活动、文学形态和文学观念。“没有媒介就不存在文学”③，就像王一川形容的，“媒介不只是文学的外在物质传输渠道，而就是文学本身的重要构成维度之一；它不仅具体地实现文学意义信息的物质传输，而且给予文学的

① 麦克卢汉，秦格龙．麦克卢汉精粹［M］．何道宽，译．南京：南京大学出版社，2000：356.

② 施拉姆．报刊的四种理论［M］．中国人民大学新闻系，译．北京：新华出版社，1980：144.

③ 王一川．大众媒介与审美现代性的生成［J］．学术论坛，2004（2）.

意义及其修辞效果以微妙而又重要的影响"①。

中国是世界上最早发明印刷术的国家，在欧洲出现印刷术之前，中国已经流行印刷术约 1 000 年了。印刷传播是把文字通过印刷技术记录在纸张上，以纸质文本的形式，让人们通过阅读文本来完成丰富多样信息的传递。印刷媒介的出现，使传播活动较之从前有了巨大的飞跃。因为使用印刷技术，可以把所要传播的内容进行大批量复制，除了便于携带、方便保存之外，印刷还带来了受众的扩大。但是，印刷传播只是传播技术发展的起点。很快，广播、电视、新媒介等大众传播介质迅速崛起。许多人都关注到了大众传媒对纸质文学媒体造成了极大的冲击，冲击的结果是带动了其他传播形态的文学形式如影视同期书的热销。影视同期书有两种不同的出版形式：一种是先有图书，然后根据图书改编成影视作品；另一种则是先有影视作品，在拍片的同时策划图书出版。前者比如姜戎创作的长篇小说《狼图腾》，后者则有《狼图腾》制片人王为民根据电影筹拍经历撰写的小说《明星狼》，以及《狼图腾》御用驯兽师安德鲁·辛普森撰写的图文书《狼图腾·训狼记》。有人肯定了文学以此方式终于走近大众，也有人抨击这些情况给文学造成的恶劣影响。但是，这些评说只是就事论事，并没有从根本上回答文学与大众媒介二者关系问题，没有从传播者、传播模式、受众分析、大众传播效应等方面分析文学生态中媒介的角色和影响，也没有关注到新的传播方式于文学的传播效果。

"文学传播学不是文学与传播学的简单相加，而是在文学研究的基础上，吸收传播学的理论与方法。运用传播学的理念与术语，从新的视角和方法审视文学传播现象。考察文学传播过程，讨论这种不同于一般大众传播的文学传播的特殊规律及其原理、原则。"② 目前，对于非虚构文体可持续发展等议题研究尚且薄弱。有部分学者已经意识到非虚构文体目前困难

---

① 王一川. 论媒介在文学中的作用 [J]. 广东社会科学，2003 (3)：22 - 27.

② 柯卓英. 文学传播学的理论建构 [J]. 新闻知识，2008 (1)：28 - 29.

的处境，文学整体生存尴尬，更何况本来就未受到更多重视的非虚构文体。这些学者更是担心电视媒体和电子网络对文学的一波又一波的冲击：在电子信息媒体全面操控的21世纪，整个社会已衍变为一个经过精心策划的“虚构”空间，这其中诞生了许多无奇不有的人间神话。理性地思考，因为新技术伴随出现的恶劣事件而选择与时代发展趋势决裂，这将带来根本性的文化倒退。所以，我们应该首先充分掌握文体本质特性与新技术手段，再加以利用和联动，研究出合理、有效的促进文学艺术发展的方式，这也是研究非虚构文体的意义所在。

一、非虚构写作的传播学意义

著名传播学家施拉姆谈及传播，指出“社会行为中的任一行动，文化中的每一个模式，无论就其明显的意义或不明显的意义而言，皆涉及传播”①，传播行为是人类与生俱来的。乔治·米勒认为：“传播的意义就是把信息从一个地方传到另一个地方。”② 陈龙从传播的目的出发将传播的含义概括为“共享说”“交流说”“劝服说”“反映说”“互动说”③，对应的是传播共享、交流、劝服、反映和互动等功能。传播如同水、空气、阳光一样，人类与之共生共存，并且对其深度依赖。可见，研究传播对人类社会的发展意义非凡。作为文艺形式之一的文学，对它做传播学研究，也是学术研究者应该践行的。

任何的传播研究都不会脱离拉斯韦尔所说的传播学五个要素——传播者、接受者、文本、传播媒介、效果。以印刷媒介为承载方式的非虚构写作的传播者是写作者，即记者或作家。作为新闻文本的传播源，记者对于

---

① SCHRAMM W L. Men, messages and media [M]. New York: Harper & Row , 1973: 45.

② GEORGE A. Miller, language and communication [M]. New York: McGraw Hill, 1951: 6.

③ 陈龙. 大众传播学导论 [M]. 苏州: 苏州大学出版社, 2007: 32.

中国非虚构写作的传播发展做出了重要贡献。甚至有人说，近代中国文学史从侧面看，正是一部新闻事业发展史。晚清以后，现代报刊成为整个文学的组织者。所有的作家都加入到报纸和杂志的编辑和写作中，所有的作品都是在报纸和杂志上发表之后才结集的。报刊催生并哺育了新文学。1917年初，《新青年》拉开了文学革命的序幕。以此为阵地的新文化运动提倡文学语言文体简洁、表达通俗，继而使得中国传统的古典文学在报刊中失去了地位，报刊成为古典文学的终结者。同时，如《每周评论》等所刊载的文章浅显易懂、条理清晰、富有感情、针砭时弊，也成为当时传播知识、启蒙思想、开化民智的重要途径。

随着新闻观念日益更新，非虚构写作已成为社会的重要活动领域，非虚构写作作品成为社会最主要的公共产品，大量的、出色的新闻记者涌现。作为典型的知识分子写作方式，非虚构作家也在社会变革的大背景下思考文体的创新和突破，抱着这样的思考出发点并不断地亲身践行，报告文学在几代书写者的努力下终于登上了历史舞台。19 世纪的晚清，报纸登陆中国，散文与新闻相结合的产物——报告文学开始孕育。鸦片战争之后，出现了第一批初具报告文学雏形的作品，但只是到了梁启超的《戊戌政变记》才明显具备了报告文学的基本特征。在梁启超之后，报告文学作品慢慢多了起来。“五四”运动为中国的思想、文化带来深刻的变革，此时的报告文学在题材和思想内容上取得了巨大突破。冰心、瞿秋白、梁启超、鲁迅、柔石、谢冰莹和文学研究会的作家们都积极写作报告文学。除坚持一贯的爱国主义精神的宣扬外，作品的抒情性大为增强。这时，作者们尚没有文体的自觉性，“报告文学”这一名词直到 1930 年才正式被引进。1932 年，阿英选编的《上海事变与报告文学》是第一部以“报告文学”命名的作品集，对报告文学这一新兴体裁的发展起到了积极的推动作用。20 世纪 30 年代初，报告文学创作的主题是宣传革命与抗日。在左联的推动下，反映工农苦难生活的作品日益增多。此外，作家们的视野进一步扩大到社会其他各行业中。在题材得以广泛开拓的同时，报告文学在思想、技巧、文体等各方面也日趋成熟。20 世纪 30 年代中后期，报告文学创作迎来了丰收期。这主要表现在一批风格各异、形式多样，在艺术性、思想性上都非常成熟的作品的集中问世。

除了新闻纸这个媒介渠道外，非虚构文本的介质载体还有书籍，书籍是报告文学、纪实文学等许多非虚构文体主要的传播介质。书籍是现代社会知识传播与增殖的基本手段，书籍的诞生和发展促使“阅读公众”这一受众范畴形成，并在舆论公共领域的基础之上造就了现代意义上的知识分子。并且，以书籍为中心的印刷媒介所倡导的读写文化，也促进了个人主体性与理性形而上学观念的生成。如夏衍的《包身工》、胡愈之的《莫斯科印象记》、萧乾的《流民图》、林克多的《苏联见闻录》、邹韬奋的《萍踪寄语》和《萍踪忆语》、戈公振的《从东北到庶联》、范长江的《中国的西北角》等。大型报告文学集《中国的一日》除少数作家外，大多数作者是非文学工作者，但其作品的质量却不低，体现了报告文学的群众性特点。

近代以来，中国社会经历了各种巨变，西方文明也逐渐被介绍入中国。一直都有一派坚持“精英文化”的报告文学家抓住社会进步过程中涌现出的典型人物故事，以摄像机记录式的笔法将人物每一个值得尊敬的闪光点留下。这些人物有的是著名科学家、体育明星、巾帼英雄这些具体的个人，也有的是为中国之崛起做出过牺牲的革命家们、为三峡大坝等伟大工程建造的团队成员们等。其实报告这些人物和事迹就是在把这些人身上的正能量传播给大众；阅读这类报告文学，我们何尝不是像在进行一次次的精神洗礼。精英塑造精英占据了报告文学很大比例。报告文学传播工作的另一个起点是民众文化，对应报告文学中的“社会问题派”，正如章罗生所言，这派“是整个中国报告文学中风格最鲜明、影响最深远，也是历史最悠久、情况最复杂、毁誉也最多的”，同时它也是“中国作家与知识分子的主体人格和思维方式发生改革的必然结果”①，是报告文学作为知识分子写作方式最突出的表现。精英书写草根在报告文学传播史上是一个巨大突破。问题报告文学的崛起是中国报告文学传播的分水岭，它不仅是中国报告文学家写作思路转变的标志，同时也具有中国报告文学传播意识转变的象征意义。

报告文学文体特征和报告文学创作者传统思维的局限性是导致中国报告文学文体流转缓慢的原因。报告文学是一种典型的知识分子写作方式，借助于这种方式，知识分子可以表达对社会的观照。同时，读者通过阅读报告文学作品，一切诸如社会政治形态在内的主流意识形态内涵一并获知，因此导致被主流话语政治同化。当理论研究者再来对作品所产生的社会影响进行分析和评论时，他们通常也会选择围绕意识形态建构文本和意识形态如何实践的路子进行思考。21 世纪前，中国报告文学从创作到被阅读再到被批评，整个文本运作过程脱离不开意识形态，致使同样深受主流意识形态影响的理论研究者把特别多的注意力也放在了这个问题上。无论是对《哥德巴赫猜想》科学精神的宣扬还是对《热流——河南漫行记》改革成绩的歌颂，无论是《人妖之间》对现实社会的批判还是《胡风集团冤案始末》对历史的反思，以及《县委书记焦裕禄》的楷模宣传和《马家军调查》把英雄还原为平民，尽管写作对象和内容各不相同，但这些文本都一致地坚守了主流意识形态的底线。创作者试图书写个别人物的故事或是重写特定历史事件来呼应当下时代主题。拿木偶戏做个类比，木偶的形象很多，戏剧的形式和内容也千变万化，但是万变不离其宗——无论木偶表现得多么精彩，终究都全是且仅仅是由“人”的手操作和掌握。对于这一时期里的中国报告文学来说，这双手就是主流意识形态。关于意识形态的学理含义不是我们这里所要讨论的范围，但对于社会主义现代化过程中的意识形态与报告文学的关系却是文艺理论研究者需要真正弄明白的。

---

① 章罗生. 中国报告文学新论：从新时期到新世纪［M］. 长沙：湖南大学出版社，2012：420.

从抗日战争开始至20世纪50年代，由于民族救亡运动的需要和在延安主流意识的引导下，报告文学最初的“干预政治”与“批判现实”性质逐渐被歌颂、激情呐喊取代，走过一段虚假粉饰的时代。直到新时期，问题报告文学的出现才使中国报告文学彻底冲破传统政治屏障，开启了一片崭新的创作空间。自此之后，作家将写作触角伸及社会群体中受压抑的弱者、改革开放进程中饱受挣扎渴望解脱的底层人民，还有自然灾害面前真实的冷暖人生以及官僚制度压迫下的命途归宿等。自改革开放开始，以知识分子为代表的文化先锋逐渐以多元、理性的态度重新树立政治观，将政治看作是“人的言谈与行动的实践、施为，以及行动主体随这言行之施为而做的自我的彰显”①。政治认识的转变改变了报告文学创作和报告文学家的文学意识，原本“党的喉舌”转变为理性的大众传播者。

传播意识的进步和传播目的的纠正，使得非虚构写作重新回归文学传播的主流。文艺作品不能成为个别阶层进行统治的工具，恰恰相反，像报告文学这类的文学作品，应该是通过有选择地记录现实从而向人们传达作家对社会的真实体悟，至于读者从作品中获得对自我文化身份的认同以及审美感受，就是伴随着一批优秀的报告文学作品经历长期的历史考验后的更高层次的收益。对于中国报告文学而言，这段积累过程从新时期开始算起，在21世纪初我们看到了成效——作品题材广泛、形式多样、表现手法成熟、关注人性和审美意义，“如对人物描写与典型叙事的多样探索，对小说等传统民族艺术的吸收与借鉴，对‘学术体’等形式的尝试与对‘思想美’、‘理性美’的追求，对‘文学性’、‘新闻性’和‘理性’的融合与疏离等”②。如果说理性精神是新时期问题报告文学的风格，那么创作方面的审美迷失可能就是其局限性的表现。可是中国报告文学的传播速度比想象

① 陶东风. 文学理论的公共性：重建政治批评［M］. 福州：福建教育出版社，2008：2-3.

② 章罗生. 新世纪报告文学：探索中的多元发展［J］. 文学评论，2006（5）：101-107.

迅猛，在刚刚要迈入21世纪之时，审美方面的短板也渐渐被补齐。自20世纪90年代中后期开始，改革开放的成功很大程度上化解了过去人们与社会之间的矛盾，广大的普通百姓在20多年间受到精英阶层意识形态的影响，也逐渐解放了思想，并学会辩证地认识世界，大众认知能力和自主性与过去相比有了明显提升。尽管像报告文学这样的语言文字表现形式曾经在人们审美对象中占据主导地位，但在新的时代，它们也不得不深受来自大众文化和消费文化两方面的挑战。另一方面，文艺创作又无法躲避被大众文化和消费文化消解的命运，只能努力地尝试在精英与大众之间寻求好的平衡。这种被伊格尔顿看作“脆弱的、困扰的、物质的、身体的、客观的、自负的、厚颜无耻的，不是伴随我们生活的但却是我们为之生活的”① 东西——后现代意义上的消费文化直接影响了大众的审美观念，而报告文学的创作又恰恰受到大众审美影响。这让人联想到了曾经在20世纪下半叶里文学理论新批评提出了一套阅读方法，它并不太关注诸如作者的生平、文本创作的意图、文本产生的历史意识形态语境等问题，在提倡者眼中，“文本是‘自治的’、自我完满的和自足的统一体，一个由语言建构起来的审美客体”，也就是说，“重要的事情是给予文本语言自身以细致的关注，而无须顾及读者反应的主观印象”②。这种观点实在偏激。客观情况是无论什么文学作品，它的文本意义与读者的理解肯定是分不开的，将读者与文本完全割裂开来是根本不可能的。可以说，阅读也是文本传播的一部分。若要举例，报告文学作品就是最好不过的了。报告文学作品的内容指向社会深层意识形态，每一位读者都是依据自己的认知范围和理解经验进行阅读，这些范围和经验的来源就是读者所处的特定的社会历史语境，这恰恰是社会意识形态的影射，即读者所阅读的内容和阅读本身不谋而合，互相影响、相互作用，根

---

① 王宁．“后理论时代”的文学与文化研究［M］．北京：北京大学出版社，2009：139.

② 本尼特，罗伊尔．关键词：文学、批评与理论导论［M］．汪正龙，李永新，译．桂林：广西师范大学出版社，2007：12.

本无法割裂。如今的大众阅读是充满消费感和去精英化的，若是创作依然要无视这个情况且固执于上个时代的原则，那么作品终将会像不切实际的理论一样被时代淘汰。麦克卢汉将传播媒介分成“冷”“热”两类——“冷媒介”指的是意义清晰度低的媒介信息，“受者能动参与的程度高”，即受者主观填补信息的空间大；“热媒介”则指意义清晰度高的媒介信息，受者能动参与的程度低，即受者主观填补信息的空间小。非虚构文本的印刷媒介是热媒介，受众参与传播也是真实。“文学从来就不是个人的行为，它是为传达具有社会性的思想和知识而产生的”①。一切媒介的意义都是受众自己的经验，非虚构受传者在阅读文本时，就是向内进入自己的传播过程。

任何事物都有两面性，受众参与非虚构文本传播也会产生负面效果。非虚构传播作为一个符号，包含了与整个社会、历史相关联的内涵和意义。以新闻为例，“新闻真实”不过是“符号真实”。就如李普曼在其名作《舆论学》中提出的“拟态环境”一样——由大众传播活动形成的信息环境，它并不是客观环境的镜子式再现，而是大众传播媒介通过对新闻和信息的选择、加工和报道，重新加以结构化处理以后被人们所认识的环境。自从人类有了新闻媒介，受众大多只能看见媒介所反映的现实，也正是这种反映构成我们头脑中对现实图像的基础，但这种现实常常是不完整的和扭曲的，即“拟态现实”。如果把能够被人直接感知和体验的环境叫“直接环境”，如新闻事件的那些现场等，那么，通过新闻媒介间接体验的环境则是“拟态环境”，如新闻报道给人们提供的另一个环境。“直接环境”与“拟态环境”之间是如何互动呢？法国结构主义叙事学家热奈特将包括新闻叙事在内的叙事含义划分为三个层次：一是最通常意义上的叙事，即叙事话语；二是话语详述的事件，即故事；三是产生话语的或真实或虚构的行为，即叙述。新闻叙事就产生于话语的行为或者过程中，可被看作是一种语言上

① 王昆吾. 中国早期艺术与宗教［M］. 上海：东方出版中心，1998：146.

的策略选择。虽然新闻叙事应尽可能地还原事实，营造新闻事件的客观真实感，但由于新闻采访大都是事后进行，且存在许多不可预知；并且新闻叙述者的客观能力、主观情感的介入也影响着叙述过程，使得新闻呈现出的新闻事件是经过“加工”的，带有叙述者主观意图重构。叙述者的存在，这就是韦恩·布斯所说的，“不管叙述者隐藏得多么隐蔽，叙事必然存在带有某种倾向的叙述者”①。李希光也曾经指出，“新闻报道即事实的图解过程。在事实的图解化过程中，新闻事件往往按照记者的价值尺度被剪裁。纳入其道德、意识形态和利益框架内”②。拟态环境同样存在于非虚构其他文体传播过程中。非虚构写作的真实性并不是一种客观的规定性，而是一种主观的规定性，因时因地因人而变化着的。决定这种主观规定性的内在机制受现实、意识形态、文化等因子影响着。非虚构文本传播者的“作者”的非虚构世界与真实的世界之间必然存在差异。

二、非虚构媒介环境：文本—空间—人

随着传媒技术的发展，非虚构所处的媒介环境也发生了改变。技术支持是非虚构文本媒介发展的决定因素。自 20 世纪 90 年代以来，卫星电视、有线电视、网络媒体、手机媒体等媒介新技术在我国全面推广和普及。互联网将全世界 240 多个国家和地区联结成网，不受时间、空间限制，人们能够通过文字、图片、声音、影像等形式迅速、海量、互动交流。新媒介技术的产生和普及，社会主导媒介的更迭，会对社会的媒介环境乃至整个社会产生重大而深远的影响。波兹曼指出，“技术变化不是附加的；它是生态学的。一种新媒介不是增加了什么，而是改变了一切”③。父辈文化中非虚

---

① 布斯. 小说修辞学［M］. 华明，胡晓苏，周宪，译. 北京：北京大学出版社，1987：3.

② 李希光. 新闻学核心［M］. 广州：南方日报出版社，2002：31.

③ POSTMAN N. Science and the story that we need［J］. First Things，1997（1）.

构的“文本—人”传播关系变为了“文本—空间—人”的传播。同时，本来只能被动接受文本信息的读者，可以采用图、声、影等各种手段方式了解非虚构，还可以利用新媒介技术进行分享和推广，这即是新的因素被导入旧的环境时形成的一种新的环境。新媒介被广泛使用使得非虚构传播空间——由非虚构文本而派生出的非虚构传播场域——由现实拓宽到虚拟世界。《相爱十年》是由慕容雪村所著《天堂向左，深圳往右》改编而成的都市青春偶像励志片。《天堂向左，深圳往右》的故事开始于2002年，亿万富翁肖然因酒后开车死在凌晨的深圳。那时他正处于事业的巅峰，声名远播，富比王侯。对于他的死亡，人们有多种看法，有的说是谋杀，有的说是意外，知情者却一口咬定他是自杀。接着，故事回溯到1992年，肖然和女朋友韩灵，还有刘元、陈启明这一群本是意气风发、踌躇满志的年轻人，带着各自的理想从全国各地来到了深圳，创业、打拼、生存，在冷酷现实前头重脚轻地行走着。当图书被搬上荧屏，传播场域的改变要求传播文本内容随之做出变化。书中的韩灵和肖然不会让你心向往之，肖然在书中更世俗，对韩灵没那么温柔体贴，当然也没邓超那么帅；韩灵在书中懂得应酬，懂得暧昧，崇尚金钱不会让人心生怜惜。“电视剧更多的是刻画爱情，原著更多的是在深圳这个大背景下人性的变化”，“我是看完电视剧觉得有遗憾再去翻书的”，“这是慕容雪村的风格”，“插一句，那个刘元的演员是不是还演过一个啥性无能的角色？看着不大爽”……这是随机进入《相爱十年》的网络论坛里网友们的留言讨论。可以试想，如果没有被拍成电视剧或是没有网络论坛这样的传媒工具，《天堂向左，深圳往右》仍只是一部深刻反映时代变革、广受读者青睐的文学作品。而如今，它的传播影响力波及更广更深，在网络上引起广泛热烈的讨论。人们依据自身的体验和感悟在网络空间直抒胸臆，在文本以外甚至影视作品以外又制造了一个传播空间。这在印刷媒介时代是不可能存在的。

由于空间的改变，非虚构媒介环境产生了独特性。

首先，虚拟空间信息迸发，真假难辨、复杂性更强。自古以来，信息量的多寡与传播渠道的宽窄成正比。口口相传时期，人与人之间是简单的“点对点”交流，信息量也只限于彼此的小事；印刷术发明后，传播发展成了“点对面”，信息量也不仅仅局限于“你与我”，而扩展成为“你们与我们”；广播、电视的普及，使得传播速度大大提升，于是在单位时间里可供传播的信息量变多，同时，频道的多元化也带来了信息量的多元；进入网络社会，新媒介技术的广泛运用，全媒体时代开启了传播新纪元。无论是“点对点”“点对面”“面对面”等一切传播形式都可被便捷使用，信息可谓是爆炸式的。正如文学批评家徐肖楠撰文所说：“现代媒介将人类各个角落、不同时间、多种元素的生活状态大量传递、呈现出来，但伴随这种媒介化状态的生活真实性和生活意义并没有产生。媒介信息有真实性，也有虚假性，这种难以确定的真实性，使媒介化生活缺乏真实性力量和意义引导。实用知识和必要媒介并不能决定人们的价值信仰。”他认为，实际上，新媒体技术的日新月异，使“人们的视野更开阔了，但心胸可能更狭小了；生活不是更清晰了，而是更迷茫了……在媒介时代，人们对真实生活的更大希望可能落空，这直接形成了人们虚假的生活风格”①。麦克卢汉的“媒介即讯息”论指出，最具价值的不是各个时代的具体传播内容，而是每个时代所使用的传播工具的性质及其开创的可能性。可能性当然有正面的，也有反面的。在虚拟空间里，信息可被广泛、多次共享，后果之一就是对信息的来源无法查证，就算得知引用来源，进行验证也有难度。这就使网络社会“谣言”与“真言”混杂，加上虚拟环境存在诸多变化，信息在快速传播的同时造成“误会”的可能性也大增。比如，原本纸媒时代时，晚报新闻或是隔天早报新闻在出版之前有相对充裕的时间进行采写、编辑、终审等，新闻的可信度相对较高。但随着网络的兴起，人们越来越多地选

---

① 徐肖楠．非虚构文学如何突破媒介包围［N］．文艺报，2012－07－30．

择通过新媒体获取新鲜资讯。为了在竞争激烈的新媒体时代赢得头筹，追求新闻时效性的压力对于传播者而言比数世纪以来都要大。忙中有错，在所难免。新闻内容未采编到位或未经核实就发表等产生的新闻失实情况屡见不鲜。更有甚者钻传播漏洞，故意制造和传播虚假信息，导致虚拟社会纷繁复杂。

其次，非理性色彩浓厚。一方面，在中国，新媒介的偏向呈现的是表里不一的局面。表面上看，每个人都拥有在网上发言的权利，互联网比起其他媒介，更靠近社会草根阶层。在沉默螺旋的作用下，个别意见被扩散为集体意识，整个过程呈现出的是大众的被动。此外，由于网络的虚拟性，在一定程度上，人们可以抛弃现实世界中道德的束缚，在群体暗示、感染作用下，忘情地实现“超我”，也在恣意地放纵“本我”，做出非理性的行为。这正是网络暴力、网络谣言形成的原因。正如南帆所言：“电子媒介的诞生既带来了一个解放，又制造了一种控制；既是一种潜在的民主，又剥夺了自由；既展开了一个新的地平线：又限定了新的活动区域。双重视域的意义在于，人们的考察既包含了肯定，又提出了批判；既充当伯明翰的弟子，又扮演法兰克福学派的传人。”① 可见，虚拟空间与现实空间之间似乎存在一条看不见的分割线，包括文学在内的一切事物穿过这条分割线进入另一边的世界，可能就会主动暴露或是被动诱发出不同的面貌。另一方面，在当下社会中，符号代替身份，仿真代替真实，生活不是物理意义上的生活，生命也不是物质存在上的生命。电子信息媒体全面操控的21世纪，整个社会已衍变为一个经过精心策划的“虚构”空间，这其中诞生了许多无奇不有的人间神话。媒体虚构的一个个“真实”覆盖并引导着我们的日常生活，文学似乎不再需要虚构的念头，因为与媒体炮制的那种伸手可触的虚构的真实相比，文学虚构反倒意味着与真实生活的某种疏离和逃避。

① 南帆. 双重视域：当代电子文化分析［M］. 南京：江苏人民出版社，2001：4.

于是，真实与虚拟社会之间的间隔又变得模糊不清起来。

再次，可持续发展的高活力。在忧愁新媒介可能产生的麻烦之前，我们不得不感恩它已带给了我们思考、行为上的翻天覆地的革新。新媒介不仅有传统媒介所不具备的互联互通等特性，还可以将所有传统媒介整合起来进行再创造。有学者将媒介融合归纳为以下几方面："①媒介融合的基础是技术融合，又称数字融合；②以信息生产为中心，在媒介产业链上，形成了媒介内容系统的融合、网络的融合以及终端的融合；③媒介产业链上诸环节的融合，势必造成媒介组织乃至媒介产业的融合，从而使政府对媒介相关产业的管理规制趋向融合；④最后，媒介终端系统的交互性及逆向生产能力使得受众不再是被动接收的一方，同时也成为主动的内容生产方，也就是说，媒介的主体身份也发生了融合，传者与受者身份融合。"① 传统媒体独占鳌头的时代已经过去，媒介融合成为必然。电子报纸、电子杂志、网络广播、网络电视台、微博、微信、网络银行等，这些传统媒体与新媒体的融合在传播范围和传播效果上打破了传统媒体的局限，也弥补和消解了传统媒体的不足，使得非虚构有了全新的传播平台。相应地，非虚构"文本"的表达方式较以往有了更多的选择，传播"空间"更宽广和多元，"人"的身份也发生了变化。作家或者作者，由文本的创造者身份拓展为媒介传播者。读者，也承担了接受者、反馈者甚至是主导者的角色。这点，对于非虚构文本创作者来说，尤应当得到重视。在大众传播时代，媒介主体、传者和受者之间是有明确界限的，社会分工差别明显，角色意识分离。作者处于主动地位，受者处于相对被动地位。文学是作家权力意志的象征。作家被称为语言大师，不容置疑；读者则分布在书写文化的底层。并且，传者可以转化为受者，但受者则很难转化为传者。而媒介融合在赋予了传者全面和丰富的传播工具手段的同时，更赋予了受者更大的自主性。受者

① 邓瑜．媒介融合的多维分析［J］．现代传播：中国传媒大学学报，2011（1）：18－22.

开始摆脱其在信息传播过程中消极被动的角色定位，不仅可以选择文本的内容，还可以选择收听方式，甚至可以左右文本的创作。这可以看作受传者“否定之否定”地对传播的干涉。

三、传播手段与图像转向

无论是工业技术手段，还是文化工业所生产的产品，一直是理论家们批判的对象。“工业技术用物质毁灭了人性，用数据毁灭了审美，用批量制造毁灭了创造精神，用技术理性毁灭了情感。”① 法兰克福学派领军人物马尔库塞在《爱欲与文明》《单向度的人》等著作中认为，技术理性是爱欲受束缚的根源。海德格尔作为另一位非法兰克福学派成员从另一角度对技术批判做了补充，他认为，在现代技术活动中，世界万物都作为正在或将要被技术开采、加工的对象而设置起来。但必须承认，“法兰克福学派的文化工业批判公认存在一个很大的局限，这就是他们的批判限制在意识和精神领域，而很难说就具备了实践性”②。真正的实践是什么？进入 21 世纪后，观察当下文学文本空间的特点，不得不将媒介融合对非虚构传播产生的影响作为重要考察对象。媒介融合后，非虚构在文本传播速度、广度、维度方面产生引人注目的变化。

（一）三向度的拓展

媒介技术发展至今，非虚构作品已经不再只能以纸质出版物形式呈现，而是可以以数据编码形式、多样态表达存在于电视、电脑、手机等媒体之上。相对于传统的文学载体，媒介融合之后，全球化和无实物化使得文学以全新的姿态绽放魅力，主要表现为传播速度、传播广度、传播维度上的

① 余虹．审美文化导论［M］．北京：高等教育出版社，2006：178．
② 陆扬，王毅．文化研究导论［M］．上海：复旦大学出版社，2006：101．

增强、扩张和拓展。

传播速度和传播广度方面的变化是显性的。一方面，以往非虚构写作以报纸、杂志等纸质媒介为载体，进行传播。除去写作的时间外，出版和发行也相当耗时。到了读者手里，已是几经各层级运送、分配、周转之后了。就连以时效性著称的报纸，也不能做到“实时发送、实时更新”。另一方面，文学文本传递的信息有一定的理解难度，它只能到达具有一定文化识别能力的特定阶层，是精英文化的象征。并且，传受双方在相对平衡的文化水平上，文本的传播功能之一是分享和对话。对文本质量的高要求使得作者和读者都不得不接受创作周期的打磨和煎熬。但电子媒介以声音、图像等形式模拟了文本信息，它的直白性抹平了受传者认知能力的鸿沟。因此，可接受度被提升。自然，传播范围变广。传播维度方面，非虚构文本从原来的静态、单调的白纸黑字式的书籍页面到图像、声音、动画等多媒体的转换，产生的文化意义不容小觑。传统文学呈现出的是线性结构，以字、词、句、段、篇章、标题的形式固定下来，电子媒介则将传统文学线性传播的结构转化为开放性的多维传播形式。如果说传统文学作者和读者在时间和空间上是彼此分离的，那么电子媒介传播使得共时性的交流成为可能，受众和图像文本在同一空间中彼此融合。

（二）多维传播的媒介狂欢

伊格尔顿指出：“一个社会采用什么样的艺术生产方式——是成千本印刷，还是在风雅圈子里流传手稿——对于‘生产者’与‘消费者’之间的社会关系是一个非常重要的决定性因素，也决定了作品文学形式本身”①。多维传播之前，纸质书写一直牢牢地吸引着人类社会，它不但使异地交流成为可能，而且还无形中将人群界限划分，使得社会阶层和权力分配图景

① 伊格尔顿. 马克思主义与文学批评［M］. 文宝，译. 北京：人民文学出版社，1986：73.

清晰呈现。不管是人与人之间的正式契约、社会群体的共同纲领，或者留存后世的历史记录，都以文字形式确定下来。在“书写时代”，阅读是最主要的知识和情感的交流方式，人们通过读书提升了自己，获得了“社会人”的身份。

这种单一的传播方式控制了人类千年文明，直到广播、电视、新媒体的诞生，乃至如今的媒介融合，一幅崭新的、震惊的传播情景横空出世，振聋发聩。我们暂且将其统称为图像时代，与书写文化区别开来。可以说，在人类历史上还从来没有像今天这样，图像的洪流构筑了我们的生活环境。以电视、电影、报纸、书刊、互联网、广告等为代表的大众媒体，特别是影像媒体，正在日益制造和传播着各种各样的视觉符号。图像代替了传统的印刷文化，文字在交流、知识传播以及文化艺术中的比重越来越小，图像压倒了文字，转而成为一种文化的主要元素。视觉图像踏破了以往艺术的边界而向整体的生活突围，成为波及人类生活每一寸空间、每一刻时间的主导文化形态。在这个视图统治的时代，人们对视觉媒介的依赖性加强，视觉图像前所未有地填充着我们的生活空间，日益渗透和冲击着我们的日常生活，人们的视觉在它们的包围下无处可逃。人们对世界的感受和认知方式从以语言为中心转移到了以图像为中心。

当代文化正演变成一种图像文化，这是千真万确的事实。从 20 世纪 60 年代起，我们越来越切身感受到了文化的历史性变迁，古老的以文字为主的文化传播方式和文化呈现方式让位，滑入了边缘地带，以图像为主的文化占据了人们的日常生活，从文化市场到学院内部，从休闲娱乐到认知习惯，图像担当起了类似语言的角色，构建了新的文化形态和灵魂。毫不夸张地说，我们现在已经被图像所包围。电视节目整日整夜地播出，好莱坞大片、国产影片每年数以千计地被推出，大街小巷随处可见各式各样的海报，明星的歌声和演出被灌进一张张发亮的圆形光盘里。照相机、摄影机、复印打印机、手机、平板电脑、高清数字技术、电脑特技、DVD 等，使得今天的一切轻轻松松地图像化了，视觉的盛宴在科学技术的助推下摆在了人们面前，供人们尽情享用。图书的含义早已突破了传统纸质书本的范围，电子书籍和影像资料在今天也属于图书馆的馆藏部分。

关于非虚构写作，媒介狂欢的表征大致可以表现为：一方面，人们对图的热爱达到极点。“图配文”书籍极为流行，这些读物与其说是图像“注释”文字，不如说是文字“注解”图像。人们阅读的兴趣和能力有衰退的趋势，更加热衷于影视、卡通、游戏等图像文化，而不是小说、诗歌这样的纯粹语言艺术作品。电视新闻比报纸新闻更具有影响力，因为电视画面的视觉冲击力远胜于报纸的文字陈述力量。另一方面，文学名著不断被拍成电影或电视连续剧，人们对文学作品的了解更多的是通过影视作品而非文学文本。青年人不读文学文本却爱它们的影视版。更值得注意的现象是，文学越加显著的“电影化”趋向，歪打正着地“成就”了文学。小说家期待导演青睐自己的原作，进而使文学作品被电影或电视所“收编”。文学写作“身在曹营心在汉”地瞄准影视，进一步强化了小说文字描绘的图像视觉化倾向，这在一定程度上削弱了文学本身的语言魅力。更有甚者，有的小说家就为某导演或某演员“量体裁衣”地炮制文字，期待着影视图像来“提升”自己的文学影响力。总之，未知的和非己的东西越来越少，距离感日益消失，图像为我们提供了数不胜数的经验，而这些经验由于图像的逼真效果和我们对视觉的轻信而越俎代庖，间接经验变成了直接经验，视觉经验变成了亲身经验。就像一张精美的美食图片，免去大段大段的形容赘述；一幅精美画作，不再需要华丽辞藻百般堆砌。实物与它的图像对于我们而言，指代的是同一个事物，可以引发同样的审美情趣。图像遮盖了“虚构”与“非虚构”之间的差别。

（三）从理性想象到感官世界

布鲁斯东在其著作《从小说到电影》中写道：“人们可以是通过肉眼的

视觉来看，也可以是通过头脑的想象来看。而视觉形象所造成的视象与思想形象所造成的概念两者间的差异，就反映了小说和电影这两种手段之间最根本的差异。”① 文学的传播过程，是理性的想象；而多媒体时代赋予了文学传播更多的可能，带它进入到了一个缤纷多彩的感官世界。在《机械复制时代的艺术作品》一文中，本雅明非常重视电影这一机械复制艺术。本雅明并不是发现电影开创新文化的第一人。“法国作家雨果大约最早预见到电影将取代小说等传统文学形式的文化转变，尽管他那时候电影才刚刚面世。1913 年，匈牙利电影理论家巴拉兹已明确地提出了‘视觉文化’的概念，他认为电影的发明标志着视觉文化新形态的出现，他甚至断言：‘电影艺术的诞生不仅创造了新的艺术作品，而且使人类获得了一种新的能力，用以感受和理解这种新的艺术。’在他看来，自印刷术发明以来，视觉的作用在日常生活中开始衰落了，许多意义的传达可以通过印刷符号来进行，而不再通过面部表情来传达。于是，‘可见的思想就这样变成了可理解的思想，视觉的文化变成了概念的文化’②。但是，社会出现了一种新的机器，重新使人关注视觉性，那就是电影摄影机。换言之，电影的诞生使人类文化重新回到了视觉文化，印刷文化所代表的那种语言符号占据优势的文化，让位于以形体面部表情等形象占据中心的视觉文化。”③ 哪怕是早已在网络被热捧，辛夷坞的作品《致我们终将逝去的青春》在电影版上映后才算是真正火了一把。

当然，电影并不能等同于视觉文化，电影不过是视觉文化的诸多表征之一。随着科技进步和社会发展，尤其是传播技术和视觉技术的进步，必然会涌现出越来越多的视觉形式和体验，它们都在不同程度上改变了我们的社会和文化，甚至改变了我们对世界的理解和经验，凸显出视觉性在文

① 布鲁斯东. 从小说到电影［M］. 高骏千，译. 北京：中国电影出版社，1981：1－2.
② 巴拉兹. 电影美学［M］. 何力，译. 北京：中国电影出版社，1979：28.
③ 周宪. 视觉文化的转向［M］. 北京：北京大学出版社，2008：2－3.

化中的重要性。用海德格尔著名的说法来表述，就是“世界图象时代”：“从本质上看来，世界图象并非意指一幅关于世界的图象，而是指世界被把握为图象了……世界图象并非从一个以前的中世纪的世界图象演变为一个现代的世界图象；毋宁说，根本上世界成为图象，这样一回事情标志着现代之本质。”①

距离感是审美观照的必要条件，也是语言的存在依据。文学具有深邃的时空交织感，它既通过语言造成间接的审美感受，又对人产生不可抗拒的吸引力，这种距离不是物理的，而是心理的。文学的氛围、韵味很大程度上来源于诗性的语言。语言的诗性是人与自然间沟通的桥梁，也是人与客观现实之间的自由场域。无论是刻意保持的距离感，还是诗性的肆意挥洒，“书写文本——人”之间都是依靠理性的想象串联。电子媒介制造的大量图像带来了强烈的感官刺激，人需要动用到眼、耳、心、脑等器官的感应能力去体会所传递的内容。并且，这种刺激的频度和强度之高足以传达具象信息，令视听受众可以直接产生明确的印象，理解所述对象。在图像代替文字的同时，人在审美空间中制造的距离以及人对诗意语言的欣赏和体验也被直接的感官刺激所取代。

从理性想象到感官世界，跨越的是两个传播时代。书写文本传播，涉及的创作主体有限。基本上是在以作者为中心、文本内容为核心的群体传播。通过口口相传等方式进行二级至多级再传播。传播的效果是循序渐进、层层扩张的。而影像的制作方式与传统有了很大的不同，器械的大量运用，繁多的工序，庞大的制作队伍，一部作品的完成其实是多方面合作的结果，涉及的也不仅仅是个人的创造力和艺术感，而是资金、公关、技术、剧本、管理、表演等各方面的整合，可谓团队的集体作品。当我们在接受影视作品时，由于这些作品缺乏一个明显的所有人，我们很容易忽略其人为因素，

① 海德格尔. 世界图象的时代［M］//孙周兴. 海德格尔选集. 上海：上海三联书店，1996：899.

大脑经常被逼真的图像所占据，以为这些就是真实存在的，而忘却了它们的真正身份是由人制作出来的“仿像”而已。视觉符号，按照皮尔斯的符号分类，它是属于图像符号，拥有所再现的事物的一些特点，因此很容易被认为是自然的，然而这只是自然化的结果，是隐藏在场的编码实践或曰意识形态的效果。

从理性想象到感官世界的跨越也象征了两种文化形式的更迭。图像文化总是与大众文化紧密地联系在一起的，大众文化的兴起使得文化界成为一个庞大的视觉场。在这一视觉场中，互动被进一步地渗透。高雅文化与通俗文化之间的差别逐渐减少，公平的文化共享空间得以形成，大众的文化层次和文化素质得以提高。然而，图像时代的到来在为人类社会提供积极作用的同时，也不可避免地带来了一些负面影响。图像与消费有着千丝万缕的联系，在这个物欲横流的消费时代，传播者大都带着强烈的功利心进行工作。受众，则不可避免地为此买单。在付出经济代价的同时，消费者的注意力和思维意识也是传播者所要争取得到的。这就导致在视觉形象的强烈冲击下，人们失去了辨别真实的能力，视觉图像以一种感性的、浅薄琐碎的形象弱化了人的理性思维，使人们沉浸其中，对现实迷失了方向。生存于视觉影像中的人们，一味地接受并享受视觉的愉悦和震惊，宣泄自身的焦虑和困惑，甚至，主体性和审美判断能力衰退，平面化的瞬时感觉代替了深度思考，人们单纯地满足于视觉的享乐，而丧失了对图像背后意义和价值的追问能力。

第五章 | ◆

纪录、表现：当代非虚构写作的媒介存在

随着媒介技术的迅速发展，非虚构的表现形式已不拘泥于文本书写了。结合传播渠道的利用，非虚构写作已声像化地存在于三维空间中。比如，纪录片、专题片、摄影纪实小说、非虚构剧情片、影视政论片等，就是人们熟知的非虚构写作栖于媒体的存在。纪录片是以真实生活为创作素材，以真人真事为表现对象，并对其进行艺术的加工与展现的，以展现真实为本质，并用真实引发人们思考的电影或电视艺术形式。就连电影的诞生都始于纪录片创作。1895 年法国路易·卢米埃尔拍摄的《工厂的大门》《火车进站》等实验性的电影，都属于纪录片的性质。中国纪录电影的拍摄始于 19 世纪末 20 世纪初，第一部是 1905 年的《定军山》。最早的一些镜头，包括清朝末年的社会风貌、八国联军入侵中国的片段和历史人物李鸿章等，都是由外国摄影师实地拍摄的。我国纪录片的先期发展，曾有很长一段时间是历经专题片时期。在《望长城》出现之前，人们一直认为专题片就是纪录片，而实际上专题片是中国的专有名词。与纪录片相比，电视专题节

目主题相对统一，表现方式是围绕主题进行全面、详尽、深入的反映。在三大电视节目——新闻节目、专题节目、文艺节目中，专题节目兼有新闻节目的真实性和文艺节目的艺术性；内容上包罗万象，涵盖大千世界。只是，“专题片的叙事，主要是一种‘表现’性的，是一种‘对现实的营造’；而纪录片的叙事，则主要是一种‘再现’性的，是一种‘对现实的记录’。如此便见出了‘表现性’叙事艺术和‘再现性’叙事艺术的不同”①。另一种媒介与非虚构写作的联姻是摄影纪实文学。摄影艺术凭借语言起到画龙点睛之功效，纪实文学则借助摄影加强其客观真实性，减少许多作者在语言表述上的困扰。摄影纪实小说以其简洁的语言、优美的画面、感人的情节和深刻的寓意打动读者，这是叙述故事的一种新的阐释符号。此外，还有“非虚构剧情片”这一类新的表现形式。潘桦在《用镜头诠释力量：深入四川地震灾区拍摄“非虚构剧情片”的尝试和探索》中解释了“非虚构剧情片”的三个特点，即“①真实人物，真实故事；②主人公不是演员扮演而是真实人物出演；③不因为真实人物、真实故事而流于纪录片，是纯粹的剧情片，需要编剧与导演的过硬功夫。‘非虚构剧情片’是为了加强整个剧情片的真实感染力”②。

一、多元纪录，复调表达

纪录片是非虚构借助大众媒介呈现的一个典型例子。1932 年，英国纪录片运动组织者约翰·格里尔逊提出这样的纲领。第一条原则：①我们相信，纪录电影就其所触及的、所观察的以及选自生活自身的容量，足以开发成一种新的和极端重要的形式。摄影棚电影极大程度上不顾及在真实世

① 彭立，黄颖. 电视专题片与纪录片比较谈［J］. 当代文坛，2005（6）：64－66.

② 潘桦. 用镜头诠释力量：深入四川地震灾区拍摄“非虚构剧情片”的尝试和探索［J］. 当代电视，2011（1）：76－77.

界之上揭开银幕的可能性。他们拍摄扮演的故事，并以人工布景为背景。纪录片将拍摄活生生的场景和活生生的故事。②我们相信，原生的（或土著的）角色，和原生的（或土著的）场景能比较好地引导屏幕解释现实世界。它们给电影提供巨大的素材的宝藏，它们使每幅影像的力量陡增百万倍，它们促使对于真实世界正在发生的事件的说明比摄影棚里施作魔术和依靠机械重演更有力量，更丰富和令人惊讶。③我们相信，从这样自然状态下获取的素材和故事，可以比扮演的东西更好（在哲学认知上更加真实）。自发的自然产生的姿态在银幕上有一种特别的效果。约翰·格里尔逊将是否虚构作为区分纪录片与故事片的关键。就像传播学学者魏珑在《"真实再现"与纪录片的"非虚构"原则——兼评"对现实的创造性性处理"论》一文中谈到"非虚构"之于纪录片的意义："纪录片之于现实社会和历史从来都有两条'线'：非虚构的'底线'和真实再现的'渐近线'。"① 关于对纪录片的定义，许多都肯定其非虚构的特点。法国的《电影词典》说，"具有文献资料性质的、以文献资料为基础制作的影片称为纪录电影"；美国的《电影术语汇编》说，"纪录片是一种排除虚构的影片，它具有一种吸引人、有说服力的主题，它从现实生活中汲取素材并用剪辑和音响增加作品的感染力"；《中外广播电视百科全书》指出，纪录片"通过非虚构的艺术手法，直接从现实生活中获取图像和音响素材，真实地表现客观事物以及创作者对这一事物的认识与评价的纪实性电视片"。

（一）从言语到语言

索绪尔的语言学给我们界定了语言和言语的区别。在《索绪尔第三次普通语言学教程》中，他使用的 langue、parole 这两个法语词分别指称"语言""言语"。简单地解释为语言是社会代码，是使言语成为可能的语法结

① 魏珑."真实再现"与纪录片的"非虚构"原则：兼评"对现实的创造性性处理"论[J].现代传播，2005（4）：120－122.

构和符号结构，它是稳固的，处于相对静止状态；言语是讲话者对语言代码的运用和布置，是主动的和个人的，是自由结合的，具有相对的运动状态。梅洛－庞蒂认为，言语就像动作一样，我们支配词语，就像支配我们的四肢一样。我们不必用眼睛观察身体在空间中的坐标位置，就能即刻确定自己四肢的位置，并能不刻意思索就运动四肢。与此相对应的，“言语是一种真正的动作，它含有自己的意义就像动作含有自己的意义”①。也就是说，语言是个系统，是言语活动中社会成员约定俗成共同使用的部分，是社会共有的交际工具。人们在运用这个工具的时候，必须遵守这个系统的规则。因此，社会因素是它的本质因素，而言语是人们运用这个工具的过程和结果，它具有个人特色。每个人说话的嗓音，每个音的具体发音，每个人使用的词语和句子结构等方面都有个人特色，而且每个人每一次说话都是不同的。这些都是言语现象和言语要素。因此言语除了具有社会因素，还具有个人因素。语言系统的各个结构成分——语音成分、词的数量和构词规则等——是有限的，但在具体的言语活动中，作为一个行为过程，人们所说出的话是无限的，每句话语的长短在理论上也应该是无限的，任何一句话都可以追加成分而使它变得更长。我们每个人都可以通过它们说出无限多的话语。

我们可以将纪录片等非虚构形式看成一种语言表达，是包含文字语言、声音语言、图像语言在内的复杂的语言形式。纪录片的文字语言，主要指的是纪录片解说词。解说词最早出现在纪录片作品里是 1927 年约翰·格里尔逊创作的《漂网渔船》，从此“解说加画面”模式流行于世。理性客观的解说词可以起到补充信息、设置悬念、推进情节等作用。声音是电视纪录片中必不可少的因素，正如克拉考尔所说的，“由于情节正在变得规模越来越大，内容越来越丰富，只有语言才能把无声片从越来越多的累赘的字幕

---

① 梅洛－庞蒂．知觉现象学［M］．姜志辉，译．北京：商务印书馆，2001：239.

和为说明情节纠葛而必不可少的解释性画面中解救出来”①。因为纪录片的主要目的是反映人类生活的复杂性和多义性，而不是以意义标准将其简单化，就像中国电视片研究会会长陈汉元说的：“纪录片的使命就是忠实于记录事件发展过程，我们不要干预这个过程，因为过程就是历史，如果干预了、使他的走向变了，那么你可能歪曲了这段，你在捏造变更历史的真相。”② 所以纪录片最基础，也是最核心的工作则是用图像呈现故事。试想，每一部纪录片背后都累积着数倍时间量的声像、文字素材，这些素材就是独立的、无规则的言语，传播者通过编辑、制作的复杂加工，将言语转化成纪录片语言。

（二）非虚构的多媒体语言——以《舌尖上的中国》为例

《舌尖上的中国》为中央电视台制作的美食类纪录片，目前共三季。2012 年 5 月 14 日开始播出的《舌尖上的中国》第一季共 7 集，分别是《自然的馈赠》《主食的故事》《转化的灵感》《时间的味道》《厨房的秘密》《五味的调和》和《我们的田野》。该纪录片通过对全国各地美食的描述，来展现食物给中国人生活带来的仪式、伦理等方面的文化，令世人见识中国特色食材以及与食物相关、构成中国美食特有气质的一系列元素，了解中华饮食文化的精致和源远流长。正如央视纪录频道总监刘文在《舌尖上的中国》第一季新闻发布会上说：“以美食作为窗口，让海内外观众领略中华饮食之美，感知中国文化传统和社会变迁，进而领略中国人对于生活的热爱，这是《舌尖上的中国》努力追求的目标。”③ 中央电视台原台长胡占凡在由中央电视台、光明日报社主办，中国电视艺术委员会协办的纪录片《舌尖上的中国》研讨会致辞中也指出，《舌尖上的中国》以“让世界了解

① 克拉考尔. 电影的本性：物质现实的复原［M］. 邵牧君，译. 北京：中国电影出版社，1981：130－131.

② 高鑫. 影视艺术欣赏：下册［M］. 北京：北京广播学院出版社，2001：254.

③ 参见纪录片《舌尖上的中国》新闻发布会，中国网络电视台，2012 年 5 月 10 日。

中国”为创作宗旨，不仅展示了中国改革开放以来的巨大变化，更表达了中国人在新时代中积极向上的精神风貌，用镜头下的“美食”传递中国社会悄然发生的变化，以独特的人文视角表达中国的文化价值理念，使“中国题材、世界表达”这一国际化的传播理念又一次得到了国际市场的验证。

与第一季相比，《舌尖上的中国》第二季更加注重人文关怀。第二季分别请了7位导演进行制作，每一集都有自己的风格特色，从不同的角度去叙述那些存在于平凡人家中的美食故事。第一集《脚步》重点讲述了各种美食在不同地域的演变和食物对中国人“乡愁”情结的一种演绎；第二集《心传》讲解了中国美食文化中的血脉传承和师徒衔接的历史；第三集《时节》讲的是关于食物与季节演变的关系；第四集《家常》表达了家中的“酸甜苦辣”，是对中国人基本日常食物的解释；第五集《相逢》表达了中国人利用食物进行聚会交流的文化氛围；第六集《秘境》介绍了一些隐匿山野中不为人知的美味；第七集《三餐》回归到最平常的每日三餐中寻找“味道”；第八集则是此次拍摄的花絮。

1. 纪与撷英

“纪”与“录”两字体现了纪录片的主要构成，分别是以解说词为主的文字语言以及以同期声、音乐、图像等为代表的电子媒介语言。以下就以《舌尖上的中国》为例解析纪录片语言。

《舌尖上的中国》的解说词断句很短，几乎不使用形容词。尽管在第二季时，用语方面有意偏向文学的诗意，但仍然坚守精练、简明的风格。“不管是否情愿，生活总在催促我们迈步向前，人们整装、启程、跋涉、落脚，停在哪里，哪里就会燃起灶火。”“从个体生命的迁徙，到食材的交流运输，从烹调方法的演变，到人生命运的流转，人和食物的匆匆脚步，从来不曾停歇。”这是《脚步》的开篇词。“脚步”包含两层含义：一是每一种食物的获取都要经过漫长“跋涉”，二是追逐美味的路上都会留下酸甜苦辣的生活“脚印”。就像这一集中的主人公之一白马，他“选了一根藤条，使自己与大树相连，从现在起，这根藤条关系性命。看起来进展不错，一个小时过后，白马爬了很高，但还有更高的距离要爬。父亲放心不下，匆匆赶来。白马占堆已经不敢用双手砍树，速度明显慢了下来。3 个小时过后，白马接近树冠。现在，他准备摆脱藤条”。40 米高，并且没有任何保护，这是一次危险的行走。“野蜂并不怕人，白马从长辈那里学会了点燃烟雾，迫使蜜蜂放弃抵抗。砍开蜜蜂藏身的树洞，就可以得到最甜美的蜂蜜。”又如为了获得蜂蜜需要经过上万公里的艰苦守候的养蜂人谭光树夫妇。“油菜刚刚开花，谭光树已经准备启程。老谭是职业养蜂人，二十多年来，依靠这份工作，他养育了一双儿女。每年清明，老谭都要和妻子吴俊英，踏上追逐花期的旅程。一昼夜，蜂箱已在500 公里外的秦岭。”花的味道决定了蜂蜜的味道，地区不同，味道也完全不同，这正是蜂蜜作为美食的神奇之处。“秦岭出产中国最顶级的槐花蜜，但是老谭心里毫不轻松，毕竟，养蜂是靠天吃饭的行当。4 月中旬，天气突变，大风伴随降雨，花期提早结束，没有人知道，糟糕的天气会持续多久。20 多年前，老谭向未婚妻许诺，要带她从事一项甜蜜的事业。交通不便的年代，人们远行时，会携带能长期保存的食物，它们被统称为路菜，路菜不止用来果腹，更是主人习惯的家乡味道。看似寂寞的路途，因为四川女人的存在，变得生趣盎然。妻子甚至会用简单的工具制作出豆花儿，这是川渝一带最简单最开胃的美食。通过加热，卤水使蛋白质分子连接成网状结构，豆花实际上就是大豆蛋白质重新组合的凝胶，挤出水分，力度的变化将决定豆花的口感，简陋的帐篷里，一幕奇观开始呈现。现在是佐料时间，提神的香菜，清凉的薄荷，酥脆的油炸花生，还有酸辣清冽的泡菜，所有的一切，足以令人忘记远行的疲惫。丰盛的一餐，标志着另一段旅程的开启，全部家当，重量超过 10 吨，天黑前两小时必须全部装车。因为工作，每个养蜂人每年外出长达 11 个月，父母的奔波给两个读书的孩子提供了安稳的生活。20 多年，风雨劳顿，之所以不觉得孤单，除了坚忍的丈夫，勤劳的妻子，相濡以沫的还有一路陪伴的家乡味道”。许多人说，看了之后热泪盈眶。情感的迸发来自文本的叙事触发。《舌尖上的中国》第二季采用了两条叙事线索：一条是美食线索，另一条是与美食有关的人文线索。一个个小故事就像是一颗颗美丽动人的珍珠，被串联在美食线上，两者相互依托、相互映衬。讲述每一个故事时，都是铺成后戛然而止。故意留下伏笔，让观众为每个片段的主人公揪着一颗心。直到解说词结尾——“甘肃山丹牧场，老谭夫妇准备向下一站进发，又是一次千里跋涉；宁夏固原，回乡的麦客们，开始收割自家的麦子；东海，夫妻船承载着对收获的盼望，再次起锚。这是巨变的中国，人和食物，比任何时候走得更快，无论他们的脚步怎样匆忙，不管聚散和悲欢，来得有多么不由自主，总有一种味道，以其独有的方式，每天3次，在舌尖上提醒着我们，认清明天的去向，不忘昨日的来处”——给出一个大团圆的美好结局。

2. **录与渲染**

纪录片的故事不是说出来的，而是用画面语言展现出来的。罗兰·巴特的符号学理论探讨图像话语一般包含三个层次的讯息：“语言学的讯息、被编码的图像讯息和非编码的图像讯息。其中被编码的图像讯息对应于直接意指形象，而非编码的图像讯息对应于含蓄意指形象。”① 在纪录片中，被编码的图像是具体的食材、人物，非编码的图像讯息则是食物与人物之间的联系。

在《舌尖上的中国》的摄制中，特写、超常规视角和快速镜头常常被使用。在《转化的灵感》中，介绍了豆腐的制作过程。图像语言的表现，分别是原料大豆、豆浆、石膏的特写镜头，接着是胡学兵用石膏水点豆浆的长镜头，再后来是胶凝后的豆腐特写。原本需要很长时间的制作豆腐过程被浓缩进几个图像里，原本需要花上数百字叙述的内容仅用数十秒钟的

---

① 巴尔特，等．形象的修辞：广告与当代社会理论［M］．吴琼，译．北京：中国人民大学出版社，2005：40－41．

镜头就已做到。更重要的是，与文字语言相比，图像更加形象、直接。从大豆到豆腐的过程，几乎不需要解说词的赘述，观众只用看其画面就能一目了然。除了特写和长镜头外，《舌尖上的中国》的剪接也为纪录片增色。“纪录片虽是摄影机对现实影像的一种纪录，但是纪录片的本质并不仅仅停留在此，剪辑才是凸现——落实纪录片创作之大义精髓。”① 《舌尖上的中国》的剪接率非常高，对一些必要的长镜头多采用交叉剪辑，将持续性的镜头拆分拼接，把长镜头拆分成很小的片段，使冗长枯燥的长镜头变得短小跳跃，画面的视觉效果立马增强。比如《家常》中介绍“新婚的女儿回门，娘家会制作枣花馍。馍的数量和花样，代表了对女儿的疼爱程度，没有一个母亲会怠慢”，竟然由 27 个分镜头组成。包括揉面，捏各种各样的形状，用筷子、剪刀等工具塑形，放入枣子、制作者特写等。图像语言的优势还体现在意义渲染上。“在蛋白质的提供上，大豆食品是唯一能够媲美肉类的植物性食材。对于素食者来说，这相当完美。中国的豆腐在‘清寡’中，暗含了某种精神层面的气质。古人称赞豆腐有‘和德’。吃豆腐的人能安于清贫，而做豆腐的人也懂得‘顺其自然’。”在讲述中国传统食物——豆腐时，画面配合一块块洁白无瑕的实物，素净的形象引发观者的联想。又如，《相逢》对火锅的拍摄——混合着花椒、辣椒的火红底料，黄喉、毛肚、鸭肠、肜花、耗儿鱼、午餐肉等食材，滚沸的锅、氽烫、蘸碟……好一幅琳琅满目、热火朝天的景象！正如“火锅，最集中地体现了中国人对于热闹对于团圆的向往”所言，山城里灯火阑珊，遍布一间间挂着红灯笼的火锅餐厅，吃火锅的人们各个酣畅淋漓，满足无限。

纪录片的渲染还体现在声音语言的运用上。音乐、音效的配合，不仅加强了画面的张力和表现力，更对纪录片整体叙事抒情增添了艺术感染力。在纪录片中，音乐和画面的紧密结合会产生二者单独所不能产生的意境，

① 陶涛. 电视纪录片创作［M］. 北京：中国电影出版社，2004：244.

赋予了它们新的生命。刀与砧板接触时的“咚咚”响、鳜鱼下锅煎炸时的“吱吱”声、打鸡蛋时筷子与瓷碗间“叮咚”作响、千岛湖中大鱼在水里的“扑通扑通”翻腾……无不形象又生动地刻画着食材的优良、制作的精细。这些响声，不单单是烹饪美食的声音，它们更见证着人与整个自然之间的互动。《舌尖上的中国》的声音语言中，留给人们印象最深的当属配乐。有一首反复播放的音乐，可以被认为是《舌尖上的中国》的主题曲。它是由中式曲风为主旋律、西洋乐器协奏的音乐，配合叙事基调，被多次插入纪录片中。极具中国味儿的民乐版本，曲调轻快、悠扬，常用于介绍传统美食的制作过程；西洋乐版本，则气势恢宏，被运用于开篇或是结尾等处，给人一种磅礴、震撼、升华之感。

3．纪与录的延伸

《中国纪录片人宣言》说纪录片是“为时代立传，为历史存真，传承文化，连接未来，生命不息，使命不止”。《舌尖上的中国》选取的是中国饮食文化这个宏大的主题，秉承着纪实价值取向，选取普通家庭生活，以小见大，用微观视角来讲述存在于平凡生活中的不平凡故事。就像宁波水磨年糕那个段落——临近岁末，阿公阿婆的儿孙回老家过年，四代同堂，小孩最喜年糕，阿公阿婆便联合四邻，拉起手打年糕的阵仗。无论是捣碎艾草用汁液揉成青色年糕，抑或在年糕上撒布金黄色的松花粉，都是阿公阿婆的“压箱宝”。欢笑过后，孩子们带着阿公阿婆的年糕，返回城市。也许那种柔韧筋道的口感，会是童年最幸福的回味——乡土离人，年糕带来的快乐是阖家团聚，也是追忆童年。其实，每个人舌尖上的故乡加起来就构成了整个中国；每一个人对美食的情怀融汇起来就形成了一种叫作文化的东西，得以传承。中国人用智慧，巧妙地从自然界获取馈赠，这一切之所以能够实现，得益于他们对上天和食物的敬畏以及对自己深爱的那片土地的眷恋。与其说是纪录舌尖上的美食，不如说是纪录人与天地万物之间的和谐共生。纪录片纪与录的同时，也表达了传播者深刻的感情——这即是媒介的延伸。感动我们的不仅仅是食物的味道，还有历史的味道、故乡的味道、童年的味道、爱情的味道、亲情的味道。

纪录片是像“镜子”一样，客观反映现实生活，还是像“锤子”一样，主动干预现实，一直是纪录片创作领域的重要分歧。“镜子论”者主张对被拍摄对象做客观理性的“旁观”式纪录，“锤子论”者则主张对被拍摄对象进行主观“介入”与干预。对这个问题的理解就像是对非虚构“非”的认识一样，没有绝对的“真实”与“非虚构”，无论是新闻、报告文学这样的书写文本，还是纪录片这类的多媒体声像文本，非虚构都是种再现。只是书写文本用的是文字语言，而纪录片用的是多维语言。语言方式只是非虚构写作组织结构，其背后深层次的审美意义同样值得关注。纪录片通过其画面、叙事、构图、解说词和音乐等方面传递它的美感，传递其对审美价值取向的追求。大美始于大爱。食材、美食、地理、风物不止于舌尖，终究归于家和爱。无论生活多么不易，我们总是记得家乡的味道和爸妈的味道，一种味道一旦和记忆里的某个特殊时刻相结合，那么美食就不仅仅只是美食了，它将成为心灵里最珍贵的礼物，一辈子都难以忘怀。时光走过，味道永恒。《舌尖上的中国》正是利用观众的视觉、听觉体验，触动嗅觉、味觉感官，激发脑的回忆、心的感动。正如《家常》里所言：“家，生命开始的地方，人的一生走在回家的路上。在同一屋檐下，他们生火、做饭，用食物凝聚家庭，慰藉家人。平淡无奇的锅碗瓢盆里，盛满了中国式的人生，更折射出中国式伦理。人们成长、相爱、别离、团聚。家常美味，也是人生百味。”

二、话语的聚变——以张胜友影视政论片为例

张胜友集记者、出版家、文学家、政论作家身份于一身，可谓是奇人。张胜友的“奇”有目共睹。“30 年前，张胜友以饱含忧患意识、富有批判

锋芒的报告文学作品在中国文坛崭露头角；20 年前，他又以极具思辨性和前瞻性的影视政论作品，再度饮誉文坛。”① 又有人言，张胜友是“一位以报告文学和影视政论片创作独树一帜的作家，一位在文化体制改革领域闯出新路的践行者，一位享有‘改革作家’美誉的时代弄潮儿”②。在新时期的中国文坛，张胜友是一个绕不开的名字。无论是像《擎起达摩克利斯剑》《力挽狂澜》《穿越历史隧道的中国》《命运狂想曲》《让汶川告诉世界》《天网恢恢》《珠江，东方的觉醒》《东莞：城市传奇》等一篇篇反映社会变革的报告文学作品，还是诸如《十年潮》《历史的抉择》《风帆起珠江》《闽西：山魂海恋》《闽商》《让浦东告诉世界》等观照时代发展的电视政论片，都显示了张胜友的报告文学创作题材之宏阔、立意之精深、形式之开拓和表达之壮美，每一部作品都镌刻着现实的年轮，吞吐出主体生命的气象。张胜友耕耘于非虚构文体 40 多载，创作了 16 部报告文学作品和 36 部电影、电视政论片。研读他的作品，观览其人其作存在的背景，会发现这些作品不仅记录了中国改革的发展历程，也是中国非虚构文体发展史的缩影。

（一）报告文学三十年：非虚构符码的认识、选择和转型

研究一位作家的成就，可以综合他的人生经历和创作历程一并考察。张胜友从事文学创作数十年，经过时间的磨砺，其自身的个性和作品的风格俨然已相互交融、不可分割。张胜友与其作品之间的互动关系，可以用演绎和归纳两种逻辑方式来阐释。梳理张胜友的创作历程，有几个时间节点是值得关注的。

首先是 1977 年《闽西石榴红》在《人民日报》副刊的发表。说这是张胜友文学创作征途中第一座里程碑，是因为这篇散文激发了张胜友有为于文学的热情和潜能，为他未来敲开中国当代报告文学创作最高级梯队的大

① 张胜友．行走的中国［M］．北京：人民文学出版社，2009：代序．
② 张胜友．风帆起珠江［M］．北京：作家出版社，2013：序．

门，使许多专业与非专业的人认识这位在中国作家之中擅长高格调、大气派创作的能人，构筑了一个高的起点。在此之前，张胜友的创作实践也涉及其他领域，比如小说、诗歌。但直到散文家张惟慧眼识英雄，并且有了“纪念红四军入闽五十周年和古田会议五十周年”写作契机，张胜友才在书写革命历史题材中的创作才华初露端倪。这个机会来得偶然，却也是必然。因为关于革命与历史，张胜友有太多的感触。从出生、成长到求学、再到工作，他经历了中国几次重要的社会变革，这些变革改变了他的人生轨迹。他的童年经历过“三年困难时期”的窘困，青年时期因“文化大革命”被迫中止了高中学习并开始了长达十年艰辛的农耕生涯，直到 1977 年参加了那场恢复高考后的第一次大竞争才重新回到学堂，在入学后又受到“真理标准大讨论”的洗礼。可以说张胜友的成长是踩踏着时代变革的脚印一步步向前进。经历的这些变革，造就了张胜友“身为下贱、心比天高”的个性。这种性格使得日后张胜友在身处困境时都能始终保持自信和勇敢；正是因为他个人成长经历与社会变革联系紧密，所以使得他在书写此类题材的作品时格外倾情，特别给力。对于张胜友个人而言，《闽西石榴红》的成功更重要的是有了两方面无形的收获：一是作为一名作家，他对自己的创作特长有了清楚的体认与把握，知道了扬长避短；二是长期以来默默无闻地创作，终得专家和读者的首肯，对今后长期从事文学创作增加了信心。之后，张胜友还创作了诸如《武夷山水情》《记忆》等作品，反响也十分热烈。

虽然张胜友的创作涉及多种体裁，但是他最倾心于非虚构类文体。他在非虚构写作创作领域不仅兴趣浓厚，更展示了非凡的创作才华，尤其是在报告文学方面。报告文学是一种以社会关怀为主旨的文体，和散文一样有着丰富的文学表情，但它更着眼于现实生活本身，兼具新闻性和学理色彩。研究报告文学的学者王晖用从“附庸而独立，一体到多元”① 来概括自

① 王晖. 百年中国报告文学文体流变论［D］. 苏州：苏州大学，2002.

19世纪末以来中国报告文学文体百年流变态势。其中发生质变的时间点——20世纪70年代末至80年代，恰好是张胜友开始投入报告文学创作的时候，他亲身参与并见证了报告文学的历史转折。之所以说20世纪30—70年代报告文学发展都是量变的积累，是因为此间尽管社会变迁巨大，但政治与文学异构同质的基本关系未曾发生根本的变化。因此，作为文化形态之一的文学内部结构也不会有颠覆性的重整。报告文学是典型的非虚构文体，它不像小说那样可以虚构生活，也不能像诗歌那样可以纯粹书写个人内心情感。报告文学无法拒绝现实、夸大现实，从某种意义上来说报告文学就是现实，因为“一定时代的现实存在不仅直接成为报告文学反映的具体对象，而且由这种现实存在及其关系所形成的文化生态，直接影响着报告文学作家对于现实的选择与评说”①。20世纪70年代之前，中国经历过漫长的阶级斗争，报告文学也被当作文化利器战斗在无形的战场上。在相当长的时期内，报告文学又被主流意识形态化。70年代末是当代中国社会发展的分水岭，同时也是报告文学发生质变的转折点。1978年开始实行的改革开放不仅放大了民众生存空间的宽度，也拓展了精神生活空间的深度。于读者大众而言，大量东渐的西方文化为他们打开了一扇通往世界的门，使他们内心的新奇和快感爆炸式地迸涌。于文学创作者而言，随着知识分子的身份得以正名，他们的文学主体意识得以自觉，可以饱含热情地以个人的方式追寻文学作品的审美意义。张胜友于1982年完成的报告文学作品《飞到联合国总部的神奇石块》就充分体现了这一点。与过往报告文学作品“写中心”“写政策”不同，《飞到联合国总部的神奇石块》以一块方石的由来为引线，倒叙了中国残疾青年蔡天石的人生故事。蔡天石的命运其实象征了祖国母亲的命运，“从严冬里走来，披一身风雪，踏一路荆棘，终于迎来阳光明媚的春天”，感人肺腑，意味深长。报告文学与新闻报

① 丁晓原. 文化生态视镜中的中国报告文学［M］. 上海：复旦大学出版社，2008：6.

道的最大不同就体现在这里，它不仅向读者提供有用的信息，更以非虚构的文学叙事启发他们对社会进行思考——这是报告文学审美的关键。除了回归本体的文学性之外，20 世纪 80 年代的报告文学逐步开始强化其作为文学艺术的启蒙精神和批判功能。《命运狂想曲》这篇关于“汽车狂潮”的报告文学，就是最典型的写在当下、批评现实、启蒙时代的作品。《命运狂想曲》记述了雷宇在海南岛大搞进口汽车的始末，张胜友客观地书写着这段故事，并用辩证的态度理解这场改革风波中的奇观——“雷宇，人们心目中久久不会忘怀的这个名字——一个失败了而没有倒下的改革者，是不是也可以冠上这样一个称呼：无罪的罪人呢?”这种对历史的总结方式在之前的报告文学里是不常有的，它抛弃了完全赞颂式或是纯粹批判式的表达方式，而是给历史人物一种更加公正、客观的对待。其实，雷宇的戏剧人生何尝不是中国改革阵痛期的缩影？对于在特殊时代里走些弯路的现象，张胜友以一名社会观察者的身份给予了充分的理解和包容。同时，作为一位对社会改革实践进行理论探寻的研究者，张胜友不断地研究报告对象，并从一个个看似偶然的单独事件中分析出了普遍存在的必然矛盾——“是改革，把雷宇推到海南岛这块荒蛮僻远的土地上。时代，为海南岛选择了这样一个有胆有识的传奇式人物；与此同时，又正是极端贫困又渴望起飞的海南岛（从全国来说，又何尝不是这种状况呢），由于急功近利的渴求和难以驾驭的形势，雷宇犯下了大错。他在海南岛所走过的每一条路，都深深地烙下了我们时代的印记。”在和胡平合作的《历史沉思录》中，作者同样秉持以历史启蒙现实的态度进行报告文学的创作。这部作品由两条线索串联，其中一条是现实线索。作为追忆者，作者重走了当年红卫兵踏行过的道路，实地参观了井冈山革命斗争博物馆。一件件历史证物把我们带回到了那个激情动荡的年代，于是，关于那个年代的故事则顺理成章地以另一条线索铺展开来。张胜友正是凭借敏锐的观察力和高超的艺术手段，在历史与现实之间游刃有余地行走，抒写着过去与当下、中国与世界交织的时代画卷。这些“过去的现实”不仅是对过去的回望，更深深触及了人们内心的最深处——“当下现实”里的剧烈变动让人们无暇应付，或许反思历史是解决眼下矛盾的一剂良方。李炳银对以史言今类的报告文学给予了充分的肯定：“它（史传报告文学）打破了传统报告文学理论对报告文学题材的约束……在一种看似游离现实生活的状态下对现实社会进行着一种交叉分析和认识。”①

新时期以来，中国报告文学在体裁、观念、形式和性质等方面发生了许多新的变化，有学者称其为重建报告文学“新五性”，即报告文学树立“主体创作的庄严性”“题材选择的开拓性”“文体本质的非虚构性”“文体内涵的学理性”“文史兼容的复合性”② 等标准。在创作类型方面，除了“主旋律”报告文学、史传报告文学以外，就以问题报告文学的发展影响最为深远。问题报告文学作品与之前相比，无论是在内容选取还是在主题取向方面都更富于批判性。作品意义的深刻源于作家对社会、历史体悟的深刻，问题报告文学深入人心就是因为它代表中国知识分子借文学来表达对社会的关切、对现实的介入和对良知的守望。以张胜友的报告文学作品《擎起达摩克利斯剑》为例，它记述了改革开放初期以中国南部及中原地区为主的走私进口汽车事件。全文采用全景式的展现，以一人一事的连续推进把改革过程中出现的消极现象写清、写透。张胜友问题报告文学作品的另一个特点就是叙述者出镜干预叙事，即以评论的方式对问题事件进行反思。关于《擎起达摩克利斯剑》里的问题事件，作家对其产生的原因和消极后果做了深刻评说：“笔者写到此，却不免有些悲凉有些遗憾”。“人民共和国的改革列车，在整个社会准备不足的原野上奔驰，既有突破坚冰的壮阔，又有关山阻隔的艰难，以至于新旧体制转轨的非常时期，在这片浸染

① 李炳银．当代报告文学流变论［M］．北京：人民文学出版社，1997：280－281.

② 章罗生．中国报告文学新论：从新时期到新世纪［M］．长沙：湖南大学出版社，2012：137.

了权力欲的黄土地上不可避免地滋生出官民勾结、官商勾结、内外勾结的毒菌，严重腐蚀着国家机器的清廉。”“倘若人民手中永远高擎着一柄法律的达摩克利斯剑，那时，我们将收获一个国家的法治秩序的胜利！”

张胜友代表着新时期以来中国报告文学创作的主流，从他的创作中可以寻迹中国报告文学流变史。自20世纪80年代，黄济人等人“以长篇重武器向报告文学‘轻骑兵’的传统观念提出挑战”，“‘苏晓康模式’对‘新闻性’、‘文学性’的挑战”，以钱刚、叶永烈为代表的史传报告文学家将“报告文学题材从‘现实’全面扩展到了‘历史’”，伴随着报告文学向“人学”的回归，在20世纪末涌现出的一大批报告文学作品上，已明显表现出文学性与理性之间的矛盾被化解的迹象。这时期的报告文学在文学的感性与启蒙反思的理性中间找到了一个平衡点，更加开放的题材的选择和文学、史学、哲学的高度融合，使报告文学呈现出新的景象。例如《马家军调查》不仅具有一般文学作品的生动形象，也因为富含深刻的问题意识而使作品具有很强的“文化启蒙和理性批判精神”。经过20年的探索和积累，21世纪以来的中国报告文学已更加丰富和多元，一方面体现在新作品数量之庞大并保持增加之势，另一方面也源于创作者不断挖掘写作对象和积极地尝试各种表达技巧。如果将21世纪后的中国报告文学比作一座园林，虽然还达不到雄伟气派或是百鸟争鸣，却总能算得上郁郁葱葱、丰富多彩。此间的张胜友创作了《让汶川告诉世界》《北川重生》《天网恢恢》等作品，这些作品在审美嬗变和风格创新方面都有新的建树。譬如《让汶川告诉世界》这样引出这场浩劫：“丁亥岁末，54岁的刘奇葆走马上任四川省委书记、省人大常委会主任。他记得成都武侯祠有副名联：能攻心则反侧自消，从古知兵非好戏；不审势即宽严皆误，后来治蜀要深思。好一句‘后来治蜀要深思’！刘奇葆自忖：变革狂潮席卷神州大地，今之蜀道通衢，政兴人和，正所谓为官一任，守土有责，自己瘦削的肩膀上正扛着千钧重担呵！何曾想，刘奇葆履新不足半年，一场突如其来山崩地陷的里氏8.0级汶川大地震，将他推上风口浪尖……”① 在这篇作品里，张胜友采用了小说式的开场，引人入胜。通过与报告对象相关的人物视角切入叙事本体，并融入了戏剧独白式的表达，这种强化了的文学性表达使得他的作品的审美境界又上了一个台阶。

张胜友经历过中国当代报告文学文体最辉煌的时代，也承受过盘整时期界内界外对于这一文体存在的质疑。当时过境迁后我们再来审视张胜友在报告文学领域的贡献，仍觉得他的付出远远大过回报。在这种文体流行之时，张胜友不随波逐流，而是扎扎实实地写作，以深沉的民族忧患意识反思历史、针砭时弊、探讨未来。他创新报告文学表达方式，将报告文学的宏观表现推向高峰。当这种文体受到质疑之时，张胜友审时度势、辩证分析。他观察时代的深刻转变，挖掘非虚构文体新的发展机遇，以自己的创作，倡导融合理性批判与审美文化表达以及借取其他文化介质的非虚构文体新写作。

（二）影视报告文学：非虚构符码的意义延伸和艺术审美

中国百年文学史“重虚构、轻纪实”的倾向是对以报告文学为代表的非虚构文体的不公。但张胜友等报告文学作家始终坚持守住这一块创作阵地，数十年默默耕耘，劳而有为，以不俗的创作实绩提升了报告文学文体的影响力。与同时代的报告文学作家不同，张胜友于报告文学，坚守而不固守，守本能开新。作为“改革作家”，他勇于改革报告文学传统的表达方式，于传统纸媒介质报告文学之外，卓有成效地开创了影视报告文学，成为这一新类型创作的最重要的代表性作家。他先后创作了《十年潮》《历史的抉择》《让浦东告诉世界》《闽商》《风从大海来》等多部电影、电视政论片，获得了艺术成就最高肯定。其中《十年潮》和《历史的抉择》均被

① 张胜友．让汶川告诉世界［J］．新华文摘，2009（13）．

邓小平亲自调看并受到赞许，后者更成为党的“十四大”献礼片；《风帆起珠江》成为中国改革开放30周年献礼片，并荣获政府最高奖——第21届电视“星光奖”。张胜友的作品不仅受到专业的高度肯定，更赢得了很好的受众口碑。“迄今为止，在中国网络电视台纪实台海量纪录片‘评分最高’栏目中，长时期雄踞排名前三的是：《闽商》、《风帆起珠江》、《古田·1929》——它们的撰稿人，都是张胜友”①；又如，《光明日报》《文艺报》《新华文摘》等重要报刊甚至按照电视播出节奏，全文刊载张胜友作品的解说词。张胜友的影视报告文学作品之所以受到学界和社会的广泛关注，有两个重要原因：一是他所有的作品都把握着时代脉搏，题材上关注社会变革的方方面面，创作技巧上也与时俱进，将非虚构符码引发视觉、听觉等多感官触动；二是张胜友的影视报告文学着眼于叙事现实，更追求高度的艺术审美，充满了浓烈的个人情怀。

影视报告文学，过往通常称为影视政论片，政论是指这类作品的内容和表达方式，影视是指它的载体。从存在的实际看，政论之外还有其他的非政论的品类，因此，用影视报告文学称名更为周延。这是非虚构文体新的存在方式。随着新媒体的广泛使用，基于新媒体的非虚构写作也自有其独特的体性。传统的文学作品承载于纸上，文字是沟通作者与读者的唯一桥梁。读者对文学作品的接受完全凭借自身对语言符号的组合和联想能力。这就是索绪尔在《普通语言学教程》中所说的“组合系列”与“聚合系列”两种语言结构，他认为语言的基本单元都是受这套关系制约的。“组合关系的主要部分是句法关系……聚合关系是潜在的，它依赖心理活动而存在”②，而心理状况因人而异，这就使得即使是确定的文字语言都能带给人无限的想象。但影视报告文学是文字语言与图像语言的合体，它有更加丰富的组合、聚合关系，能呈现出更生动多样的语言效果。首先，影视报告

---

① 张胜友. 风帆起珠江［M］. 北京：作家出版社，2013：序.

② 李幼蒸. 理论符号学导论［M］. 北京：中国人民大学出版社，2007：144.

文学的语言结构关系更复杂。影视报告文学文本以文字语言的形式存在，有自身的组合系列和聚合系列，而影视报告文学的另一个并列元素是图像语言，它也有一套组合系列和聚合系列。对于影视报告文学来说，它的内部有四套语言系列，即文字语言 A、文字语言 a、图像语言 B 与图像语言 b。① 每两套系列之间的互相组合都能生成一种意义，即可有文字与文字语言组合系列（AA）、文字与图像语言组合系列（AB）、图像与图像语言组合系列（BB）、文字与文字语言聚合系列（aa）、文字与图像语言聚合系列（ab）、图像与图像语言聚合系列（bb）等意义生成，这是由于这样多样化的排列才可能使得影视报告文学指说内容更加立体、鲜活和透明。

不论任何符号类型，都包含着能指和所指构成的二重成分，即语言的两个功能指称对象和表达意义。一方面，两种语言交织作用使得影视报告文学在叙述对象时可提供的元素更多。有文字语言的描绘，也有图像语言的模拟。另一方面，因为影视的图像语言不仅有画面，而且还有声音。哪怕仅仅是图像语言，所传达出的内容也非常丰富。影视图像由每一个单位时间的画面串联起来，文字与画面依靠声音融合。画面时而波澜壮阔，时而幽静婉约，声音时而激情澎湃，时而清新甜美。根据表现需求的不同，影视报告文学将画面和声音进行重组和搭配，有时画面定格配合缓缓的人声讲述，有时画面不停切换而音乐声戛然而止，从而营造出一番更高境界的和谐。这种和谐就是通常所说的意指，即"传播符号的能指和所指分别指向形式和内容，两者的结合构成意指，从而与现实事象发生联结"②。以《风帆起珠江》的声画语言为例，伴随着一阵浑厚悠扬的序曲音乐，镜头从模拟的历史旧画面切换到了如今真实的珠江全景，穿越三十年，展现了象征改革开放的邓小平视察南方的形象，一片繁荣的现代化的珠江三角洲商贸区展现在观众眼前，短短一分钟的序篇声画，虽然没有一句人声解说，

① 为了方便说明和理解，这里分别用 A，a 区分不同语言和图像系列。

② 余志鸿. 传播符号学［M］. 上海：上海交通大学出版社，2007：92.

但是珠江三十年的历史与现在全都被浓缩在里面。第一篇章“万古江河”的开篇，也是一个很巧妙的意旨形成范例。“这是美国人从太空拍摄的珠江三角洲的照片。一张拍摄于今天，另一张则拍摄于三十年前”，伴随着解说词，画面上出现了两张对应的照片——一张呈现的图景标志着这片土地过去的荒凉，而另一张照片里出现了各式密密麻麻的建筑，展现了如今这块土地的繁荣昌盛。试想，如果没有声音语言，整个关于历史与现在的对比都不能让人理解；如果没有图像的配合展示，这个对比又只能是观念上的想象，无法达到具象的落实。只有当所有符号发挥最大效用时，意指意义才能最优达成。如上述所言，张胜友的影视报告文学作品体现出能指和所指的高度融合，为意指的表现提供了有利“环境”，这就是为什么他的作品内容特别饱满和精彩的原因。

通常，影视报告文学叙事结构宏大、审美格调高远。这与张胜友的才情恰好相适配，他在这一新的时空中精骛八极，心游万仞，尽显报告文学采用影视介质的表达之便和表达之美。例如，《风帆起珠江》将中国改革开放的实践置于中华民族近代复兴和现代经济全球化浪潮的背景中，分为序篇和“万古江河”“开启国门”“深圳破冰”“潮涌珠江”“继往开来”“中国之路”等六个章节，将中国改革开放的过去、现在和未来串联成一体。在语言表现方面，用了生动的排比、形象的比喻、名言警句，听起来铿锵有力、气势如虹；也有许多接地气儿的民间话语和新兴词汇，十分贴近群众，令人印象深刻。开篇就言“珠江——历史注定她将演绎和见证中华民族之大变局”与结尾“中华民族从苦难深重中觉醒，中国人民在改革开放中奋进，一面旗帜，一条道路，一个理论体系……终于走出了一条适合于中国国情的和平发展之路——中国之路”遥相呼应，中间各部分脉络分明、环环相扣、层层递进，架构出《风帆起珠江》的宏大叙事与审美境界。

张胜友影视报告文学作品的审美意义可以从读、听、看三方面进行解构。首先，张胜友擅长用短语句式，用词简洁有力，极富激情。例如与苏文菁合作的第三届世界闽商大会献礼片《闽商》，全文用“闽在海中”“闽商无疆”“闽商有道”“商道泱泱”“融通天下”等五个篇章将闽商的历史和精神书写完全；《闽商》的每一篇章主旨鲜明、内容翔实，然而组合出每篇章的众多文字小节却都是简短精练，最长的自然段不超过100多个字，最短的就一句话，语言力求最凝练、最精辟。开篇，“这是一部闽人与海的传奇”虽然只有一行文字，却将整篇文章的基调和内容奠定；篇中叙述了闽人的祖先、闽文化的发源和发展、福船与闽商的由来、闽商的经营故事和商业道德、闽商对中国乃至世界发展的推动作用等，并最后用四句话提炼——“闽商书写了中国人民源远流长的商业历史”，“闽商实现了人类发展史上了不起的跨文化对话和融合”，“闽商展现了人类创造财富的可能与使用财富的典范”，“闽商的历史与现在，昭告了中国海洋文明在未来的发展方向”。其次，张胜友的影视报告文学既能带来听觉上的震撼，又能产生强烈的视觉冲击。几乎他所有的作品都采用“序＋若干篇章＋结束语”的结构，声音和画面的交相呼应，为作品营造出音乐史诗剧的感觉。以《风从大海来》为例，开篇的序曲就像教堂唱诗班的悠长和声，伴随着平静的旋律，“厦门，一个充满魅力的名字！”豁然于眼前。第一篇章诉说了厦门三十年来的风云激荡和生生不息。声音表现也是丰富多样，低沉的管乐配合了这座城市过去屈辱的历史，高音调的弦乐则演绎着厦门不屈不挠、坚持发展的精神。第二篇章就是浪漫温馨的回旋曲部分。因为这里面讲述了老百姓住房保障的实施情况，农村孩子享受到了教育公平以及厦门旅游的可持续发展，以及海洋岛屿生态治理等。这些是最切近普通老百姓生活的问题，处理过程中肯定会遇到各种困难，但是最终“联合国人居奖、全国文明城市、国家园林城市、国家卫生城市、国家环保模范城市、中国优秀旅游城市、国际花园城市”等称号是对这个城市最好的回馈。第三篇章则是全曲高潮部分，正如“两岸融合”的主题一致，画面也是两岸贸易、文化交流的生机勃勃的景象。这一部分的曲调旋律总体呈上扬趋势，直至终曲是激扬澎湃的赞歌。

张胜友的影视报告文学就其内容和表达功能而言，许多可归为影视政论片一类。政论片无疑需要着眼于“论”。无论是画面还是音响，归根到底都要为政论服务。张胜友的影视政论片之所以每一部都能引起社会广泛关注，关键在于其“论”精深到位、高超绝伦。在《石狮之谜》中，张胜友一针见血，将石狮改革的特点论为“财富”。不但论点把握精准，在论述方面更展现出了绝妙之处——

大海问：“推动人类社会进步的车轮是什么？”

一个遥远的声音：“财富。”

大海问：“人的最大价值是什么？”

一个浑厚的声音：“创造财富。”

大海问：“石狮人的性格是什么？”

海浪声、惊涛拍岸声伴随着一个坚毅的声音：“敢于创造财富……”

张胜友将大海这个石狮人最熟悉的景物拟人化，进行了三次追问。大海的问，其实是作者的明知故问；声音的回答，其实是作者的自问自答。通过明知故问和自问自答，张胜友自然地完成了论点的提出。紧接着，论述得以展开并随着声音的由远而近、由弱到强而娓娓道来。张胜友带领我们从历史的长河寻根探源——公元10世纪石狮就成为“海上丝绸之路”的通商要道，到迷乱年代里石狮人通过仿制纪念章发了一笔大财，再到改革开放石狮的“地摊经济”……“创造财富”始终是石狮文化的主旋律，这也为张胜友的论点提供了有力的历史证据。在下篇“醒狮雄风”里，改革开放后石狮“竞选市长”、经济转型、通电通水通信通路系列工程、提倡“民办特区”等事实成了论点的现实论据。由此，张胜友在“论”上的高超技艺可以概括为三个“精”：论点取精用宏，论述精彩绝伦，论据准确精到。在《东莞——城市传奇》中，三“精”的论政特点也充分展现。在题目与序曲中，东莞就被明确论定为“传奇”——“东莞，以其传奇身姿走入中国乃至世界的眼睛里”。全片分为上篇和下篇——“城市之门”和“城市之光”来论述作为城市传奇的东莞。说东莞是“城市之门”，那是由于其自古而然“地处广州至深圳经济走廊的中西地段，毗邻香港、澳门，扼东江和广州水道出海之咽喉”的地理优势，“三来一补”与“两头在外”开创中国特色乡村工业化道路的“东莞模式”的成功，借势在港乡亲发力振兴珠江三角洲经济，“海纳百川，厚德务实”的“东莞精神”彰显，“想致富，先修路”在东莞最先叫响而远播全国以及各项基础设施在东莞的最先试点。其中，张胜友选取“中国工商总局颁发的第一个牌照”、香港人张子弥在东莞开设“中国第一厂”、全国第一批上市乡镇企业的广东宏远集团、成功人士黄剑中热心慈善、东莞火车站、“世界第一跨”的虎门大型悬索桥、大陆首家台商子弟学校等论据进行充分论证。从论点的提出，到论述的开展，再到论据的支撑，张胜友都做得扎实、合理。虽然最终的呈现是经由虚拟的新媒介呈现，但是张胜友的影视政论片却是完全建立在真实的基础上，且论证严密，是非虚构书写的典范。

影视报告文学为传统纸媒报告文学创造了意蕴延伸的新空间，是非虚构文体在新技术时代的一种富有意义的新的书写形式。与时俱进、应时而为的张胜友，及时调整自己的写作心理和写作习惯，以适应报告文学媒体转换后的写作需要。他以为，“影视政论片创作，需要将艺术的鲜活性和思想的深刻性糅合起来，这就需要知识的积累、思想的积累和政治辨别力的积累”①，张胜友选择影视报告文学写作源于他的底气和自信。这种底气和自信来自他相关的种种积累。张胜友的积累一方面来自日常生活经验——他有着超越一般写作者的多重身份。年轻时的张胜友算是个文艺青年，写小说也写过歌词，大学毕业后从事《光明日报》记者工作，之后任光明日报

---

① 张胜友．风帆起珠江［M］．北京：作家出版社，2013：序．

出版社总编辑、作家出版社社长兼总编辑，最后擢升为中国作家协会党组成员、书记处书记。张胜友从每一份工作的体验中汲取养分，这些养料都是他创作的资源。另一方面，张胜友影视政论片更重要的积累来源于之前纸媒报告文学的创作经验。报告文学与影视政论片都是非虚构的呈现，作者两种介质的写作在许多地方都有相似之处，比如都是大题材、大架构，又都是宏大叙事模式。但比较起来两者的差异还是很明显的。“比起其报告文学的慷慨陈词，其政论作品更为深刻老辣；比起报告文学的信息密集轰炸，其政论作品更加注重于材料的精选和结构的和谐统一；比起报告文学的高蹈宏略，其政论作品更为入情入理；比起其报告文学着重于历史意蕴的发掘，其政论作品更是在揭示哲理内涵和探究生命意识上表现出极大的自觉性和趋赴性。”① 为何会造成这种差异性呢？以下分别选取张胜友最具代表性的纸媒报告文学和影视报告文学作品，通过叙事学解构寻找原因。

叙事理论分为“故事”和“话语”两个层面，英国学者安德鲁·本尼特等人对此做了进一步解释：“‘故事’指的是叙述者意欲使我们相信发生了的事件或行为，事件（明确或含蓄地）得到了呈现……‘话语’指这些事件被叙述的方式，它们如何被告知的方式，即讲述的组织形态。”② 广义上来说，张胜友的纸媒报告文学作品与影视报告文学作品在“故事”方面有一致性，尽管涉及的具体事情不尽相同，总的来说它们的题材还都是关于中国改革进程出现的各类事件和场景。但是在“话语”方面，纸媒和影视作品体现出了截然的不同。张胜友的影视政论片通常采用全知视角③的非时序叙事模式。此种模式决定了作家观察视野无比旷阔，并且并非仅限于

---

① 张胜友．行走的中国［M］．北京：人民文学出版社，2009：代序．

② 本尼特，罗伊尔．关键词：文学、批评与理论导论［M］．汪正龙，李永新，译．桂林：广西师范大学出版社，2007：54．

③ 全知视角指的是作为观察者的全知叙述者处于故事之外，因此可视为一种外视角。该视角模式的特点是全知叙述者既说又看，可以从任何角度来观察事件，可以透视任何人物的内心活动，也可以偶尔借用人物的内视角或佯装旁观者。参见：申丹，王丽亚．西方叙事学：经典与后经典［M］．北京：北京大学出版社，2010：95．

用“眼睛”，而是动用了所有的感官。例如在《让浦东告诉世界》中对开放浦东这一世纪抉择的全面叙述：从“一则爆炸性新闻”引发上海人的万千思绪，写到一百五十年前上海自开埠以来的发展历程，再到以邓小平为代表的国家领导人对浦东开放的深切关注，其中不仅有历史的宏大叙述，又有“恰似一支射向太平洋滚滚风涛的离弦的‘箭’”的比喻等修辞，不仅有《关于上海浦东开发几个问题的汇报提纲》的文件说明，又有冒着蒙蒙细雨老人与女儿的温情对话，“这不是诗，这是出自我内心的话……”。这种叙事模式既保证了作品内容的丰富翔实，又感人肺腑寓情于理，使读者回味无穷。张胜友影视政论作品另一个叙事特点是叙事者干预的非线性叙事。叙事者干预叙事在这里指的是作家作为第一叙事人积极地参与叙事过程，具体表现为影视政论片中作者或直接或隐性地发表评论和主观判断。例如在《十年潮》中，每一部分的展开与结尾都是作者情感的释放与思想的表达：“这是一个久远而深邃的梦——人类自从文明时代的第一天起，世界各民族就共同执着地追求昌盛、繁荣、民主、自由、发达、富强……”“关山万重——人民共和国的改革列车，在心理、思想与理论日臻成熟的轨道上奔驰。中国人的目光越过历史的峰峦，正苦苦探寻他们脚下的路……”“毫无疑问，农村改革的飓风，已越来越猛烈地摇撼共和国大厦的窗棂，必将大气磅礴地推动中华民族迈向现代化的征程……”作家用这样的话语为每一篇影视政论作品烙上了“张胜友式”的印记，充分做到了叙事与政论的完美结合。

除了上述两点以外，造成影视报告文学与纸媒报告文学风格不同的另一个原因是叙事速度的差异。法国学者热拉尔·热奈特在《叙事话语　新叙事话语》中说，“速度是指一个时间度量与一个空间度量的关系（每秒多少米，每米多少秒）；叙事文的速度，则根据故事的时长（以秒、分、时、日、月、年来测定）与文本长度（以行、页来测量）之间的关系来确定”①。无论是何种文学作品，从叙事的角度看都是运用时间和空间的组合来建构事件。举两个具体例子来说明纸媒报告文学与影视政论片在叙事速度上的区别。张胜友发表在《人民日报》的《让汶川告诉世界》在一页左右的篇幅（不到750个字符）里这样叙述地震发生的过程，“公元2008年5月12日14时28分04秒，突然，千万声怒吼一齐喷射，飞沙走石，天地混沌，死亡气息煽动起巨大的翅膀飞翔”……“震后1小时27分钟，胡锦涛总书记即作出重要指示：‘灾情就是命令，时间就是生命！’”……“震后2小时12分，国务院总理温家宝乘坐的专机飞赴四川灾区”。对于政论片《让浦东告诉世界》的叙事时间速度：“1997年金秋时节，一则爆炸性新闻——‘世纪壁画之谜揭秘’，令上海人的思绪又一次穿越幽长的历史隧道”……“150多年前上海开埠”……“勃兴于80年代的中国改革开放运动，得风气之先的南中国沿海经济带异军突起，又令上海作为全国经济中心城市的地位呈下滑趋势”……“1984年，上海政府拟定《上海经济发展战略汇报提纲》，第一次明确提出要创造条件开发浦东这一重大战略构想”……“1986年，国务院在批复上海市政府呈报的《上海城市总体规划方案》时，明确表示：当前，特别要注意有计划地建设和改造浦东地区”。同样长的篇幅，一页跨越了百年。叙事速度的差异折射出话语内涵的不同。报告文学是典型的知识分子写作方式，它所倡导的是现代性启蒙与对时代精神的反思。《让汶川告诉世界》用了较慢的叙事速度将地震发生的情况交代清楚，国家领导人第一时间的关切也充分表达地震的严重性，为下文中华民族的大爱无疆埋下伏笔。而对于影视政论片而言，除了说理以外，审美意识的表现也是其最重要的追求。就像《让浦东告诉世界》的例子中，“令上海人的思绪又一次穿越幽长的历史隧道”“日夜奔流的黄浦江可以作证”“隔江相望

---

① 热奈特．叙事话语 新叙事话语［M］．王文融，译．北京：中国社会科学出版社，1990：54.

的浦东，则空怀先哲孙中山拟于此地创建‘东方大港’的一厢美梦，依然沉湎于农耕文明时代田园牧歌式的荒凉与宁静之中”等语言都是极优美又壮阔的，作家在传达信息的同时又营造了一种激情豪迈的氛围，再加上图像的配合，简直使受众像回到了历史的那一刻，见证了伟大巨变的发生。所以说，影视政论片更具有戏剧色彩和艺术感染力。著名文学理论家韦勒克这样阐述过文学的作用，“整个美学史几乎可以概括为一个辩证法，其中正题和反题就是贺拉斯所说的‘甜美’和‘有用’……也许根据文学的作用，比起文学根据文学的性质，更容易将‘甜美’和‘有用’联系起来”①。从散文到报告文学，再到影视政论片，张胜友在“甜美”与“有用”的博弈中取长补短。张胜友的转型其实是继承和发扬，在“变”与“不变”之间寻求“甜美”和“有用”的最佳调适。

（三）非虚构写作与大众文化、后现代性的聚变效应

从小说、诗歌到散文的小试牛刀，从散文到报告文学的大显身手，再从报告文学到影视政论片的独树一帜，张胜友确立了在当代三十多年报告文学发展史上的重要地位。三次文本转型的成功，见证了张胜友从知识少年到文坛大家的成长历程。张胜友是幸运的，时势造英雄可遇而不可求，但最主要的还是他的勤奋和坚持。文章合为时而著，如果没有对时代大势的正确把握，三次转型也无从谈起。文本转型其实也是作家与自己与文体的对话，如果对自己的创作兴趣、创作能力和创作目标没有清醒认识，转型不可能成功。所以对于张胜友而言，虽然每一次在创作类型方面都是新的尝试和改变，但是通过转型他反而对于自己、对文学都有更深一步的认识，可以说这三次文本转型非但没有改变其对文学的最初信仰，反而造就了他对文学创新的执着，使其更加坚定了以自己的创造肩负对文学、对社

---

① 韦勒克，沃伦．文学理论［M］．刘象愚，邢培明，陈圣生，等译．北京：文化艺术出版社，2010：20.

会的责任。

之于文学，张胜友在其所致力的非虚构领域实现了三次转型，为文体的发展与创新提供了参考样本。这三次转型不是平行的关系，而是互相作用，以致产生了“话语聚变”的效果。聚变原是物理学的指称，是由质量小的原子，比方说氘和氚，在一定条件下（如超高温和高压），发生原子核互相聚合作用，生成中子和氦－4，并伴随着巨大的能量释放的一种核反应形式。在这里，我借用这个词汇来比喻各种文本的元素相互作用后，产生出一种集原初文本特长于一身并更优于原初文本的新的文本类型。即张胜友把散文的“甜美”和报告文学的“有用”聚合为兼具文学表现和思想论述的影视政论作品。所以说，张胜友关于非虚构写作的创造并不只限于文学内部，已经跨越了传统文学的文字语言界面进入图像和文字的“双语”时代。在此之前，电视与非虚构写作是被许多人不看好的。尼尔·波兹曼在其著名作品《娱乐之死——童年的消逝》中谈到，“娱乐是电视上所有话语的超意识形态。不管是什么内容，也不管采取什么视角，电视上的一切都是为了给我们提供娱乐”①。文学评论家李敬泽甚至断言非虚构的灭亡，“我们不大可能创造出一个奇观般的精神废墟：在全世界消灭小说、消灭诗。然而，有一种文体确实正在衰亡，那就是报告文学或纪实文学，真正的衰亡是寂静的，在遗忘中，它老去、枯竭”②。这个被“诟病”的体类现在重新焕发了生机。影视政论片可以看成是报告文学与大众媒介的“聚变产物”，它非但不是“提供娱乐”或走向坟墓，反而兼具理性精神、审美追求，因而深受意见领袖和大众的欢迎。

之于社会，张胜友的作品不但可以感化心智、启迪思想，也为现代文化的发展提供了正能量。自 20 世纪 90 年代初期开始，经济与物质成为社会

---

① 波兹曼．娱乐之死：童年的消逝［M］．章艳，吴燕莛，译．桂林：广西师范大学出版社，2009：77.

② 李敬泽．报告文学的枯竭和文坛的“青春崇拜”［N］．南方周末，2003－10－30.

发展的旗帜，过去一度被精英知识分子奉若神明的高雅文化已被渐渐放逐至普通人生活的边缘，大众文化越来越深入地渗透到日常生活之中，它不仅影响着人们的知识生活和娱乐生活，而且也影响了人们的文艺审美趣味。作为社会现实的反映——报告文学作品普遍存在一种“精英疏离于世俗亲近”的趋势。在有些人看来，大众文化与消费使得非虚构的发展出现危机，但在张胜友眼里这正是转机的到来。大众文化和消费文化从根本上改变了人们固有的精英文化观，但为大多数人得以欣赏和“消费”高雅文化产品提供了可能性。随着大众参与文化的程度越来越高，大众认知能力和自主性与过去相比有了明显提升，这使得大众更容易接触到文艺作品，也更容易理解作品的深刻内涵。如果说过去普通大众之于报告文学作品的关系是“接受式”的，那么随着大众文化的发展深入，受众对作品的审美需求与作家创作初衷就变成了“互动式”的关系。大众媒介是互动最方便、最有效的工具，它与文学的结合顺理成章。美国学者米歇尔用“图像转向”来概括公共文化领域中发生的转型，“文化脱离了以语言为中心的理性主义形态，日益转向以形象为中心，特别是以影像为中心的感性主义形态。视觉文化，不但标志着一种文化形态的转变和形成，而且意味着人类思维范式的一次转换”①。

通过大众媒介渠道把文学艺术传递出去的新写作方式被称为“语像写作”②，影视政论片是文字深入和图像浅出的融合，它预示着未来文学写作的重要趋势。美国著名文化学者约翰·菲斯克在谈到当今大众使用电视的目的时说：“人们还为了获得快乐而看电视新闻，也是为了获得自上而下的信息；人们还因其与日常生活的相关而看它，观众并不是简单地接受其所给予的信息，他们是生产性的，他们确实对其对世界的表述作出了自己的

① 米歇尔．图像转向［M］//陶东风，金元浦．文化研究：第三辑．天津：天津社会科学院出版社，2002：14．

② 王宁．文学形式的转向：语像时代的来临［J］．山花，2004（4）：100－104．

理解。围绕着意义的争夺，自上而下的同质化力量与自下而上的多样化力量之间的竞争依然会出现……”① 图像转向并不会造成大众意识的堕落或丧失，它只是将文字借助新的传播技术呈现给大众。新的传播技术不仅给予我们新的考虑内容，而且给予我们新的思维定式。以影视政论片为代表的新媒体写作带给我们新的文化价值观。芒福德在其影响世界的新技术论中这样解释：“在人类历史的大部分时间当中，人所使用的工具和器皿总体来说都是他自身机能的延伸。这些工具和器皿没有，或者更重要的是看起来没有独立存在价值。尽管这些工具都是工匠的亲密伙伴，也能反过来促进人的能力，使他的目光更加锐利。”② 大众媒介作为当代最重要的工具，它影响世界的能力不亚于历史上出现过的任何一样。善于掌握和利用它，使它成为文学作品意义延伸的新载体，不仅受益无穷，更是大势必行。张胜友在传统媒体写作之外，开启声像介质的报告文学创作，其意义正在于此。

---

① 菲斯克．解读大众文化［M］．杨全强，译．南京：南京大学出版社，2001：158.

② 芒福德．技术与文明［M］．陈允明，王克仁，李华山，译．北京：中国建筑工业出版社，2012：321.

第六章

新世纪以来的非虚构文学

新世纪以来的中国非虚构写作，在内容和表现方面都有了突破和发展，可以说是非虚构写作的全面崛起。在内容方面，中国非虚构文学创作越来越丰富，无论是体裁还是题材，都呈现多元化；在表现方面，不仅通过期刊和书籍的方式以文字文本的形式表达，还深入结合大众媒介和新媒体，实现了更多形式、更加广泛的传播。

与全球范围内的非虚构文体发展相一致，中国的非虚构写作类型文本丰富。国际非虚构文本有像《普罗旺斯的一年》这样的旅行散文，像戴瓦·索贝尔《经度：寻找地球刻度的人》这样的科普读物类，像西蒙·温彻斯特《教授与疯子》这样的历史记录，像乔恩·科莱考尔《荒野生存》这样的自然报告文学，像约翰·伯兰特《午夜善恶花园》这样的纪实文学，像弗兰克·麦考特《安琪拉的灰烬》这样的回忆录等。中国非虚构文本也有祝勇的《宝座》、梁鸿的《中国在梁庄》、董夏青青的《胆小人日记》、韩石山的《既贱且辱此一生》、刘亮程的《飞机配件门市部》、李晏的《当戏已成往事》、慕容雪村的《中国，少了一味药》、李娟的《羊道 · 前山夏牧场》、于坚的《印度记》、阿来的《瞻对：两百年康巴传奇》、何建明的《国家》等。

一、非虚构写作的题材与类型

新世纪以来，中国非虚构写作大致可以分为三类：一类是从集体写作出发的，向正面写作、问题写作等方向的报告文学创作；一类是从个体写作出发，把“个人言说”有效地镶嵌进“性别/底层/民族国家”话语的努力，从“私人领域”向“公共领域”、从“个人空间”向“公共空间”以及“疼痛写作”渗透的非虚构写作；还有一类，是除了以上两类以外的，包括文化历史、旅行游记、日记、书信、回忆录、传记等的非虚构写作。

（一）报告文学类的集体写作

丁晓原在评述新世纪第一个十年的中国报告文学时说道：“（这时期的中国报告文学写作）知识分子特性有所弱化，这是基于这一时期和 20 世纪 80 年代报告文学比较而得出的判断。报告文学的知识分子写作，既关乎写作主体自我的角色定位，也与时代社会给予这一特殊文体的可能性相连。总体上，新世纪的社会存在没有可能使报告文学实现如同 20 世纪 80 年代那样的整体的批判性、启蒙性。在新世纪社会非启蒙的总体影响下，报告文学作家自觉、不自觉或可能是无奈地放弃了报告文学‘启蒙唯一性’的坚持。无疑，批判性、反思性、启蒙性是报告文学文体的历史传统，也是这一文体基本的功能，报告文学写作仍然必须坚守这样的品格。但是应该说报告文学除了启蒙批判反思等重要的价值外，它更常态化的功能是‘报告’，是基于理性精神的文学‘非虚构’。这样，批判性是报告文学评价的重要尺度而不是唯一的尺度。正是由于在新的社会文化生态中，报告文学作家对文体有了更为开放客观全面的认知，所以在作品的主题设置上有了更多的选择。”①

报告文学的题材优势在于重大性、重要性和问题性，主要有以下几类：

第一，聚焦中国发生的大事，纪录与反思型的报告。

《水患中国》的作者陈昌本和徐剑深入长江一线做了大量深入的调查采访，专访了党和国家领导人、我军高级将领、各省市地方官员，历时两年，在时隔1998年那场世纪大水灾较长时段后，拉开了历史距离、心理距离、政治距离，对许多问题进行反思与解剖。在对某些社会阴暗落后现象扫描时，又以独有的叙述方式比较了偏正关系、生死关系、进退关系在水灾下的表现形态。以香港回归为主题的《往来香港的军车》讲述的是驻香港部队深圳基地汽车连，它是一支按照《中华人民共和国香港特别行政区基本法》和《中华人民共和国香港特别行政区驻军法》的规定要求，利用祖国内地的有利条件，为香港驻军提供后勤物资支援保障的军用运输车队。他们不仅在驻军香港的准备和进驻过程之中而且尤其是在部队进驻香港之后，为履行“驻军费用由中央人民政府承担”的神圣诺言，为保证驻军生活“不与香港人民争菜篮子”，为保障驻军履行神圣防务使命所需的训练、后勤物资，做出了不可须臾或缺的可贵奉献。这些年轻的官兵们每天都驾车往来于“一国两制”的道路上，每天面对的是两种社会制度、两种思想文化意识和两种差别很大的生活观念的碰撞，他们严守法纪，一尘不染，作风过硬，技术高超。他们圆满地完成了每一次艰巨任务，在香港和内地人民面前充分展示了我军威武文明之师的良好形象。反映国企改革的《集团突围》的写作背景是党的十五大上提出三年脱困目标，这对于全国经济战线来说是一个重大的事件。王宏甲的《智慧风暴》讲述了王选等一大批科教界知识分子在中国传统企业遭遇重重困境时刻，毅然登上高科技产业的

① 丁晓原．“复调”与“复式”：新世纪十年报告文学观察［J］．文艺争鸣，2011（7）：37－45.

舞台，成为中国当代新兴先进生产力的代表的全过程，再现了中关村作为中国高科技产业前沿的风云变幻以及代表着中国教育改革走向的北大的变迁。《国家行动：三峡大移民》记述了移民从留恋自己的“热土家园”，到为国家舍小家，“走出峡江”“万人大迁徙”“建设新家园”等场景。他们中有“百万移民第一人”的95岁老人王作秀为三峡工程“三次搬迁”，有“人民公仆”、党的十六大代表的移民干部冉绍之三个月磨破十双鞋耐心说服移民搬迁，也有开始怀疑移民“吃亏”、寻死寻活不愿走，到最后主动申请报名外迁并动员亲朋好友同行到他乡落户致富典型。吴海民的《大国的较量》描述了中美知识产权谈判的艰难过程与相关影响，中美知识产权谈判，实为两个大国之间一场马拉松式的世纪较量，作者把这种外事较量放在改革开放的历史背景下、放在中美两国与多国关系的国际环境中考量，写它牵一发而动全身的关键性，以及背后隐藏的东西方文化冲突，双方对各自国家利益的维护，对自身发展空间的争取，使得知识产权问题因为密切关联改革开放、直接关乎国计民生，而彰显出其超乎寻常的地位与举足轻重的意义。反映2011年我国自利比亚撤员行动的长篇报告文学《国家》，是新中国成立以来第一部反映国家重大外交行动和外交队伍精神风貌的报告文学作品。还有反映我国东北中轴区高速公路建设的《走出柳条边》；党益民从新藏线的起点叶城出发，横穿西藏，辛勤采访写出的《用胸膛行走西藏》；描绘筹办北京奥运会历程的《五环旗下的中国》；记录2008年湖南雪灾的《人民，只有人民》；纪念澳门回归的《驻军澳门》；以及《闪着泪光的事业——和谐号：“中国创造”的加速度》《西藏之水救中国》《爆炸现场》《第四极》《中国机器人》等。

全景式报告文学《中国载人航天——从梦想到现实》是一部40万字的恢宏之作，讲述了中国载人航天工程从梦想到现实的奋斗历程，系统反映了党中央对载人航天工程的亲切关怀和坚强领导，生动表现了中国航天人“特别能吃苦、特别能战斗、特别能攻关、特别能奉献”的载人航天精神。

杨黎光的《瘟疫，人类的影子——“非典”溯源》尊重事实、尊重科学，准确可信地写出了“非典”这个重大历史事件的真相，廓清了当时缠绕于其上的种种传言与误解。孙晶岩的《中国动脉》长达70多万字的作品，是作家用了两年多的时间真实地记录了西气东输工程历史的作品。作品中的每一个人物都是作家从成千上万个建设者中选出来，每一个故事都蕴含着真情。西气东输是一项浩大的世纪工程，作家的采访写作与工程的建设同步，描写劳动建设的场面气势恢宏，刻画能源格局的篇章纵横捭阖，世界能源格局、中国的能源战略、能源和国土周边安全、西气东输工程的现实意义，作家都在其中做了生动的回答。西气东输管道战线漫长，八千里路沿途有着深厚的文化积淀和浓郁的风土人情，作者在创作中融入了大量的人文历史知识，读来引人入胜。徐剑的《东方哈达——中国青藏铁路全景实录》依据两条写作线索：一条围绕着铁路展开，在决策青藏铁路上马—下马—上马的循环中烘托出几代领导人对青藏问题的智慧与战略布局；另一条是对青藏的历史梳理，讲述了修建青藏铁路的奇观，里面的真实故事是人类战胜自我、科学战胜愚昧的记录。

同一选题，不同的作者切入角度不同、写作视角不同，文本呈现各有不同。重大自然灾害及灾区重建是2010年非虚构创作最重要的题材之一。《惊天动地战汶川》里事件接着事件、人物跟着人物、行动连着行动，这是第一部全景观立体式深入客观反映全军抗震救灾工作的长篇报告文学作品。陈歆耕的《废墟上的觉醒》写出了“大灾难”中的“大救援”。何建明的《生命第一——5·12大地震现场纪实》通过现场刻画和亲身感受，向读者描述了地震给灾区人民带来的巨大损失和抗震救灾中那些可歌可泣的生命赞歌。尤其是突出了地震对人类生命的毁灭性的摧残和在这过程中那些生者所经历的情感痛苦和崇高行为。此外，还有张胜友的《北川重生》、蒋巍的《让石头开花的村庄》、广东省作协采写组的《感动》、夏真和王毅的《特殊使命——宁波援建青川纪实》、许晨的《真情大援川》、李春雷的《玉树三题》。一篇篇的文本，又是一次次历史重现，非虚构以不同的形态、不同的一件件小事将真实原貌拼贴。虽然说，不可能有绝对的真实，非虚构也永远无法达到绝对的非虚构，但是通向非虚构的过程本身不正是这个文类的价值所在吗？

第二，关心中国的民生与环境生态问题，揭露与批判型的报告。

《创世纪情愫——来自中国西部的女童教育报告》以期揭示西部女童教育现状及其与西部可持续发展的关系。作者梅洁在甘肃、青海、宁夏和贵州进行了长达百余天的考察，行程两万余里，遍访贫困地区的失学女童、教师、家长、教育研究者、教育官员、国内外援助组织及志愿者数百人次，从教育学、人类学、经济学、环境学、人口学等多学科的角度做出诠释和思辨。《在离开父母的日子里》把罪犯子女的特殊命运以及全社会救助罪犯子女的事迹以报告文学的形式表达。范香果的《最后的堡垒》继何建明的《落泪是金》后又一次直指贫困家庭上学难的问题。《飞翔，哪怕翅膀断了心》里一个个小主人公都是因各种原因被迫流浪，受到心灵和身体的双重伤害，因一时的窘境而自戕，甚至无意识地走上犯罪道路。父母离异、网恋、为不理性的爱疯狂、孤独自闭……这些惊心动魄的事就发生在许多孩子的身边，或者就发生在某一个孩子身上，该作品直面青少年成长中的各种心理问题。《世纪之痛——中国农村留守儿童调查》是作者“自愿自费”的写作，通过广泛而深入的调查研究，探索中国农村留守儿童问题，指出危害，分析原因，找出症结，提出对策建议。

王宏甲的《中国新教育风暴》是全方位探讨创建信息时代新教育的纪实作品，这场教育风暴是包括改变教育思想、课程标准、教材、教学方式、考试评价制度在内的教育革命。黄传会的《我的课桌在哪里》直面农民工子女的教育问题，以实地调查的方式讲述了这个数以千万计“边缘群体”的生存状态和他们对平等教育的渴求。后在希望工程已经走进了第20个年头，黄传会又创作了《为了那渴望的目光——希望工程20年记事》，20年来黄传会一直用自己的眼、自己的心、自己的笔，在跟踪着希望工程。《蓝天下的课桌》关注的是6位农民工子女的成长与受教育，作者通过大量采访，用纪实的手法描摹出农民工子女的受教育困境。黄传会的《中国新生代农民工》用一如既往的素朴笔法写出了新生代农民工的奋斗、欢乐、痛苦与期待，也写出了新生代农民工的苦恼、无奈和担忧。比起同情农民工，读者更多地感受到作家的质问，甚至是警示——我们有没有，或者说是愿不愿意让农民工分享城市资源。

《十三亿人乐了》以山东济宁医学院附属医院十多年的改革为写作对象，叙及解决看病难、看病贵的问题，实施单病种限价，降低患者负担，照顾特殊困难群体等方面，举一反三地探讨了医疗战线的诸多改革发展的问题。纪红建的《乡村国是》并非简单地、就事论事地写扶贫攻坚，作家更注重思想性的发掘。他给我们讲述了湘西早期的民族学家、苗族教育家石启贵先生1925年倡导成立“湘西苗民文化经济改进委员会”，致力于发展家乡经济文化的故事，从中凸显文化知识与摆脱贫困的内在联系。作家也毫不避讳从古至今中国乡村中一直存在的得过且过、不思进取的懒汉现象，毫不留情地批判了那种一味等靠要的消极心态，尖锐地指出“贫困不仅是一种物质生活现象，更是一种精神生活现象”。

除了对民生问题的关注以外，非虚构写作在生态环境等议题上的关切也很深。《生存与毁灭》全面反映了长江上游及三江源地区的生态环境，作者深入到大江长河的源头，有感于它们曾哺育了华夏文明的瑰丽雄奇，也看到向人类无私地奉献了生命之源的长江和黄河的生态环境严重恶化，人类面临着生态危机。虽然人类采取了一些积极的措施，收到一定的成效，但现状仍令人担忧。作品在褒扬人类为自身生存环境的发展和保护做出的不懈努力，也揭露了生态环境的破坏源于人的愚昧和无知。邱树添的《美丽家园》是首部专题反映台风灾后重建的作品，深入描写了2006年8月超强台风“桑美”登陆闽浙边界所造成的巨大灾害，以及各级政府带领民众快速反应的真实场景。

李青松的《一种精神》里的“二杆子”之所以深入人心，与李青松富有情感的叙述方式分不开。例如，写到“二杆子”当初是如何选择承包土地种树时就格外诙谐有趣：“当时村里正在拍卖‘四荒’。拍卖会开得异常沉闷。对了，‘四荒’就是荒山、荒坡、荒滩、荒地。大家心里都有数，汗珠摔八瓣，好田还种不过来呢，哪还有力气治理‘四荒’啊！再说，那‘四荒’自古就是荒着的，除了牲口啃草磨牙，除了丢死孩子、葬死人，还能有啥用途？人人心里的算盘珠子早拨拉好几遍了。于是，女人扎堆嗑着瓜子，汉子们缩着头吧唧吧唧抽闷烟。村里没一个人站出来承包，眼看拍卖会就要泡汤了。‘二杆子’的脾气上来了，腾地站起来——‘我包！’一个一个缩着的头伸出来，诡异的目光看着他。村长惟恐他反悔，手起槌落，当地一声响，荒凉的青山垣的使用权就落在他的手里啦。哄！——全场乐倒了一片。好啊！他没有一个竞争对手，输赢都是自己。村民们纷纷扛起板凳，往门口走。转瞬间，青山垣跟大家没关系了，只跟他一个人有关了。村民们嘻嘻笑着散去了，嘴里叨叨着——‘二杆子’，‘二杆子’。村委会屋里瓜子皮满地，丢在角落里的烟屁股，有的还在冒着缕缕清冷的烟。他一个人傻在那里了。”① 李青松用了对比的手法——拍卖前后局面的反差，村民们的缩头与“二杆子”的冲动等显示出“二杆子”承包土地种树这个决定的危险。别人留给“二杆子”的异样的眼光、叨叨的念词、满地的瓜子皮和冒着青烟的烟屁股，从侧面反映了“二杆子”的犟劲儿十足和与众不同，为下文写种树遭遇的困难以及“二杆子”不抛弃不放弃的精神叙述制造悬念，也埋下伏笔。在《一种精神》里，李青松数十次重复着“种树种树种树”这句话。种树，是全文的主要内容，也是主人公“二杆子”的事业。无论是对“二杆子”个性的刻画，还是对整个种树事业开展过程的描

① 李青松．一种精神［J］．报告文学，2009（6）：4－13.

写，李青松最终的目的都是想要将自己内心的生态价值观表达出来。在他看来，树是有灵性的，置身树海，人们可以远离虚伪和浮华，感恩大自然。李青松的生态报告文学作品字里行间浸透着春天气息，总令人自愧不如、心生羡慕。这不仅仅是因为他喜欢文学，也源于他对绿色事业的热爱和强烈的社会责任感。如今，还有多少清澈的河流唱着永不疲倦的歌？还有多少树木从未受到过人类的侵害？撇开人类之间的彼此争斗不谈，人类最大的危机在于自身与自然的隔绝。此时的李青松紧握他的笔，一次又一次融入大自然，塑造用绿色挽救人类的尖兵们的英雄群像，颂扬锲而不舍、“咬定青山不放松”的毅力与信念。这就是李青松用在文章标题的“一种精神”。李青松对生态建设秉持着绝对严肃认真的态度，但他也用扎实的文学作品证明了生态文学不一定都是悲悯和呐喊的文字。读李青松的生态报告文学，我们常常会遇到很多意外和惊喜。在李青松的生态报告文学中，我们从字里行间发现的多是积极向上、乐观豁达的信念。《一种精神》里有调侃式的戏谑，也有对“二杆子”长期坚持种树、遇到困难绝不退缩的深入叙述。为了种树，“二杆子”卖掉了给老人买的棺木，因为放牧问题与村民发生了激烈冲突，甚至在妻儿生病时没有照顾左右，但他承担起了改造世界的责任。李青松要告诉我们，我们种下去的不光是树，更是在播种一种保持生态和谐的精神。这与“大地伦理”不谋而合。“自然”与“人”相辅相成，我们对待自然的态度决定着自然对我们的回报。就像李青松认为的，大熊猫不仅仅作为一个物种而存在，它已经成为人类伦理准则的一个化身，从动物界中独立出来。大熊猫象征着和平、善良、童稚。它的存在激励着人类对自然的亲善和关爱。可以看出，无论叙事内容多么丰富多彩、叙事方式如何精巧，李青松生态报告文学最终都将实现大地伦理的旨归。《大兴安岭时间》以内蒙古大兴安岭地区为坐标，从历史方位上，考察了中国林区改革实践，生动刻画了林区积极探索国有林区体制改革发展之路的历程和成果。可以说，生态写作成就了李青松，而他的此类作品丰富并推进了新时期以来以徐刚为代表的生态报告文学的写作。

第三，历史与文化类报告。

反映中华各民族文化和历史的非虚构文学选题民族色彩浓厚。比如白族女作家景宜的长篇报告文学《节日与生存》写的是纳西族的东巴文化，叙事以“1999 年中国丽江国际东巴文化艺术节”，特别是以在这个节日表演的大型文化艺术歌舞节目《东巴魂》为经线，将历史与现实、传统与梦想、人物与传奇、智慧与坚韧、神话与经典等与文化内涵相结合。

这一类的报告通常时间线索绵长，纵深感强，文化内涵深厚。《革命百里洲》是作家赵瑜与胡世全花费近五年的时间深入荆楚，明察暗访，写出了兼有田野调查和纪实文学之作。百里洲是湖北省枝江市的一个小镇，地处长江中游，四面环水。这个地方地理位置相对封闭，演绎出地方独特的历史传奇。水旱灾害、社会动荡、战乱频仍，给江村农人带来无尽的创痛。这部作品以个案视角客观地审视了中国近现代历史的长流。《忠诚与背叛——告诉你一个真实的红岩》的作者采访了大屠杀中幸存的革命者及其后代，查阅了大量解密的历史档案，以数十幅珍贵历史照片图文并茂地还原了真实的历史细节，真实感人地讲述了小说《红岩》中众多人物的真实生活原型，再现了革命者为迎接解放、挫败敌人的垂死挣扎而进行的斗争。《百年钟声——香港沉思录》将香港的历史与现实串联——不盯着那些大人物，而是走进香港的各个领域，走进民生，走进小巷，走进笼屋，走进医院，走进大学，走进她独特的廉政公署——以期触摸到香港灵魂深处的脉搏。作者也不回避香港存在的问题，如零距离地走进底层弱势者灰色无奈的生活空间“笼屋”。李延国、李庆华的《根据地——中国共产党人不能忘却的记忆》基于丰富的史料，写就了在特殊区域、特殊时期投身革命洪流中的共产党人浴血奋战的业绩。作者通过现实寻访，用“卡片”的方式以一个个真实的姓名和故事临摹出“根据地”的图景——战士捐躯战场、地下党员被土匪告密后遭示众枪杀，纾国难舍家业的平民百姓义无反顾地支援前线战斗。

杨黎光的《中山路——追寻近代中国的现代化脚印》以遍布中国的“中山路”为线索，以孙中山的革命与人生轨迹为主要线索，追寻、探索近代中国的现代化之路。作者站在世界近代文明发展的历史高度上，截取1840年、1911年、1919年、1925年、1978年等12个历史节点展开自己的思考和写作过程，写出了贯穿近代、当代、未来的中国复兴之路。何建明的《炫风——中国明星城市发展史》写了苏州的“圆融”境界、常熟的“小裁缝”精神、三亚和中山的“红树林”性格、义乌的“拨浪鼓”品质、昆山无山有“玉”、长江第一港张家港，以及义乌田埂上崛起的“曼哈顿”等中国新兴城市的成长故事。邢军纪笔下的《风雅大郑州》展现了郑州不仅是具有五千年文明史的华夏文明肇始之地、中国重要的交通枢纽，更是一个现代化、国际化、信息化和生态型、创新型的崛起城市。

陈启文所著的《共和国粮食报告》敏感地抓住人类生存的难题——粮食，把粮食置于天、地、人、时的交织中，站在五千年的文明史上看共和国粮食之路上的人与事，既宏阔恢宏，又细致入微，富有文学追求。《共和国粮食报告》从共和国诞生前的“东北解放区土改”到“开国大土改”，从“人民公社”“农村联产承包责任制”，再到被称为中国第二次土改的“土地流转”，作者梳理出共和国粮食发展的历史和规律。作品的主题是粮食，以写人的方式表现，作者陈启文跑了20多个省、市、自治区，走访了八大商品粮基地，采访到了许多让他一生难忘的人物和故事——为民众吃饭、为国家粮食安全而流血流汗、含冤受屈、付出青春年华、付出生命的人。这些人有国家领导人，张树蕃、沈浩等干部，有普通农民严俊昌、种粮专业户李国庆、种粮大户周翼和钟振芳，有誓让“北大荒”变为“北大仓”的兵团老战士李茂贵、郝光浓、余友清等。此外，还有袁隆平“那双眼睛”，谢华安“那双脚”，刘文炳“那双手”。

李朝全的《国家书房：“中国好人”金兴安和第一家农家书屋》为我们展现了发生在皖东地区的一个动人故事。定远县是皖东地区的重要组成部分，定远县的蒋集镇虽然经济不发达、文化不兴盛，但却哺育了一个孤儿金兴安。数十年后，这个金兴安知恩图报，拿出自己的所有积蓄，建立了蒋集镇农家书屋，为这里的文化建设带了个好头，方便了农民尤其是农村孩子的阅读。在党和政府倡导“全民阅读”的大背景下，以安徽省定远县蒋集镇农家书屋为代表的安徽省农家书屋蓬勃发展的现状，金兴安的“义举”与政府文化建设的构想不谋而合，感动了无数热心人，感动了无数有责任感的企业。经过十多年的努力，蒋集镇农家书屋已经建设成为藏书数万册的文化阅读场所，为当地农民生产致富、展翅腾飞提供了源源不断的知识动力。

第四，记述具体人或特殊集体，以小见大的人物类报告。

胡世宗以驻东北某部“学习毛主席著作的模范红九连”为主人翁的《火炬方队》，没有简单地把这支有着光荣传统的红军连队的历史“从头道来”，而是在回顾部队发展历史的过程中，凸显了这个连队独有的、在各个时期经历历史风浪考验而永不变色的“革命基因”，同时再现部队官兵在面临新时期各种严峻考验时所表现出来的积极的适应性和崭新的活力，进而挖掘这支军队无往而不胜的精神力量。学习毛泽东著作是红九连区别于所有其他连队的独特之处，这使他们在育人成才方面首先具备了相对浓厚的理论氛围。九连的一些非常普通的干部战士因此具有了特殊魅力——一些在国有企业改制中家庭经济受到损失和影响的战士有许多与众不同的见识，一些干部战士转业退伍之后在各种不同的岗位有令人刮目相看的业绩。

《台湾老兵》很容易让人联想起阿列谢耶维奇的《我是女兵，也是女人》，一方面是因为两部作品都是写有关军人的，另一方面是因为同是口述的方式。《台湾老兵》选取了十五位从山东漂流到台湾的老兵苦盼四十年才踏上回乡路的故事，用他们口述、作家进行实录的形式，回溯了他们的人生历程和心灵历程，讲述自己的一生、诉说自己的感情、表达自己的希望。这些被采访的老兵是在历史上籍籍无名的普通老兵，他们几乎都是在没有什么思想准备的情况下，仓促抛妻别子离高堂，漂洋过海到台湾的。一去四十年，他们在离愁别恨中熬煎。在老家盼着丈夫儿郎归来的妻子、父母，长久地守护着重见亲人的希望。

《天地男儿——南岭村纪事》描写了深圳南岭村的带头人、党总支书记兼村长张伟基，他是普通农民的儿子，文化程度初中毕业，但他在中国共产党的教育和培养下成长为立场坚定、大公无私、全心全意为人民服务的共产党的基层干部。他立志改变山村，不愿进城当脱产干部，敢想敢干，贷款五百万元开拓基业，引进港资、外资，使南岭村迅速繁荣起来。

王光明、姜良纲的《中国有座鲁西监狱》写的是一个监狱发展为有着相当规模的企业集团，在监管、生产、后勤等方面都成为省里同行业中的“示范窗口”的故事。作品从两条线上深入——一是对于犯人的管理，包括传统的、强制性的、制度性的管理；二是发展监狱经济实力，企业走集团化的路子——围绕着描写人的权益、人的能力、人的创造性精神的高扬和发挥。

关仁山的《执政基石》中的主人公是一个普通的基层“村官”。在竞选支书后，面对一种穷村乱村的状况以及前任的不理解、人心涣散等农村现实问题，他没有退缩，打牢“执政为民的基石”，以坚强的党性和意志全身心投入，凝聚人心。他以带病之身率领乡亲修路治水、种树搞副业，改变穷困面貌，牢记党的宗旨，用真情和爱心赢得群众信任，让乡亲们在得到丰富物质的同时也享受着精神的温暖。

这一类作品，虽然写作对象集中在某一个或是某一群特殊群体，但是因为特殊性、典型性，十分能引起社会广泛关注。何建明的《根本利益》是影响较大的报告文学作品之一，书写的是一个坚持实践“三个代表”重要思想的纪委书记梁雨润同志的故事，作家把他的同情、关切与热爱毫无保留地倾注到占中国人口绝大多数的广大农民，特别是其中的处境艰难的人群身上来。作品以深情而犀利的笔触，向读者、向社会、向党和政府报告了他们遭逢的伤害和痛苦、委屈与无奈，字里行间，表现出作家感同身受的痛心和愤慨、愿望与呼声。李春雷的《宝山》通过描述共和国历史上投资最大的工业企业——宝钢建设而透视民族工业化命运。邓贤的《中国知青终结》当年在《当代》刊出后，立即引起社会强烈关注，这一期杂志一经上市即刻脱销，后由人民文学出版社隆重推出的该书在全国各地书店掀起了销售热潮，成为图书市场的一大热点。作者深入云南边疆，远走泰国、缅甸，在金三角寻访，经历千辛写就一批跨越国境、支援世界革命的知青们的命运——他们是最后的知青，是知青运动的句号。

（二）从个体出发的非虚构写作

这类非虚构从个体出发，大致有两个方向。

第一个方向是以个人言说为出发点，向社会、民族、国家等更广泛、更深刻的层面实现话语争取。张雅文根据自己的亲身经历撰写的《生命的呐喊》是她做完心脏六个搭桥手术后完成的，她希望在经历生死考验后，以自己的真实经历和故事与读者共同感悟生命的价值和意义，共同分享奋斗和成功的快乐。《生命的呐喊》出版后，在国内外引起强烈反响，许多读者为张雅文那种丰富罕见的人生经历和自强不息、无坚不摧的奋斗精神所深深感动。有些读者表示，这个真实的童话唤醒了一代人的回忆。徐怀中的《底色》是作者从亲历者角度，以一位老兵、老将军的身份对越南战争的回忆。50 多年前，作为中国作家记者组组长的徐怀中率组在越南南方战地采访，多次与死神擦肩而过。《底色》真实记录了 20 世纪 60 年代中期一个中国军人作家、记者的思想、情感和心态。正因为有了难得的两次参战经历和换位思考，加上近半个世纪的时空距离，徐怀中先生获得了“在以往战争经历中从未有过的内心体验，一些深思与明悟”。作者以自己的亲历结合体悟，道出了更广泛意义上的对世界与战争的看法。

第二个方向是从私人领域向公共领域，或者说是从个人空间向公共空间的试探、深入、根植。韩石山的《既贱且辱此一生》是作家写自己的一篇文章——从家乡、出生、记事时、父亲、爷爷、小学、兄弟们、家庭成分、中考，写了“这样一个人，这样一个家”；“苦读”时的老师和学习环境、课程、生活、饥饿、买书、备战高考；上了大学后才知道的一些当年高考情况以及“5%”；“文革”开始后的日子；“墙上，那狠狠的镢印”；再到“第一次住学习班”；在“雪茫茫，路茫茫”里记了爷爷自缢、家人给“我”找对象等事；最后写了“我”走上写作道路——是对自己的书写，写成长、家人和经历。作者不是伟人，没有传记那般大开大合，也不是草根，与自怨自艾一点不搭边，就是一个不特别的中国个体的成长史、心灵史，也是大多数同时代人的普遍故事。

董夏青青的《胆小人日记》写的是作者刚来到新疆时，与邻居和朋友的交往日常。全文都是具体的事件，围绕事件的对话。正如文章标题一样，这就是一篇篇日记，记下的是作者刚来到新疆的亲身经历，认识的人、遇到的事和内心的感受。虽然写的是作者个人的生活情况，但是勾连和反映着她所接触到的新疆的风土人情。《当戏已成往事》是李晏自己和孟京辉、牟森的交往以及“双 M”的戏剧经历。蒋子丹的《狗年轶事》写了六个有关于狗的故事：第一个故事是邻居文婷养狗，她用一系列表现证明“盛宠时代”的惊人，尤其是宠物与主人的条件（阶层）匹配的怪异现象；第二个故事重温巴黎街头的老妇与狗，想到周婆婆和她的四只狗过不下去了，“伤情共此时”；第三个故事写的是在与宠物商店老板李力交往过程中，知道了关于狗的生意经；第四个故事是朋友乌云的无奈：城里人对藏獒的“惦记”，金钱驱动下人对动物的感情发生了巨大转变；第五个故事写的是读了惊心动魄的诗《杀狗的过程》，作者写了《没有狗的村庄》；第六个故事是人救狗事件后的网友和作者的思考。这六个故事内部没有什么因果关系，但是作者铺设的感情线索倒是形成了他的内在写作逻辑。无论是畸形的宠爱、主人窘迫无力供养、逐利渲染狗经济、人的自私与贪婪导致狗遭受过度交配、狂犬病后狗的大规模被杀……这些狗的悲惨命运折射出人心的扭曲和非理性。

不惑之年从新疆来到东莞，开始新的生活，语言、饮食、交通等生活方方面面都是新的。尤其是在东莞，这个近几十年内代表着中国转型特征的城市，它的真实面貌究竟是怎样，最好的视角就是平视。“我从不想俯瞰东莞，而只想以个人视角，平视这个城市。我写下吃、住、行这些日常生活琐事，以及一些生存的真实场景；我希望袒露我的观察后，能有一些事实引起大家的关注，而对另一些谎言及误解，有所甄别；我希望我的写作是一次艺术的活动，而不是直接的呐喊或时事评论。这样的要求在操作时，简直是自设藩篱。首先，我要写的是亲历；其次，又不能仅限于一种平铺直叙的表达。我的态度要相对客观，文笔要更严谨；同时，在我说出我所知道的真相时，又不能违背我的艺术追求。”① 作者明确交代了写作目的、原因和视角。至于写作方式，那就是行动和体验——“看到莞樟路上下班的女工，穿梭在厢式货车的夹缝中时，我被震慑得不能动弹。现实中国的巨变，远非书本、影视所描绘的那样。在中国追求现代化的变革时期，个体的社会地位已发生改变，打工族业已形成特殊的群体，已创造出一个新的话语空间。无视这个群体的出现，将完全不能理解当下之中国。我决定去工厂打工。这是我成为东莞人，所必须要补的课。”《到东莞》是丁燕的非虚构，文章中的每一件事、每一个人都是真实的，这是真实的东莞，但不是全部的东莞。非虚构说的真实，不是真实的完全。作品里的真实，是作者以女工的身份展露出来的东莞，是东莞的一面，它不是东莞的全部。所以，非虚构写作的目的不是告知，更不是宣传。它没有责任也无法面面俱到，不以消息面的广取胜，它的意义在于“深”，也可以认为是个体的深入——作家以个体的姿态深入真实世界，进行深刻观察，书写深刻体悟。

---

① 丁燕．到东莞［J］．人民文学，2013（2）：175－187．

这类“非典型性”的延伸，没有“以点及面”的诉求，非虚构体验才是意义本身。就像梁庄不是中国村庄的代表，但是《中国在梁庄》无论是从选题、表达方式、信息量、文学性等来说，都具备深刻、广阔、创新的价值。就文学而言，《中国在梁庄》在“行动”和“体验”两方面充分展现了非虚构的写作特征。跟随着作者的脚步，从梁庄出发。走进梁鸿的故乡，看见她眼里蓬勃的“废墟村庄”，认识了老贵叔、建昆婶、芝婶、五奶奶、万明、毅志、菊秀、春梅、义哥、光河、清立、昆生、姜疙瘩、清道哥、梁光正、老支书、现任村支书、明太爷、焕嫂子、巧玉、赵嫂、万会等人。这些人让我们想到农村留守儿童问题、老人生存问题、“性”福问题、理想和出路的问题、封建思想影响人正常生活的问题、女性地位的问题、城乡差异的问题、教育问题……这些问题中的任何一个都是大问题，当它们汇聚在一个乡村中、汇聚在一个非虚构文本里，传递出的疼痛感一倍倍加强。

在《漫长的假期》里，韩少功写了在过去特殊历史时期里“我”与书之间的“互动”——“偷书”“抢书”“换书”“说书”“护书”“教书”“抄书”“骗书”“醉书”，再与此时的学生们阅读情况一对比——“即使是在三十年前，让很多中学生说出十本俄国文学、十本法国文学、十本美国文学，都不是怎么困难。我这一说法显然让他们惊诧了，怀疑了，困惑了，一双双眼睛瞪得很大。”我们爱文学的一个原因，也许就是作者笔下“知其一和知其二”地了解“历史真切而生动的过程”。

如果说从集体出发的非虚构写作是一种隐藏“我”的写作，以突出作品的客观和公正，那么从个体出发的写作是凸显“我”的写作，以突出在场和感同身受。这两类非虚构殊途同归：以“第三者”的方式旁观、记录、述说和以亲历的方式调查、参与和直抒胸臆，都是在追求真实。真实，分为客观真实、主观真实。“完全真实是报告文学的生命和战斗力的源泉”，“报告文学不仅不能虚构、夸张，连气氛的渲染，心理活动的刻画，生活细节的描绘都要真实，而不能‘虚加练饰，轻事雕彩’，任意虚拟”①。关于“完全真实”的理解也不能绝对。这里的“完全真实”被看成所写有据、一一对应比较合适。但是“完全真实”不是“全面真实”。因为文学，尽管是非虚构文学，都不可能做到像是摄像机一样一分一秒、不差毫分地记录。文学的存在，就意味着是被选择、被处理过的。选择什么非虚构、选择非虚构的哪一部分、如何安排不同的非虚构的顺序、用什么样的语言描述非虚构、用什么修辞方法表达非虚构等，都是在不违反非虚构的基础上的非虚构写作范畴内的问题。从集体出发的非虚构，采用的方式是以旁观者、记录者、转述者、全知视角、克制写作者的主观情感的方式；从个体出发的非虚构，采用的更多是从自己出发，以作家的视觉、听觉、触觉、感觉、自主表达、主观评论的方式。作为客观存在的主体，作家本身也是非虚构的存在。作家的五官感受、作家的感触一样是非虚构。

（三）其他类型的非虚构写作

这一类的非虚构写作与上述两种不是绝对互斥的，也就是说，这三类非虚构写作之间并没有绝对的边界，而是依据具体文本的特性，用共性归类的方式做出的分类。比如赵瑜的《寻找巴金的黛莉》，作家偶然在太原文庙一古董商那里邂逅了巴金从未发表过的七封亲笔书信，这些加起来近4 000字的书信是年轻的巴金写给“山西太原坡子街20号”一位“赵黛莉女士”的，信件背后的人物命运深深地吸引着作家——赵黛莉是谁？近百年时代风云，她的命运又是怎样的？从此，赵瑜“追随着黛莉女士生活的足迹”，进行了长达两年的寻找巴金的黛莉这一艰难而又神奇的过程。作品是非虚构文学，但却像极了虚构文学，因为作家对文本高超的结构安排、精妙的语言处理，把这个非虚构故事表达得丝丝入扣、耐人寻味。文本的

① 桑荫．报告文学必须完全真实［J］．西北大学学报（哲学社会科学版），1979（4）：47－53.

写作逻辑是寻找和发问。作品以现实中的叙述人“我”连接历史中的巴金和黛莉——以“我”追踪巴金七封信引出一个人，以追踪一个人引出几个山西大家族，以山西大家族的沧桑演变引出现代中国的命运特质——虚写巴金，实写“我”与黛莉。晋文化的底蕴和晋人品性的书写在这部作品里表现得淋漓尽致。这部作品近乎就是山西现代简史、山西现代地缘政治史，也是中国现代史的精炼版。

从集体出发和从个人出发的非虚构写作是在叙事方式层面上的划分，两者不是完全对立的，在具体的作品里完全可以实现流动。李春雷的《木棉花开》是一篇约1.7万字的短篇作品，作品主人公是已经去世的中共广东省委原第一书记任仲夷。1980年10月，66岁的任仲夷奉中央之命，到广东任职——他面皱如核桃，发白如秋草，牙齿全部脱落了，满嘴尽是赝品。心脏早搏，时时伴有杂音，胆囊也隐隐作痛。但他显然还没有服老，1.71米的个头，80公斤的体重，敦敦实实，走起路来，风风火火，踩得地板“咚咚”直响。

5年时间内，任仲夷带领的领导班子经历了“鱼骨天线”事件、领导班子调整、外商进入、走私事件、党的严厉措施等一系列尖峰时刻，终于“杀出一条血路”，把广东引上了经济发展的快车道，进而加快了中国改革开放的进程。

《木棉花开》的写作切口独到——虽然写的是改革开放初期经济体制改革过程中遇到的重重矛盾，但作家目光观照的是眼下，对当前如何深化经济体制改革，尤其对如何推进政治体制的改革，具有强烈的现实针对性。作品发表后被《人民日报》《光明日报》《新民晚报》《南方日报》《深圳晚报》《文学报》等报刊纷纷转载和选载。接着，《新华文摘》重点推出，连从未转载过报告文学的《读者》杂志也破例。2008年7月，吉林省委书记王珉批示，将《木棉花开》印发全省各地各部门，供干部参阅学习。省委办公厅随即以参阅件的名义转发了《新华文摘》转载的《木棉花开》。这份文件在“按”中写道：“重温任仲夷与广东改革开放的历史，仍有着特殊的借鉴意义。”这之后，国内多家报刊更是开辟版面进行转载、选载、专访和评论，一些地方的党政部门还开展了各式各样的学习、研讨和征文活动。

还有的非虚构，是作家写他人的非虚构。比如，彭学明的《我用良知拯救父亲》讲述的是一个得知自己身患绝症后故意制造车祸获取赔偿以供孩子上大学的父亲和儿子之间的故事。碾死父亲的出租车司机因为赔偿而陷入绝境，妻离子散家破人亡。用父亲身亡赔偿金上大学的儿子偶然获悉真相，为良知所感召决定去寻找出租车司机。然而，司机的一切都已无法挽回。良知可以救赎，但悲剧还是发生。《造假者的救赎》的作者通过一个造假贩假者的自述，以他自觉站出来坦承自己祸害百姓和社会的罪恶生涯来告诫那些造假者悬崖勒马迷途知返，用负面典型呼唤社会道德。《起航，信义之船》中孙水林、孙东林两兄弟是湖北武汉某建筑公司项目经理，春节前夕为抢在大雪封路前给已回家的农民工送工钱，孙水林带着 20 多万元，和家人一起连夜驾车回武汉黄陂。途经河南兰考时，因路面结冰，不幸遭遇车祸，一家五口全部遇难。尚沉浸在巨大悲痛中的弟弟孙东林和家人毅然决定，在料理后事前先赶回武汉，替哥哥完成在大年三十前结清农民工工钱的遗愿，并在腊月二十九将筹集到的 33.6 万元工钱，全部发放到 60 多名农民工手中。

宁肯的《中关村笔记》也是一篇将人和事、个体与集体、时刻与历史结合得恰到好处的非虚构作品。作者沉潜到中关村过往，以人为经，以事为纬，勾勒出一部伴随改革开放进程崛起的中国硅谷发展史——“幕后英雄”冯康与数学艺术、陈春先与中关村的硅谷梦、柳传志和联想、王志东和新浪、王选与“千年之约”、王永民与汉字输入、程维和滴滴、吴甘沙和智能驾驶、苏菂与车库咖啡等 19 个段落与手记。宁肯选择的人物有一个内在的标准——他们构成了历史、推动了历史，在历史发展过程中，还起到了地标性的作用，他用平视和俯视的姿态去观察他们，并与他们对话。

与全球范围内的非虚构文体发展相一致，中国的非虚构写作类型文本也是十分丰富。旅行散文类、科普散文类、历史文化类、自然报告类、书信集、回忆录等，都受到广泛的关注与喜爱。像于坚的《印度记》这样的作品，作者记录了自己旅行的所见所想。从旅行的起点等机开始，见到的印度的人、印度城市的建筑物、街道、自然景观、贫民窟、恒河，联想到印度的历史、宗教、文化，随着旅行行程的推进，从城市到乡村再到城市，从导游到僧侣再到各层级的普通百姓，作者记下了所行之处的眼见之物、相识之人，也记录下所思所感。这当然也是非虚构“行动”写作的一种。范景中的《有物曰竹》从竹的历史写开去，从中写到西，由古及今。作品大量引经据典，用古诗词佐证，论述厚重，详尽写了竹的伦理、宗教象征、美学意义和文化品格。王彬彬的《瞿秋白的不得不走、不得不留与不得不死》是一篇阐释型的作品，标题即是观点，文章各部分分析与说明，摆事实、作论证。作者以逻辑串联材料，文本以非虚构的姿态证明作品的力度。

二、融合与互动：“非虚构文学 +”的创新

（一）电视报告文学和纪录片

电视报告文学是报告文学与电视艺术的综合，它以画面为基础，按照报告文学的要求，把画面、解说、音乐、音响有机地结合起来，将现实生活中具有典型意义的真人真事和人物的内心世界，真切感人地呈现在观众面前，它使人既能从中得到某些思想上的启迪，又能获得一定的艺术享受。电视报告文学在坚持真实性的前提下，吸取了故事片、电视剧刻画人物形象的表现手法，强化了戏剧性和艺术效果，是非虚构文学 + 电视的创新模式。

《大路向太阳》讲述的是中铁十三局集团公司三处一公司十队党支部书记刘清华，在隧道施工中突遇意外山体大塌方的危急时刻，舍生忘死救工

友，在他身上集中体现了牢记党的宗旨、恪尽职守、高度负责的敬业精神，在困难面前身先士卒、危急关头冲锋在前的事迹，由吉林电视台与中铁十三局集团公司联合录制，吕爱武担任策划，韩志晨担任编导，冯晨、梁君担任总监制，片长 30 分钟，2002 年 3 月 29 日由吉林卫视频道首次播出。八一电影制片厂出品的纪录片《东方神舟》讲述的是中国自主研制的“神舟”号载人飞船把第一位航天员杨利伟送上太空，实现了中华民族的千年飞天梦想的过程。《千秋三峡》第一次在银幕上把三峡工程作为人类改造和利用自然的一个壮举来加以审视和把握。《人民至上》是“5·12”汶川大地震抗震救灾的纪录片，通过全景式记录结合一个个催人泪下的真实故事，表现了大灾之下喷涌的人间大爱。据《人民至上》制片人陆黎介绍，他们在救灾中采集到大量第一手珍贵影像声音资料，在片中首次呈现给观众。

与聚焦人物为主的电视报告文学不同，纪录片以围绕主题的叙事状物居多。例如纪录片《故宫》，以《肇建紫禁城》《盛世的屋脊》《礼仪天下》《指点江山》《家国之间》《故宫藏瓷》《故宫书画》《故宫藏玉》《宫廷西洋风》《从皇宫到博物院》《国宝大流迁》《永远的故宫》等篇章，从故宫的建筑艺术、使用功能、馆藏文物和从皇宫到博物院的历程等方面，全面展示故宫辉煌瑰丽、神秘沧桑的宫殿建筑，丰富多彩、经历传奇的珍贵文物，讲述不为人知、真实鲜活的人物命运、历史事件和宫廷生活。除了真实场景的拍摄以外，该片创作还以真实再现的手法，根据故宫的历史文献记载、历史文物“痕迹”和历史见证者讲述等真实背景，通过人物扮演、情景模拟、场景摆拍等手法表现出故宫的历史。结构上从表及里，从外向内，从物理上的故宫到与故宫命运相联系的人，再到今天的故宫，时间上从今向古、又一轮回流转至今，情感逐渐增强。观众伴随着纪录片的推进，仿佛触摸到了历史的脉搏，深深震撼于源远流长的中华文明。

又如讲述青藏高原上人与自然和谐相处的纪录片《第三极》，全片借“第三极”这个地理概念，通过近 40 个故事，串联起青藏高原上的生命之美和人们的祥和生活，反映藏族传统文化得到继承、传统生活方式得到延续以及自然环境得到保护等。《第三极》秉持了非虚构作品“从小切口出发”的特点，全片以普通人的事为内容。像青海一家牧民寻找小藏獒的故事，藏族人用狼毒草和雕版印刷术制作书籍，守护寺庙的喇嘛经常为登珠峰的人祈福，牧民们背着不能行走的羊在小岛上产羊羔等，具体而又生动地讲述了在这片特殊的土地上，个体与家庭、与动物、与自然界和谐共处的状态。在艺术表现方面，不仅使用了高空拍摄、微观拍摄、延时拍摄、高速拍摄、水下拍摄等多种拍摄手段，还首次采用了4K技术。所以，整个作品不仅信息量饱满，叙事传达生动，节奏轻重缓急，而且配合高清的画面，声、像、文和谐统一于一件完整的非虚构叙事中，实现了非虚构文本与可视化的整合。

（二）非虚构文学的电影、电视剧改编

影视剧改编文学作品大致分为两种改编方式。一为再现式，即在改编时保持对原著作品的场景、对话、人物等方面的再现，以求更加贴合原著的艺术内涵；二为取意式，这种类型的改编则更加追求与原著在精神方面的契合。通常，电视剧改编作品，因为篇幅较长，可以更多地保留文学原著中对细节的描写和刻画。电影改编作品，由于时长和叙述、符合当下受众需求等原因，剧本会对原著进行故事内容删减、剧情和人物改动等。

由非虚构文学《根本利益》改编的电影《信天游》于2004年上映，由冯小宁导演，郭达主演。在黄土高原信天游的歌声中，一个普通的“戴着帽子的农民”、一个善良的好人、一个勇敢斗士的轮廓在镜头中清晰起来。陶冶的报告文学《郑培民》原汁原味地写了郑培民的一生，从他的少年时代写起，接着写到大学生活，再从普通干部升到省委副书记，也写到他的爱情，写到他对子女的关心和教育……他的人生历程是“民—官—民”，他在当了在老百姓看来是“大官”的时候，始终遵循着“群众利益无小事”

这一准则，始终没有忘记自己是一个老百姓，始终没有丢掉平民意识。他人生的字典，停留在“民”字上，当他还没有返回“民”时，积劳成疾，便离开了这个世界。改编的同名电影讲述的是刚刚出任湘西自治州州委书记的郑培民，在全州最贫困的火龙坪村村民期盼的目光中郑重许下承诺，一定要帮助火龙坪村修建一条连通山外世界的公路，让山里的世界和山外的世界息息相通，从此郑培民的生命就和这条山路、这块土地联系在了一起。就在火禾公路通车的这一天，郑培民倒在了北京的工作岗位上。影片由郑洞天导演，黄梅莹、修宗迪等主演，荣获第11届中国电影华表奖。

根据鲁迅文学奖获奖作品《生死一线》改编的电影《五颗子弹》艺术地再现了我国某监狱在被特大洪水淹没的极其困难情况下转移一万多名服刑人犯，无一逃跑无一死亡，在国际上产生轰动影响的故事。影片重点记叙了在转移途中失散的三个犯人与一个警察的生死抉择。退休的狱警老马（刘佩琦饰）在特大洪水袭来之际临危受命，负责押解三名不服调命的犯人转移。三个犯人分别是杀人犯（姜武饰）、贪污犯（吴大维饰）和惯偷（李滨饰），他们性格各异，各有各的小九九。逃亡机会千载难逢，他们心中蠢蠢欲动，却慑于老马枪里的五颗子弹而不敢造次。转移途中，险象环生。

由刘恒编剧，尹力导演的《铁人》被称为“第一部石油工业创业史诗”，影片以全国劳动模范王进喜的生平事迹为主要素材，讲述20世纪60年代大庆“石油大会战”与当代沙漠石油钻探作业两代石油工人的故事。为了满足观众的审美需求，该片在拍摄手法上也有所创新。片中故事的背景年代并没有全部设定在20世纪五六十年代，而是采用了时空交错的手法。剧组先后转战新疆、海拉尔、大庆实景拍摄，首度在大银幕展现我国石油工业创业史。

党益民的《守望天山》被拍成电影，它没有跌宕起伏的故事情节，也没有宏伟壮观的战争场面，一个退伍老兵几十年如一日的生活被娓娓道来。文学作品的作者党益民在开篇手记中说，陈俊贵的故事其实很简单：部队在修筑天山公路时遭遇大雪封山，官兵被围困，供给眼看告急，上级派陈俊贵等 4 名战士去 40 公里外送信求援。因为大雪，本来一天的路他们却爬行了三天三夜。随身带的 20 个馒头只剩最后 1 个时，班长郑林书把这个救命的馒头留给了年龄最小的陈俊贵。陈俊贵因此活了下来，而班长、副班长英勇牺牲，陈俊贵和另一名战士冻伤致残。陈俊贵退伍回家后本已有了安逸的工作并娶妻生子，却在看了一部反映修筑天山公路的电影《天山行》后，心灵受到极大触动，于是毅然放弃工作，带着妻子和出生仅三个月的儿子，重返天山，为班长和 168 名烈士守墓。不简单的是，陈俊贵这一守就是 24 年。电影是对文学作品二次创作，影片中的陈玉柱是现实生活中的陈俊贵，但也不全是。电影是导演、编剧、演员、制作团队等通力合作的结果。影片以恢宏开阔的天山作为试听背景，雄浑苍茫而又危机四伏的边疆景象、别样风情的音乐伴随着故事情节发展切换。陈玉柱日复一日的守候慰藉了他对班长的歉疚，而他时刻饱受着自己内心的煎熬——妻子的受苦，儿女的委屈，生活的艰难——都是他为兑现承诺所付出的代价。

侯孝贤导演的《悲情城市》是部分取材于一部非虚构作品——蓝博洲的《幌马车之歌》。钟浩东本名钟和鸣，1915 年 12 月出生于宝岛台湾，是知名作家钟理和同父异母的兄弟。抗战时期，他和萧道应等热血青年曾回到大陆参加抗日和革命运动，返台后成为中国共产党地下党员并积极开展工作，1949 年在“白色恐怖”中被捕，后惨遭杀害。38 年后，蓝博洲将钟浩东的传奇故事写成报告文学《幌马车之歌》。电影《悲情城市》由侯孝贤执导，陈松勇、梁朝伟、辛树芬等主演，影片以“二・二八”事件为背景，讲述了林氏家族兄弟四人的遭遇和生活。影片于 1989 年 10 月上映，后获第 46 届威尼斯国际电影节金狮奖。

《大火种》是根据铁流、徐锦庚的《国家记忆——一本〈共产党宣言〉的中国传奇》改编的影片，由苗月执导，陈瑾等主演，再现了 1926 年冬中国首版《共产党宣言》如火种般在中共党员和人民群众之间传递的感人故事。改编自作家曹谷溪的报告文学《周总理回延安》的同名电影体现了共产党人不忘初心、牢记使命的情怀，也是为2018年周恩来总理诞辰120周年献礼。

除了在非虚构文学作品的基础上进行改编的影视剧外，还有一类是根据真人真事改编的电影或电视剧。这类作品的剧本取材于非虚构，通过艺术的编辑和演绎，具有很强的影视魅力。这时，编剧承担了非虚构文本的创作者的角色，剧本是非虚构文学的一种表达方式。以文本的题材和表现分类，大致可以分为以下几种。

第一，革命历史题材的史诗品格表现。重大革命历史题材电影对史诗品格的追求是从《开国大典》《大决战》开始的，重大革命历史题材电视剧对史诗品格的追求是从《开国领袖毛泽东》《长征》开始的，而《解放》的创作成功则标志着这种追求达到了一种更加自觉的新境界。

《开国大典》讲述的是从中国共产党取得三大战役的胜利开始至1949年10月1日在北京举行开国大典的历史过程。这个剧本最难把握的是协调宏观与微观的关系，因为开国大典前夕发生的任何一段历史都可以单独拿来拍一部片子。最终编剧们没有简单地按照编年史的方式安排，而是将所有重大历史事件推到后景，只作为人物活动的舞台，影片的总体风格是从大处着眼，宏观上采用写意的手法，而在描写人物和细节时，采取工笔细描的手法——用历史唯物主义的眼光审视、剖析过去的历史，站在20世纪80年代的现实高度对40年前已经走过的历史加以评价。

《大决战》三部曲包括《大决战之辽沈战役》《大决战之淮海战役》《大决战之平津战役》，分别在1990年、1991年、1992年上映。作品的历史背景是1948年秋，人民解放战争进入夺取全国胜利的战略决战阶段。以毛泽东为核心的中共中央，正确把握时机，以宏大的革命气魄和高超的指挥艺术，连续组织了辽沈、淮海、平津三大战役，基本上摧毁了国民党赖以维持其统治的军事力量，大大加快了解放战争在全国胜利的进程。1945

年8月，日本帝国主义宣布投降，饱经战乱之苦的中华民族在短暂的胜利喜悦过后，即将迎来决定民族命运的重要时刻。随着蒋介石（赵恒多饰）撕毁停战协定，国共两党内战全面爆发。经过两年的正面对决，国共双方的差距逐渐缩小，战局终于迎来决定性的时刻。1948年年初，毛泽东（古月饰）、周恩来、任弼时等共产党重要领导人离开陕北根据地，与刘少奇、朱德率领的中央工作委员会在河北会合。经过一番审慎的考量与讨论，领导人们命令林彪（马绍信饰）所率领的50万东北野战军全面发起夺取东北的辽沈战役。对东北去留举棋不定的蒋介石被迫应战，中华民族的命运之战拉开序幕。1948年9—10月间，辽沈战役和济南战役相继胜利，标志着解放战争决定性转折点的到来。在此危急关头，蒋介石紧急调配旗下3个兵团17万人的优势兵力固守中原。同年11月，华东野战军向黄百韬（许还山饰）兵团发动攻击，最大规模的淮海战役正式打响。地下党员何张防线的临场起义，为时间占下风的粟裕（谢伟才饰）赢得战机，顺利切断了黄百韬的退路。在此之后，国共双方调兵遣将，各逞其能，中原战场顿时变成规模宏大、破坏力极强的巨大漩涡，淮海战役朝向令人始料未及的规模迅速扩大。国共两党的抗争进入攻坚阶段。辽沈战役和淮海战役后，蒋介石受到极大触动，意图撤回华北60万军队进入淮海，构筑一条坚固的江淮防线。在此危急关头，毛泽东主席在西柏坡发出指令，授意林彪率领东北野战军秘密跨越长城，会同聂荣臻的华北野战军发起平津战役，分割傅作义（李定保饰）军团以做各个歼灭。傅作义一面婉拒美国势力入驻华北的请求，一面说服蒋介石打消军队南撤的念头，顺利在华北取得空前的权力。谁知在此期间，解放军已悄悄完成对平津的包围。傅作义感到大势已去，决定通过身为共产党员的女儿冬菊（陈红梅饰）与对手和谈。只是和平的果实来之不易，在此之前还要经受更多的考验。为了写好剧本，《大决战》创作组查阅了包括当事人回忆录在内的大量资料，采访了战役参加者和有关人士300余人，还实地考察了三大战役旧战场。《大决战》来源于历史真实，也坚持尊重非虚构，还原历史——这也是非虚构的品格之一。以叙述林彪这个人物为例。作为辽沈战役和平津战役的主要指挥员之一，林彪这个人物在戏中的分量可想而知。当时有人担心片中反映林彪这个人会有麻烦，主张剧中不写林彪。还有人主张，如果写林彪的话就把他写成反面人物。杨尚昆得知这一情况后，特别就林彪角色问题做了重要表态。他说："剧中要有林彪，如果不写林彪，那当年东北战场的仗是谁打的？而且写林彪一定要实事求是，不能因为他后来不好，就把这个人写成从头至尾都坏。"杨尚昆的这一表态对于剧本真实地反映林彪、反映三大战役起到了非常重要的作用。实际上，作为当年的战友，杨尚昆对林彪的感情可谓一言难尽。据扮演林彪的马绍信回忆：《大决战》完成后，杨尚昆在接见剧组主要演员的时候，急切地问："林彪呢？林彪呢？"当有人指着站在后排的马绍信说："在那儿呢！"杨尚昆便急速上前，紧紧握住了马绍信的手，抖了又抖，眼里充满了复杂的感情。①

影视化的非虚构可不可以有合理想象？笔者认为，可以有，并且一定会有。《平津战役》原剧本有一个细节，写的是林彪到达指挥部后，在地图上到处找山海关。负责这场战役拍摄的导演韦廉和剧组就此采访了当年林彪身边的许多工作人员，获知林彪对地图的熟悉是惊人的，他指挥打仗不上前沿，就是对着地图研究。韦廉据此对该情节进行了重新设计：林彪到达指挥部后，参谋人员正在往墙上拼接地图，右上角还空一块，林彪到地图前用棍子指着空白处说"部队从这里进关"。参谋人员拼好地图，小棍指的地方果然就是山海关。② 合理想象不破坏非虚构的真实性。现实主义具有三个基本特征：一是客观性，即在艺术观念层面，按照客观生活的本来面目去描写，再现客观事物及人与人之间的社会关系；二是典型性，即在艺术形象层面，注重创造典型形象；三是批判性，即从与现实的关系来说，

①② 袁成亮．电影《大决战》诞生记［J］．百年潮，2008（10）．

大胆暴露社会问题，体现批判性。① 编剧的“林彪指地图”的合理想象，遵循了现实主义表现原则。想象之“合理”还是“不合理”，通过现实主义原则判断——是否以客观现实为根本，即按照客观生活的本来面目去真实地再现客观——不是对客观现实的机械模仿，而是要通过创作主体的艺术加工、重组和再建，创造出能揭示问题本质的艺术真实和情感真实。

电影这一种艺术表现在对史诗品格表达时，比起讲述历史本身以外，传递人物精神是其主要功能。电影《建国大业》严格来说，没有独立的故事结构，没有一个完整的故事。影片由韩三平与黄建新联合执导，王兴东、陈宝光编剧，众多一线演员参与表演，片长 135 分钟。强大的创作阵容使电影《建国大业》从开机伊始就格外引人注目。影片以第一届中国人民政治协商会议召开前后的历史为背景，反映中国共产党和中国各民主党派和衷共济、团结奋斗，为建立多党合作和政治协商制度历经曲折艰辛直至取得最后胜利的历程。大量的人物，大量的历史事件，不可能做到叙述上的历时一一对应，也无法做到空间上的绝对复刻。意象上的复原、叙述上的省略、放大都是需要的，以烘托出影片的厚重感、历史感、纪实的风格。

与电影相比，电视剧在还原和再现真实方面做得更加细致。50 集电视连续剧《解放》由王朝柱编剧，通过对中原突围、延安保卫战、孟良崮战役、辽沈战役、淮海战役、平津战役直至渡江战役等的重点描写，首次全景式地展现了解放战争波澜壮阔的历史。从 1946 年 6 月底蒋介石撕毁停战协定和政协决议，对解放区发动全面进攻开始，到 1949 年 10 月 1 日中华人民共和国成立，连续剧《解放》真实地再现了以毛泽东为首的老一辈无产阶级革命家率领解放军和人民群众，运筹帷幄，战胜以蒋介石为代表的国民党腐败政府和军队的曲折过程。在尊重历史事实的同时，强调艺术创作的规律——大事不虚，小事不拘。剧中有史可查的角色多达 479 个，重要的

① 王一川. 当前中国现实主义范式及其三重景观：以新世纪以来电影为例 [J]. 社会科学，2012 (12)：167 - 175.

历史事实和情节都是有据可查的，时间、地点、会议、人物等都经过考证。

第二，草根/底层生活的真实再现。现实题材影片与其他诸如科幻、贺岁喜剧等类型相比，并没有得到大众特别多的关注，在票房表现方面，也不尽如人意。贾樟柯的《三峡好人》尽管获得第63届威尼斯电影节最佳影片金狮奖，但是票房只有30万元人民币。排除题材不够吸引大众以外，就是影片的叙事方式和艺术表现不“吸睛”。《三峡好人》整体氛围偏沉闷，这与追求娱乐、新奇、震撼、炫酷的观影诉求不相吻合。

平衡现实与商业，就是在客观、理想、批判和大众审美、消费文化之间寻求平衡。下面以《亲爱的》和《我不是药神》这两部票房口碑双丰收的影片为例，试分析底层生活的非虚构影视建构需要面对的难题和解决方法。《亲爱的》故事开始于一个婚姻破裂的家庭，男人固执，女人执拗，孩子的抚养权归父亲田文军（黄渤饰）所有，因为疏于照顾，孩子被陌生人拐走。田文军不惜一切走上寻子之路，终于根据别人提供的线索在一个偏远的农村里找到了孩子。由赵薇饰演的孩子的养母李红琴除了收养了田文军的孩子以外，还收养了一个更小的女孩，影片的后半部分主要讲述李红琴争取这个小女孩的抚养权。对现实进行深挖、对底层生活的多面进行开垦，《亲爱的》跳出了“打拐”这一单一议题的叙事窠臼。编剧将故事分为上下两个部分，上半部分围绕“被拐”，将田文军家庭、被拐后的经历以及有相似经历的群体的遭遇串联一起，对这一社会问题做了多方面的呈现；后半部分围绕李红琴“争取抚养权”，将遗弃儿童、人性真情等矛盾冲突凸显。田文军艰难的寻子路上，有丧失人性的抢劫与没有底线的欺骗，使身处低谷的田文军感受到了部分人的敌意。雪上加霜的事情一件件发生在自己身上，田文军痛苦却又无奈。李红琴要面对的是“收养法”与现实的距离，不能与收养的女孩吉芳见面，“不孕”的李红琴在痛失丈夫与“儿子”之后再次要接受放弃“女儿”抚养权的打击。饱受现实折磨的不止田文军和李红琴，例如韩总需要为孩子开“死亡证明”、鲁晓娟与丈夫闹离婚便无法申请领养杨吉芳等，这些痛苦来源是复杂的，是社会各方面交缠起来的“结”。

《我不是药神》的叙事更为集中，是为数不多的以“喜”写“悲”的现实主义电影。尤其是影片前半部分，很大笔墨花在表现草根的日常生活，让观众感受到徐峥的“囧”式幽默，笑声不断。这些生活片段与原型人物的遭遇并不一致，是对原型故事恰到好处的艺术改编。影片将与医药相关的中国底层人民以群像的方式集中呈现——有遭遇中年危机靠售卖性保健品为生的程勇，有被疾病折磨的年轻父亲吕受益，有在夜店跳钢管舞的单亲妈妈刘思慧，有从农村进城的打工仔彭浩等。电影没有、也不可能绝对真实地再现每一个人的生活，而是通过编剧和影像的综合表达把创作主体的意识和情感注入其中。《我不是药神》讲述了21世纪初我国慢性粒细胞白血病患者无力购买天价进口药维持生命，以及隐藏在这一社会问题背后的人们对国家医药制度改革的关注。影片结尾是我国政府近年出台的一系列有效举措，证明了这一社会问题得到关注，正在解决。在影片引发舆论热议后，李克强总理特别批示要“急群众所急”，推动相关措施加快落到实处。他强调：“癌症等重病患者关于进口‘救命药’买不起、拖不起、买不到等诉求，突出反映了推进解决药品降价保供问题的紧迫性。”“国务院常务会确定的相关措施要抓紧落实，能加快的要尽可能加快。”① 解决问题是在揭露问题之后最令人感到鼓舞的事情，从这里可以看到非虚构的力量。

第三，传奇/新闻事件的艺术追求。与纪录片不同，改编自真实事件和新闻的影视作品不是“记录”非虚构，而是强调对非虚构的“再现”，强调在影像记录、制作过程中人为的积极参与，不仅仅是“再现”客观世界，并且在“再现”的基础上进行有情感、认知的表现。以新闻事件或是传奇故事为蓝本的影视剧较为受大众的喜爱，原因之一是在于故事结构的跌宕

---

① 李克强就电影《我不是药神》引热议问题作批示［EB/OL］．(2018-07-18)［2019-03-01］．http://www.gov.cn/guowuyuan/2018-07/18/content_5307223.htm.

设置、人物塑造的表演要求等。这一类故事的“结局”几乎是可知的，“如何讲这个故事”或是“这个故事讲得精不精彩”是很考验编剧和主创团队的。

比如，2007 年发生在贵州的一条新闻——8 月 8 日，贵州六盘水水城县陡箐乡，一位名叫代天云的摩的司机被人持刀杀害。破案进展缓慢，代家一共六兄弟，剩下的五兄弟遂决定亲自缉凶。他们放下工作全力追凶，骑着摩托车踏遍中国九个省份一百多个县市，行程超过万里。终于在 13 个月后，五兄弟在柳州一家砖厂发现了凶手陆凤仁，并押回六盘水交给警方。蔡尚君导演以此案件为基础改编的电影《人山人海》，拿下威尼斯最佳导演银狮奖。该影片的主人公老铁（陈建斌饰）几年前在外地打工回到家乡之后，就不愿再离开家乡了，他决心安于现状，在茫茫大山深处养家糊口。他与弟弟在乡村的垭口开着摩的，维持基本的生计。一个午后，摩的司机们围聚于垭口等待乘客。铁老大没有想到这竟是他与兄弟的最后一次见面。一个乘坐弟弟摩托的长发青年（吴秀波饰）在静谧的半道上突起歹意，持刀抢车，将其弟弟杀害，然后驾车逃逸。铁老大决定千里追凶，为弟弟报仇雪恨。他骑着摩托车从南跑到北，贵州、重庆、内蒙古、山西，一路追踪，历经背叛、欺诈、世态险恶与自我情感的挣扎，最后在一家黑煤矿找到凶手，而自己却也一同陷入绝境。相对于该片主人公地位的唯一，另一个同为改编自此新闻的《追凶者也》则是设置了三个主要人物。《追凶者也》的故事放置进中国西南边陲某小镇发生的一起凶案，一名摩的司机被残忍杀害，身上的钱、手机还有摩托车都被抢走，性情憨厚耿直的汽车修理店老板宋老二（刘烨饰）因为和死者猫哥有过恩怨而变成了警方和村民的怀疑对象。在警方毫无头绪的情况下，宋老二只能依靠自己的力量开始追查凶手，为自己洗刷冤屈。他顺着死者失窃的摩托车轮胎印记找到了落魄古惑仔王友全（段博文饰），此时王友全与纯情女友杨淑华（王子文饰）突然分手正准备南下。宋老二认定王友全就是凶手并且想要将王友全扭送法办，然而当王友全讲述了他如何偷走摩托车的过程之后，宋老二才开始发现，凶手另有其人，凶案背后也藏着巨大的阴谋。出狱不久的夜总会领班董小凤（张译饰）正为带舞女萍姐（谭卓饰）远走高飞做着最后的准备。因为这起谋杀案，宋老二、王友全和董小凤三个人的生活都彻底改变了，三人的命运彼此牵连，在荒蛮西部上演了一场追凶大戏。可以看出，两个版本的改编都与新闻事件原貌有一定的出入，无论是人物还是环境、故事结构等方面都大相径庭。在揭示主题的过程中，《人山人海》的单一叙事，以“寓言”的方式揭示人物内心；《追凶者也》则是环形叙事，营造黑色幽默的氛围。

有些影视作品改编是在原作的基础上通过艺术的加工放大故事的传奇性，有些现实题材作品回归本位，追求贴近现实。比如说《亲爱的》中的演员赵薇甚至直接抛弃“表演”，全剧使用方言出演，依据故事发展演绎李红琴的悲、苦，让自己成为李红琴，影片中看不到赵薇的影子。又比如说主旋律电影《湄公河行动》，影片的依据是“湄公河 10 · 5 惨案”。2011 年 10 月 5 日，两艘中国商船在湄公河金三角水域遭遇袭击，13 名船员全部遇难。后来查清是毒枭糯康精心策划的一起报复事件，并且其中涉及与泰国军方的勾结。2012 年 4 月 25 日，在中老警方合作下，糯康被成功抓获，并被依法判处死刑。这是中国内地第一部当代武装人员在境外实战的电影。作为一部商业大片，影片在迎合大众和市场上是做了一些工作的，比如邀请人气男演员张涵予、彭于晏等出演剧中主要角色。在剧情方面，也是着重表现了探员与毒枭斗智斗勇，场面设计惊心动魄。但不得不说的是影片对新闻和真实的严谨坚守。在影片筹备阶段，导演林超贤就率剧组赴金三角地区搜集资料，与当地警察深度交流，对整个湄公河惨案的来龙去脉进行了详细了解。编剧团队还以纪录片的形式记录下了糯康庭审的全过程，并从一线干警身上截取了很多人物特征。为呈现出最贴近真实的效果，在长达三年的后期筹备中，主创团队数次与公安部缉毒部门探讨案情，搜集了大量有关案件的真实数据和信息，整理出几十万字录音资料，最终确定影片的切入点放在案件抓捕过程，以点及面，再现了整个案件追破的艰难和危险。与电视剧《湄公河大案》相比，电影《湄公河行动》抉择的视角更低、聚焦更小，充分利用以大化小、以小见大的方式，采用具体的个人叙事的手法，引导受众动情。

（三）非虚构文学与电视节目

非虚构文学与电视节目的融合不仅是传播内容与传播形式之间的“1 + 1”的模式，更是对非虚构文本的文本转化与文本重建，也是对大众文化现实主义回归的推动，对大众审美精英化的引导。

《见字如面》是一档以明星读信为主要形式的电视节目，旨在用书信打开历史节点，带领观众走进那些依然鲜活的时代场景、人生故事，去触碰那些依然可感的人物情状和社会风物，重新领会中国人的精神情怀与生活智慧。第一季节目组邀请了张国立、归亚蕾、张涵予、何冰、王耀庆、蒋勤勤、徐涛、林更新等10位艺术家，于2016年12月29日在腾讯视频播出，2016年12月31日在黑龙江卫视播出。2017年9月12日，《见字如面》第二季在黑龙江卫视和腾讯综艺全网独播。与第一季不同的是，第二季为每期信件设立了主题，如生死、情爱、热血、众生等共12个主题，书信数量高达60余封。尽管由于某些原因，一些读信人的精彩演绎和有意义的内容未能如约与观众见面，但从播出的信件内容来看，这些书信涵盖面之广、跨度之大也是相当惊人的——远到千年前的秦汉王朝，近到未足经年的当代社会，大到两国之间的战事磋商，小到男女之间的情情爱爱——从生活、历史、个人、家国等方面展现了形形色色的信件内容和信主，以及信件背后的社会文化。两季点击量突破10亿。并且，《见字如面》第一季在豆瓣获得8.9分的评分之后，第二季不降反升，成功拿下9.4分的超高分，位列2017年卫视季播（含央视）综艺及网络综艺榜首。

信，作为一种非虚构文本，本是私密的、个人化的。将私人文本公开化，首先满足了大众的窥探心理诉求。其次，可以发现《见字如面》选择的信件都是带有话题性的——包括“情爱篇”中郁达夫写给王映霞的放手信、“热血篇”中林觉民写给妻子的《与妻书》。“生死篇”黄志忠读白血病患者李真写给母亲的书信《对不起，妈，我生病了!》的点击量过亿。入选腾讯视频年度十大综艺片段前列的微博话题《对不起，妈，我生病了!》连续三天登上微博热搜榜，被数百家媒体报道、转发。再次，节目邀请演艺人员朗读信件，并经制作人员的电视编辑后将信的内容传递给受众，通过二次创作后的文本多了一份朗读者的主观意识在其中，使得信件又多了一份情感和认知。朗读者读信，是对这个演绎人文化气质、个人素养、对汉语表达能力的考验。正如关正文所说，展开一封信、读一段文字，观众不仅可以欣赏各位艺术家们的精彩演绎、了解信主的心路历程，更可以从多个方面深入了解信主生活的时代，用更开阔的思维看待人和事。例如，赵立新与于和伟两位实力派演员读汉文帝与南越王赵佗的往来书信《战场上的每一寸收获都要付出十倍的代价》堪称教科书级的读信示范。赵立新用或急或缓、或轻或重的语调和微妙的面部表情把初登大宝又胜券在握的汉文帝演绎得惟妙惟肖，用网友的话来说，赵立新演绎的汉文帝有一种轻描淡写的霸气。作为对手的于和伟也不甘示弱，一开口便把一位历经沧桑的老臣演绎得淋漓尽致。两位艺术家虽然只是在方寸之间读一封信，却让听信的观众感受到信件背后的金戈铁马和暗潮汹涌。周迅在读徐达之女徐妙锦拒绝朱棣的求婚信《娶了我对陛下您没有一点好处》时，将信主骨子里的高傲和语气上的谦卑用深厚的台词功底表现出来。黄永玉给作家曹禺写的一封信中有一段写到他对曹禺在新中国成立后的创作的不满。演员王耀庆在朗读时特意调整了发音方式，把声音的力度、抑扬的幅度、快慢的速度和疏密的张度控制得相当好。在读“我不喜欢你解放后的戏。一个也不喜欢”这句整封信情感最激烈的句子时，王耀庆把气息沉下来，声调缓和，放慢朗读节奏，语气中带着诚恳，把“不喜欢”这个词进行了着重强调，从而把这一段文字在几十年后形象地呈现在年轻观众面前，使其感受到作为晚辈的黄永玉对前辈大师曹禺的殷切期盼。

信本来就是一种带着写者完全主观意识的写作，而对于大众而言，写作者的情况很多都是未知的——比如作者写作的原因和背景、写信人与收信人的关联、写信人当时的生活与情绪状态等——与其说解读信，不如说这些所有的写信人与收信人，包括双方当时的情感关联、时代与社会对写信人的影响等，也是信的一部分。第一季就曾设置信件解读环节，只是时长较短。第二季邀请许子东、梁文道、杨雨、蒋方舟等各位嘉宾一起畅聊信件的来源、信主的生活趣事以及当时的社会环境等，引发了观众的思考和讨论。第三季的品评环节邀请知性主持人陈晓楠以及一些文化人士补充信件背景，直接抒发感受，为观众的多元认知、独立思考树立可供借鉴的样本。例如，当时已有家室的郁达夫写信向王映霞求爱，这种行为放到今天的社会环境自然为道德所不允许，但当时的郁达夫与原配夫人的婚姻由父母一手包办，且当时社会上男人三妻四妾依然为大家所默认，所以才有这封信的出现。

《见字如面》处理的是私人空间与公共空间的问题——寻找两个空间的共性和以何种方式激发共情。形式上，节目依循“主题制”，即围绕某一个主题，选择符合相关主题的信件，并且尽量做到不重复、不媚俗，轻重得当。例如，关于“不舍”，有西汉元帝时期，王昭君在出塞之前写给汉元帝刘奭的离别信——《陛下岂会因一女子失信于匈奴单于》；有 19 世纪 50 年代，西雅图酋长写给“华盛顿特区”白人首领的一封信——《你们的命运，对我们来说还是一个谜》；有 1941 年 2 月 19 日，何功伟写给父亲的一封信——《乌能反哺，儿独何心，能不断肠》；有明末清初，侯峒曾夫人在自尽前写给仆人柳恩等人的托孤信——《我只有把守明托付于你了》；有 2018 年 2 月 11 日，李真写给他妈妈的告母书——《若是终究人力斗不过天，请您一定要坚强地笑着继续生活》。“不舍”包括了昭君出塞时对汉元帝的不舍、对自己故土的不舍，印第安酋长对土地、对自然、对自己的“兄弟”的不舍，一个儿子对父亲的不舍，一个女人对孩子的不舍，一个病人对母亲、对生命的不舍……①

有人从华盛顿捎来信说，你们想购买我们的土地。但是，土地、天空、河流……怎么能出卖呢？这想法对我们来说，真是太不可思议了。这就跟没人会说新鲜的空气和粼粼的水波仅仅属于我们而不属于别人一样，又怎么可以买卖它们呢？

写信人西雅图·艾新德尔·乌乐淄何尔克（酋长）是美国华盛顿州境内的印第安人部落的领袖，在给白人首领的信中，面对土地将被卖掉时他并没有表现出愤怒、怨恨、悲伤。因为在他看来，“土地、天空、河流……怎么能出卖呢？”这是对元命题的推翻。白人关心的、在意的是金钱、是利益，因为购买土地能实现这个目的，所以他们要买。酋长认为购买土地这个想法本身就是“太不可思议了”。因为对他而言，土地和空气及水一样，不属于人，所以更不可能被人卖。

这里的每一寸土地，对我们的人民来说都是神圣的。哪怕是一根发亮的松针，一粒海滩上的沙子，一片林中的雾霭，一颗清晨的露珠，一只鸣唱的小鸟，所有这一切，在我们人民的记忆和现实中都是神圣的。

树的汁液流经树干，正如血液流经我们的血管。我们是土地的一部分，土地也是我们的一部分。芬芳的花朵是我们的姐妹，麋鹿、骏马、雄鹰是我们的兄弟，山岩、草地、动物和人类都属于一个大家庭。

大河小溪中闪闪发光的不仅仅是水，那也是我们祖先的血液。

① 注：本章以下引用的书信内容，均来自由实力文化、黑龙江卫视联合出品的文化节目《见字如面》。

如果我们放弃这片土地，转让给你们，你们必须记住：土地是神圣的。清澈湖水中的每一个倒影，都反映着我们人民的历史和生活历程。那潺潺的流水声，便是我们祖辈亲切的呼唤。

河流是我们的兄弟，它解除我们的干渴，运载我们的木船，哺乳着我们和我们的子孙。因此，你们必须像对待自己的兄弟一样，善待每一条河流。

既然土地、河流是我们的兄弟，那么我们就应该像对待自己兄弟那样对待它们。酋长没有号召战斗，没有讨伐，而是由衷地希望白人可以善待土地。他不舍自己的兄弟残害自己的兄弟，他不舍大自然被破坏，他不舍自己的兄弟做恶事。

如果我们放弃这片土地，转让给你们，你们必须记住：就如同空气对我们所有的生命都是宝贵的一样，它给了我们祖先第一次呼吸，也接受了他的最后一声叹息，它给了我们每个子孙以及所有的生命以灵魂，因此，你们必须保持土地的神圣，让任何人都可以享受大地上的百花争艳和扑鼻馨香。

他想到我们的子孙后代，想到未来，而不是眼前的金钱和利益。

你们会教诲自己的孩子，就如同我们教诲自己的孩子那样吗？土地是我们的母亲，土地所赐予我们的一切，也会赐予我们的子孙。

假如不是这封信，白人可能从来不曾意识到这些问题——“人类的归属”问题。

我们知道，人类属于土地，但土地不属于人类。世界上的万物都是相互关联的，就像血液把我们身体的各个部分联结在一起。生命之网并非人类所编织，人类不过是这个网络中的一根线、一个结。但人类所做的一切，最终会影响到这张网，也会影响到人类本身。因为降临到土地上的一切，也最终会降临到土地的儿女们身上。如果我们伤害了土地，那就是对造物的亵渎。

你们的命运，对我们来说是一个谜。可以设想一下，如果原始森林中尽是人类的足迹，幽静的山谷中布满着横七竖八的电线，如果草丛灌木消失了，空中的雄鹰不见了，马匹和猎犬也没有了用场，如果最后一个印第安人与荒野一同消失，他们的记忆就像草原上的云一样在空中飘散，这些湖岸和森林还会存在吗？我们的灵魂还会存在吗？

这封信的哲思，从不舍出发，落脚到爱。

我们热爱土地，就像出生的婴儿热爱母亲心脏跳动的声音一样。所以，如果我们放弃这片土地，转让给你们，你们就要像我们一样地热爱它，照管它。为了子孙后代，你们要始终不渝地献出自己全部的力量、精神和情感来保护土地。

我们是土地的一部分，你们也是。土地对我们是珍贵的，对你们也是。没有人能够分开，无论是印第安人，还是白人，我们终究是兄弟。

人和人不是敌人，无论是印第安人，还是白人，始终是兄弟。这个最明白的事实是信的结尾。酋长告诉读信的人——是白人领袖，是想要占领这片土地的人，也是《见字如面》的观众，甚至是全世界的人——全人类和大自然，我们终究是兄弟！

媒介将非虚构的历时无限拉长。《见字如面》穿越了空间，跨越了时间，将酋长的信，当时写给白人领袖的信带到中国现代观众面前，电视实现了非虚构穿越，消解了时间。就像几千年的信都依然可以激荡今天人民的心灵：

二月辛巳，黑夫、惊敢再拜问衷，母毋恙也？黑夫、惊毋恙也。前日黑夫与惊别，今复会矣。黑夫寄益就书曰：遗黑夫钱，母操夏衣来。今书节到，母视安陆丝布贱，可以为禅裙襦者，母必为之，令与钱偕来。其丝布贵，徒钱来，黑夫自以布此。黑夫等直佐淮阳，攻反城久，伤未可智也，愿母遗黑夫用勿少。书到皆为报，报必言相家爵来未来，告黑夫其未来状。闻王得苟得毋恙也？辞相家爵不也？书衣之南军毋……不也？为黑夫、惊多问姑姊、康乐孝媭，故尤长姑外内……为黑夫、惊多问婴记季事可如？定不定？为黑夫、惊多问夕阳吕婴、匾里阎诤丈人得毋恙矣。惊多问新负、娶得毋恙也？新负勉力视瞻丈人，毋与……勉力也。

这是公元前223年农历二月，黑夫和惊写给兄弟衷的一封信，也是中国有史可查的第一封家书。黑夫和惊兄弟二人，是秦国将士，从战场上写信回家给大哥衷，问候母亲，索要夏装和钱，请求看好新娶的媳妇儿，提醒新封的爵位会有人送到家。问问夏装的布料卖得贵不贵，要是不贵就寄衣服，要是太贵了就只寄钱——钱要多多地寄，不然在前线就要活不下去了。

惊敢大心问衷，母得毋恙也？家室外内同……以衷，母力毋恙也？与从军，与黑夫居，皆毋恙也。钱衣，愿母幸遣钱五六百，布谨善者毋下二丈①五尺②。用垣柏钱矣，室弗遗，即死矣。急，急，急。惊多问新负、娶皆得毋恙也？新负勉力视瞻两老。惊远家故，衷教诏娶，令毋敢远就若取新，衷令……闻新地城多空不实者，且令故民有为不如令者实……惊敢大心问姑秭，姑秭子彦得毋恙……为惊祠祀，若大发毁，以惊居反城中故。新地入盗，衷唯毋方行新地，急，急，急。

在惊执笔部分里，他向大哥表示感谢，家里家外的和睦全靠大哥了。问候母亲，说自从他们出外征战之后，母亲真的没事吧，真的跟以前一样硬朗吧？再说到钱和衣服的事，希望母亲能寄个五六百块钱来。布要仔细

① 1丈约等于3.33米。
② 1尺约等于0.33米。

挑选品质好的，至少要二丈五尺。他们借了垣柏的钱，而且都用光了。家里要是再不寄钱来，就要出人命了。同时表达了对妻子的牵挂，并且希望媳妇照顾好老人。然后问候姑姐等亲戚。说为他们求神祭拜的时候，如果得到的是下下签，那只是因为他们身在叛逆之城的缘故，别想多了。新地城中有盗贼蜂拥而至，大哥一定不要去那里。

这封信以简牍的形式留在了衷的墓里，同墓葬的并没有黑夫和惊。数千年，承载文字的载体由简牍变成了纸，甚至是网络数据，但是作为家书，其中的内容却几乎没有改变。黑夫和惊对兄长的感激，对母亲的感恩和惦记，对妻儿的牵挂，对家的思念，与我们现在每一个在外的人一模一样。自己在外，需要家里寄钱，生活的状态也向家里告知，与现在在外求学的游子或是在外打拼的人向家里寻求支持一样啊。

时间可以被媒介技术消解，非虚构所承载的真实与真情，却被永久保鲜。所以，非虚构的“真”，落脚点是情真。书写本身受物理影响，会被消灭、变质，但是非虚构文本中的人情是超越了时间、超越了空间的存在。就像两千年后的今天，我们仍然可以通过王昭君写给汉元帝的信，了解到历史、了解到历史中的主人公的真实情感。

> 妾嫱拜别紫气，将染多尘。凡诸都会班联之士，关塞甲胄之戍，无不誉圣明，以为轻色而重信也。
>
> 大汉天子，播德四壁，繄兹单于，畏威来朝，请臣请婿，是用稽首。陛下命择美人，爰册阏氏。妾不揣薄命，振衣请行，荷沐圣顾，千万眷注。
>
> 然中华之所以贵于外邦者，以其有信耳。陛下岂以一女子失信于呼韩邪哉。承命以来，驰车而至汉关矣。陛下亦鉴而怜之，豪而壮之耶。今朝廷妖氛日靖，边陲日宁，上有明鉴之君，下有和衷之臣。而妾以一妇人，远嫁要荒，自当朝夕纳诲贤王，戒戢部长，敬供厥守，以无贻帝命，羞鼎鼎芳心，不敢委诸草莽。

自古和边兴利，历历不数，而我高祖皇帝用刘敬策，嫔长公主为阏氏。陛下今日令妾武故事，妾敢不竭忠尽诚，恢封疆之鸿图，舒朝廷之隐虑乎。

妾生于秭归，父母兄弟臣于王朝。妾虽闺处，固帝恩之遗擎悦也。不自鄙薄，漫骄颜色，得入掖庭，迩年以来，痴衷未咏昭阳之扇，骇情不买长门之赋。陛下命画工涂笔宫人，妾自以为凤得梧枝，鱼游碧府，得少伸忱。而画工遽张贪喙，兼以丹青吝笔，错点眉花，空使杨柳泣于雪岸，芙蓉瘠于霜条，玉貌冰心，两相怨恨。时或琵琶诉情，仅能诉人音响，不能诉人肝肠。一旦天命遥临，妾乃酸腰而起，此正妾见奇之日也。蛾眉应妒于形影，丰采应怜于御辇。今万里行事，主持中外大局，又非宫中争妍效娇之态矣。关门一字，时达天听。家乡邈矣，父母生妾不辰，费青春于寂殿，委香躯于穹庐，毋亦妾之先臣，荷重国恩，幽明难报，故生妾以奉朝堂，异日史策青名，固亦妾遇之不幸而犹幸也。

近闻陛下命搜京师画工，下之金吾，此辈小人耳，即万千死罪，惜何足辱。然陛下为天下社稷主，赐一女于外国，固以贱魂屏栖于风霜，亦妾所甘心为国家办事，而何有于画工哉，恐天下闻之，必以陛下为恋妾之色，即呼韩邪知之，亦不自安。顾陛下怜妾之言，赦画工之罪，则妾虽死之日，犹生之年也。

妾今别矣，妾至汉关，效月支公主婚乌桓事。一拍胡笳，一曲琵琶，音荐苍云，腔存丹霭。上谢君王之德，下泣父母之恩，千秋万岁，传我陛下有女臣嫱，持节边庭，则妾之勋名，庶几侯霍嫖姚，比傅介子。不犹痛快于帷幄燕私金屋贮娇者哉，故妾悲而复壮，壮而又怜，敌忾胜气，淋漓纸上。异日登燕支山，令诸妇人尽削五颜，淡扫眉黛，奉效至尊，应不笑王嫱有此丈夫妙用也。关门汉月，以雄妾梦，生离死别，玉门无期，罔叩所陈。

昭君出身于南郡秭归县的一户平民之家，后以民女身份被入选掖庭，成为一名宫女。据《西京杂记》记载，汉元帝因后宫女子众多，多以画像定夺，召见宠幸。宫人都贿赂画工，独昭君不肯，所以像画得差，无缘汉元帝。五年后，匈奴呼韩邪单于“愿婿汉氏以自亲”，王昭君挺身而出，自荐愿嫁为妻，以做“和平使者”。临行前，得到圣上接见，汉元帝才发现其优雅大方，悔之不及。除了追责于画工，其他的，都为时已晚。在边关，王昭君写下了这封信。《见字如面》邀请演员陈数朗读了这封被白话处理后的离别信。既然是被文字处理，不免会赋予后人的解读于其中。

臣妾王嫱拜别宫中，将要身染大漠烟尘。无论是京城的官员，还是守卫边关的将士，无不盛赞陛下的圣明，说这是轻女色而重信也。

大汉天子播德四方，感召单于畏威来朝，以稽首之礼希望能够成为臣属和女婿。陛下命令挑选美人，嫁给单于。臣妾不揣薄命，振衣请行。终于得到了圣上的接见，享有了万千的眷念和关注。

但是中华之所以让别人尊重，是因为讲究诚信。陛下岂能因为一个女人而失信于呼韩邪单于呢？承命以来，我们的车辆已经抵达汉地的边关。陛下您应该可以看到这是多么豪迈、壮观的景观。现在朝廷妖氛日靖，边陲日宁。上有明鉴之君，下有和衷之臣。而妾以一妇人，嫁到远方之国，自当朝夕劝诫贤王，约束部落，敬供守制，绝不辜负陛下的嘱托，献上满满的芳心，不敢委诸草莽。

自古和边兴利，成功的例子很多。我们汉朝高祖皇帝采纳了刘敬的建议，把长公主嫁给了单于。陛下现在让臣妾重演这个故事，臣妾怎敢不竭忠尽诚，恢复国家的大业，纾解朝廷的隐忧呢？

臣妾生于秭归，父母兄弟都是王朝的子民。就算是待字闺中，臣妾也是陛下您恩泽天下所遗落的一块丝巾。我没有妄自鄙薄，骄纵轻浮，于是被选入了宫中。几年来我守候召唤却没有表达过哀怨之情，也没有花钱请人去写美文感动皇上。陛下让画工画出后宫佳丽的模样，臣妾觉得自己本来就是凤凰落在了梧桐树上，鱼儿悠游在华美的殿堂，总该被发现了。没想到画工张嘴就要钱，不给就成心瞎画，错点眉花，白白让杨柳在大雪中哭泣，让芙蓉在冰霜里枯萎。玉貌冰心，两相怨恨。那时候的我，有时也会弹弹琵琶，宣泄一下情感。可琵琶只是些声响，倾诉不了我的衷肠。皇上召唤我的那天，我不顾腰酸背痛急忙站起来，这可是我最特别的一天。那天的我，天下的美人都会嫉妒我的样貌，您身边所有的人都会爱怜我的风采。现在，我在万里之外为朝廷行事，主持中外大局，已经不再是宫中争宠斗艳之态了。边关的消息还可以不时送达天庭，送到皇上的面前，只是家乡太遥远了。也许是父母生下我的时辰不对，让我的青春浪费在孤寂的宫中，让我的香躯委身在异族的毡帐。也许是臣妾的祖辈承受了太多国家的恩典，幽明难报，所以生下臣妾以奉朝堂。如果将来名留青史，这也真是臣妾不幸之中的万幸啊。

听说陛下命令搜捕那个京师的画工和当时的侍卫。他们都是些卑鄙小人，就算是千刀万剐也无法平复我受过的侮辱。但陛下是天下社稷的主人，赏赐一个女人给外邦，原本是为了用一个卑贱的灵魂抵挡塞外的风霜，而且这也是臣妾心甘情愿要为国家做的事情，跟画工又有什么关系呢？如果大家都知道了这个事情，一定会认为陛下是因为贪恋臣妾的美色才这样做的。要是让呼韩邪单于知道了，也会心生不安。请陛下怜察臣妾的意见，赦免画工之罪，则臣妾虽死之日，犹在生之年也。

臣妾今天就与陛下告别了。我已经身在汉家的边关，像此前汉室的公主远嫁匈奴的故事一样，一拍胡笳，一曲琵琶，乐声献给苍茫的云海，柔情告慰火红的丹霞。上谢君王之德，下泣父母之恩，千秋万岁，将传颂着陛下派遣他的女儿王嫱持节边庭，我的功劳没准儿比得上名将霍去病、名臣傅介子呢，这不比躲在帷幔中金屋藏娇的那些人痛快多了吗？所以，臣妾悲而复壮，壮而又怜，把满心豪情尽情写在纸上。将来有一天，陛下您登上边地著名的燕支山，请让所有的嫔妃洗却铅华、淡扫眉黛，跟在您的身边，你一定不会笑话我王嫱有此大丈夫的妙用的。关门汉月，以雄妾梦，生离死别，玉门无期，罔叩所陈。

在选信者心中，王昭君是鄙视“轻女色而重信义”的，她热爱国家，以汉王朝为重，无论是对汉元帝的个人情感遏制还是要求皇帝赦免画工之罪，都是其大气节之表现。一句“应不笑王嫱有此丈夫妙用也”道出了昭君此举的目的和希望。正所谓“西出阳关无故人”，昭君出塞之所以光照千秋，不仅因为她重要的历史贡献，也因为其中的悲壮和苍凉。就像该期品信人史航所说，女性其实像建筑物的钢筋水泥，我们平时看不到，但当地震的时候就会发现钢筋水泥在其中起到的支撑作用。昭君便是如此，她以自己独特的方式，不惜献出自我，去维系着国家的安危。

从节目的电视画面里可以看到，现场观众在陈数读信时流下了激动的泪水，尤其是女性观众。尽管今天的社会制度和时局与昭君出塞时截然不同，我们也无法感知到当时历史条件下的真实环境，但是通过这封信，我们似乎可以走进历史。王昭君的这封信，是自己写给皇帝的一封告别信，千年之后，通过《见字如面》这样的媒介传播后，俨然成为一份公开的、超越时空的、联通古今的、连接人心的非虚构文本。它的魅力，已经被放大为以文学之名，无边无疆的真情感染了。

文学的超时空能力在非虚构文本上被体现得淋漓尽致，甚至可以是跨越生死。关于死亡，无数的虚构作品有许多诠释。而因为有想象，给了一个“可以是假的”的距离，使得敲击心灵的力量被减弱。非虚构因为天然就不带“虚假”，没有“假的”的台阶可以下，使得我们不得不直面，逃避不了。“不让观众想象”是非虚构对于死亡等话题的态度。

在《见字如面》第二季里，由白血病患者李真和演员黄志忠合作，共同朗读了一封他写给自己母亲的信——《对不起，妈，我生病了!》。这封信的背景是风华正茂的青年，站在自己阳光正好的人生当口，刚刚收到研究生录取通知书不久，就被确诊患有白血病。

亲爱的老妈：

这是我第一次给您写信，也可能是最后一次。有些话我只能以这种稍显“愚笨”的方式来跟您说说。

对不起，妈妈！我生病了，还是白血病。都说越努力越幸福，我也以为考上大学，上了研究生，就能让您离幸福更近些，可事实证明，我的努力给这个家带来的只有磨难和绝望。

我们家从来过得都不宽裕，如今因为我更是雪上加霜。四岁的侄子问他爷爷，为什么我们家的房子这么破？我们都知道原因却又不知如何回答。这三年来，若不是大家的救济和你们的坚持，我早已挥别了这个世界。时至今日，我觉得自己欠这个家和您一个交代。

生病之初，大哥说一定要救我，义无反顾地拿出所有的积蓄，为我背负了一身的债，还给我供骨髓做移植，甚至怕嫂子反对而提出了离婚。二嫂曾一度心疼得不敢听见我的声音。七岁的侄女哭着说自己再也不吃零食了，把钱留给叔叔治病。哥嫂怕你们照顾不好我，他们毅然辞掉了工作，专心照顾我直至出院。

情之厚如斯，百世不足还啊！

从化疗到移植，再到感染和排异，近三年的时间，我们一直过得战战兢兢，如履薄冰。尽管你们竭尽全力，我依旧还是徘徊在生死边缘。我这一病，不仅让一家人掏空所有，家徒四壁，负债累累，我们的精神也不断地游走在绝望与崩溃的边缘，身心俱疲。

尤其是最近半年里，几次三番的病危抢救，每一次我都觉得好累，累到不想坚持，只想解脱！那次昏迷，我真有种从未有过的舒适。可是突然间的意识又告诉我，这份舒适很可能换来的是你们永恒的痛。我可以坦然接受病魔带来的一切苦痛，甚至死亡，却真的不敢看你和姐姐抱头痛哭后那又无助而又无神的眼眸。那真是比用刀割碎心头肉还要难受啊！

生病的这三年，您把我照顾得一丝不苟，为此所吃的苦、所受的委屈早已超出了常人所能承受的极限。每天从医院到出租房至少行走六趟却从不喊累。每天擦洗消毒东西，恨不能抠掉一层。我上学您陪我住校，我住院您等我回家。爷爷过世，我们都没能回去相送……

因为身体虚弱，您每天会给我擦拭身体和泡脚。每一次您看到我骨瘦如柴的身体，总会突然红了双眼，一边忍着泪一边像清洗艺术品般小心翼翼。不敢想象在我面前佯装乐观坚强的您，在背后又难过成什么模样！在我病重，在我们走投无路、绝望至极的时候，您只是握着我的手浑身颤抖不止，泣不成声，却依旧不忍开口说出带我回家这几个字，只是委婉地问我有没有想见的人。

我知道，您已穷尽了毕生力气却始终换不回我一世安康。您努力了半生，却换来一波又一波的绝望。您不甘心，却又无能为力。

您总说只要人还在，其他的都不重要；只要我们努力，想要的以后都会有。每次想起这些话，都让我倍感骄傲。您虽然没有学历，却比谁都活得有文化。

您身材瘦小，力量柔弱，却扛起了重如泰山的生活。您温柔善良，被生活蹂躏，却从不抱怨和失掉希望。就是这样的您，让我无从放弃自己……

妈，我能在这里跟您做些约定吗？无母不成家，为了这个家您得保重好自己。关于我，咱们努力就好，我不会遗憾和抱怨，您也不必自责。生活各有际遇，命运也自有其轨迹。若有一天，真的事不可为，希望您能理解，那也只是一种自然法则而已。愿您能收住泪水，笑看过往！因为我只是换个方式，守在您身旁。

谢谢你们的不离不弃。

爱您的不孝小儿子敬上！

健康的人谈到死亡，只能是想象。只有真正在面对死亡时，当事人的所说所写，才是非虚构。我们可以虚构很多“假如”，可是，当一个白血病人，一个正在和仍然要和死亡抗争的人说起死亡，是没有“假如”的。没有经历过化疗，没有经历过为了治病倾家荡产，只能用听到的形容词来描绘，这种描绘“仿真”，哪怕再真也是虚构的。而当李真用一句句没有太多形容词的肯定句写下他所经历着的事情，那就是非虚构。非虚构文本本身就是一种表达，作为文学的非虚构可以不考虑修辞的问题。

2018 年 2 月，李真给母亲写了第二封信《若是终究人力斗不过天，请您一定要坚强地笑着继续生活》，与死亡相隔的五个月里，他似乎已经嗅到病魔逐渐向他靠近的气息。而这封信，最终竟也成了他留给母亲的遗嘱。

嘿，妈，我长肉了！您笑了！

今天是 2018 年 2 月 11 日，我们转院的第二十三天。突然地，我想跟您说说心里话了！还记得 2016 年 11 月，我病重的时候，医生曾坦然地告诉我们，治疗的意义不大了！可是，当我们停了药准备回家的时候，您最后还是决定坚持下来。谢谢您当初的坚持，能让我还有机会在这里陪您说说话。

妈，我又要跟您说声对不起了！我真的努力了，没有轻易放弃自己，可是我真的很不中用，最后病情还是越来越重，越来越无助。即便得到这么多人的关心和支持，还是在不停地走下坡路！如今，真的又到了生死抉择之时——肺移植！这是一段原来只敢想，现在若想活着就不得不跋涉的旅途！可是，您知道的，囊中羞涩，山穷水尽，已经不足以形容我们此时的窘境了！我们的日常生活都需要别人的救济了，又从哪里能弄来这么多费用再做肺移植呢？

一年里有十个月在医院度过。每一口呼吸都犹如巨石压胸，每一步行走都要倾尽全力。吃口饭就像跑了万米长跑一样累，家里所有人的生活都围着我的病情转。很多次，我是真的想放弃了。可是您不这么想，您觉得活着就是希望！除了不断地劝我，还不断地和相熟的病友家属们商量，请他们一起劝我：再试试，别放弃！每次看到您那饱含期望的眼神，我又会忍不住地退缩，不舍得轻易放弃自己。

我知道，我吃的东西，只要我想，再贵、再麻烦、再耗费精神，您都会端过来。而您的碗里不是我吃剩的荤菜就是青菜、萝卜和家乡带来的腌菜。就连偶尔别人送的一点菜，您也会节省地能多分几次就多分几次吃。我知道，北方的大冬天里，每天晚上您几乎十点走路回到出租房，早上五点甚至更早就要起床，又开始给我准备早餐！每次到医院，您只要一坐下立马就能睡着，可偏偏却又不敢睡着。有时候，我真想像个武林高手那样，点了您的昏睡穴，让您好好休息休息，什么也不想，什么也不做，就这么安静得像个小孩子一样，熟睡着。

我知道，我每次病情加重，咳嗽咳血咳到吐，憋闷到不能说话，您都恨不能亲身替我。我还知道，您的眼泪从不在我眼前轻易落下，即使很累很累，也挺起胸膛假装坚强。我每次病情反复，您都彻夜无眠。一直以来，您都在怪自己无能，可您却不知道，您弱小的身躯，在我的心里是可以超越生命的伟大。那分量，又何止区区泰山可比。

其实，生病挣扎的这几年里，我最难受的并不是病魔带给我身体上的疼痛和濒临死亡的体验，而是它带给您、哥哥和姐姐的精神折磨，是让你们明知不可为却始终坚持、不舍放弃的两难抉择，还有我的女友向华的始终牵挂和陪伴。哦，对了，有些事儿您务必得理解和同意：以我现在的身体，这一刀下去，结果怎么样谁都不可预见。当然，我会倾尽全力去扛，只要呼吸还在我就一直会扛！可是，若真出现了不可为的时候，还想请您忍住悲痛，并且帮我再做几件小事！

第一，跟家里其他人都说声对不起，尤其是哥哥、嫂子们。咱们家最讲诚信，我的债只能靠您和哥哥、嫂子替我还了。

第二，替我把身上能用的器官都捐赠了，这样我就可以用另一种方式继续活着了！这也算是我感恩大家而能做的最后一点回馈了。

第三，奶奶年纪大了，请您想办法瞒着她，让她安然地度过晚年吧！到了那边我自会想办法向她老人家请罪的。有空也请您多陪陪她，这些年我们连看到她的日子都是屈指可数的。

第四，对向华，我已亏欠她太多，就不要再打扰她了。她也该有自己的生活了。但要是将来听到她有什么难处的时候，请您记得一定替我帮她一把。

最后，请替我向我学校的老师们、同学、朋友以及那么多帮助过我们的人说声对不起。我虽然辜负了他们，但是，我没有轻易放弃，我真的尽力了！

若是终究人力斗不过天，请您一定要坚强地笑着继续生活，因为家里还有一帮熊孩子在等您回去，您还没抱过小孙子呢。都说上天不负苦心人，愿这人力最终败给老天的一日，永远不会到来！

妈，如果说这些年我一直在征战“沙场”，那您就是我的守护神！此番恶战，有您在，我安心！

非虚构的真实还体现在不可介入。它是真实，它是历史，它无法被更改。虚构作品可以被创作，写得不好，作家可以推翻重来，甚至可以根据读者或是观众的意愿改一下结局。但是，面对非虚构，作者能做的只是记录和呈现。一旦想要篡改，那文本就立马不是非虚构。就像所有知道李真的人一样，都希望这条生命能继续活下来，多么希望他写下的最后一封信只是一则小说就好了。可是，不行。朗读者黄志忠在两次朗读的过程中，几度哽咽，现场观众都报以掌声。观众的掌声不是送给作为表演艺术家的黄志忠，而是送给读信人黄志忠，送给他的真情，也是送给写信人李真。

非虚构的意义可被介入。信，区别于其他文本的一点是，在写信的时候，即写作这个非虚构文本的时候，写者是不把它当成文本作品的，也没有想到会发表、传播的。一封信的诞生，不以文学的身份；而它具有文学的功能，在于被传播时它非虚构的能力。《见字如面》用非虚构的方式再现了非虚构，在笔者看来，媒介的传播是对非虚构文本的意义的放大和强化。也就是说，人为地凸显信内容的意义性，甚至是赋予更多意义。比如，1949年有太平轮幸运生还者周侣云写给父母的一封信被赋予了生命的意义，2004年6月20日黄国峻自缢一年后黄春明给儿子的一封信被赋予了亲情的意义，1938年5月31日国军牺牲的飞行员陈怀民之妹陈难写给与其同归于尽的日军飞行员高桥宪一之妻美惠子的信被赋予了家国意义，1926年10月4日梁启超在徐志摩与陆小曼的婚礼上说了一番令他们难堪的致辞后写给他的孩子们的信被赋予了人性的意义，2013年4月3日陈平原写给网络时代的读书人的一封信被赋予了知识认同的意义等。这些意义，是通过电视节目制作者以守门人、议题设置者的角色施行的。他们通过对内容以及呈现方式的控制，影响观众“想什么”和“怎么想”，以实现希望的传播效果。

另一个呈现非虚构的电视节目的例子是《国家宝藏》。如果说《见字如面》是将非虚构文本的媒介化——写信、读信、品信，那么《国家宝藏》就是将非虚构的生产过程媒介化。《国家宝藏》融合纪录片和综艺两种创作手法，以文化的内核、综艺的外壳、纪录的气质，创造一种全新的非虚构表达。该节目是由中央广播电视总台、央视纪录国际传媒有限公司制作的文博探索节目，由张国立担任001号讲解员。第一季联合故宫博物院、上海博物馆、南京博物院、湖南省博物馆、河南博物院、陕西历史博物馆、湖北省博物馆、浙江省博物馆、辽宁省博物馆九大国家级重点博物馆，各大博物馆将拿出三件馆藏，由不同的明星“国宝守护人”从各大博物馆进行推介，于2017年12月3日起每周日晚19：30在中央电视台综艺频道首播。第二季加入山西博物院、河北博物院、山东博物馆、广东省博物馆、四川博物院、云南省博物馆、甘肃省博物馆、新疆维吾尔自治区博物馆，于2018年12月9日起每周日晚19：30在中央电视台综艺频道首播。

《国家宝藏》中的文物“前世今生”的故事以“讲述+演绎”的形式展现。例如，国宝《千里江山图》，它出自宋朝徽宗年间的一个18岁天才画师王希孟，横长将近12米，长度甚至超过了著名的《清明上河图》。它的前世故事由演员李晨等人演绎。当年宋徽宗喜好艺术，选中了天赋异禀的王希孟来画出宋朝的大好河山。年少张狂的王希孟不辱使命，创作出《千里江山图》，延绵山河尽是青绿之色。而在完成这个作品之后他就从世人眼中消失，有人说他是死于皇上怪罪，有人则说他钻到了图中成为其中一个惬意的渔夫。总之，他一生只完成了这一幅传世佳作，正如昙花一现，短暂却绝美。在讲述这幅画的今生故事时，节目组请到了中央美术学院教师冯海涛先生。他潜心研究四年，闭关两个月，复制了这幅《千里江山图》

的十分之一，他也自称好“色”之徒，好的是《千里江山图》中的青绿五色。《千里江山图》之所以千年仍然闪耀的原因，是它上色的原料都是从宝石里提取的。之后，国画颜料传承人仇老先生现场演示了从宝石中如何提取颜料，作画颜料的研磨、过滤、漂洗过程。“前世今生”之后，节目将落脚点放置在将来。仇老先生在示范完毕之后，讲到现在的年轻人不愿意接触这类工艺，他只能硬拉着自己的儿子和女儿跟着他学。因为原材料越来越少，也难以寻找，所以他很诚恳地抱拳拜托大家，哪里有好的原材料一定要告诉他，他会第一时间去找！——从过去的传奇演绎，到当下的钻研再现，再到未来的担忧和希望，串联着国宝的历史、现在与未来，节目展现的正是中华文化传承的精髓所在。《国家宝藏》从博物馆“文物”入手破题文化综艺，用镜头语言带领观众走进博物馆，力图对每一件文物的前世今生进行梳理与总结，与观众在一眼万年中，感悟传统文化的深厚与自豪。

节目立足于中华文化宝库资源，通过对一件件文物的梳理与总结，演绎文物背后的故事与历史，让更多的观众走进博物馆，在懂得如何欣赏文物之美的同时，也了解文物所承载的文明和中华文化延续的精神内核，唤起大众对文物保护、文明守护的重视。通过邀请有影响力的公众人物作为“国宝守护人”讲述文物背后的故事，通过电视化语言的呈现让文物“活”起来，让文物不仅是一件博物馆中的陈列品，而且能够让观众感受到“生命”的文化传奇。

对一件静态的文物，用动态的非虚构方式表达，动静结合，是电视艺术的能力。例如对李白草书《上阳台帖》的诠释。这是诗仙李白留存于世的唯一的一本真迹，从这本字帖中，我们看到了李白的豪放不羁和大鹏之志。但是这件国宝本身，只是一件静态的有形物品。如何将其中蕴含的文化价值绽放，是由电视剧本、演员的表演、舞台设计、影像技术等共同协作实现的。尤其是编剧，既要做到尊重历史的非虚构，又要达到好的传播效果。在演绎李白草书《上阳台帖》前世传奇（本故事根据史料合理虚构）

的时候，编剧将故事设定在李白和杜甫的三次相遇中。故事从杜甫得知李白去世的消息开始，杜甫想要阻止一切悲剧的发生，来到每一次和李白相遇的时候，劝诫李白。第一次相遇，李白挥挥洒洒地写下了《上阳台帖》，那时候的李白喝得酩酊大醉。第二次和第三次的相遇，杜甫都没能阻止这一切事情的发生。一首《如果没有李白》①，道出了李白对历史、对中华的贡献。

如果没有李白，似乎没有什么太大的影响，不过千年前少了一个文学家，《全唐诗》会变薄一点点，但程度相当有限。

如果没有李白，几乎所有唐代大诗人的地位都会提升一档，李商隐不用再叫小李，王昌龄会是唐代绝句首席，杜甫会成为最伟大的诗人，没有之一。

如果没有李白，我们应该会少背很多唐诗，少用很多成语。说童年，没有青梅竹马；说爱情，没有刻骨铭心；说享受，没有天伦之乐；说豪气，没有一掷千金。浮生若梦，扬眉吐气，仙风道骨，这些词都不存在；蚍蜉撼树，妙笔生花，惊天动地，也都不见了踪迹。

如果没有李白，我们的生活应该会失去不少鼓励。犯了难，说不了长风破浪会有时；想辞职，说不了我辈岂是蓬蒿人；处逆境，说不了天生我材必有用；赔了钱，说不了千金散尽还复来。更不要说，大鹏一日同风起，扶摇直上九万里，安能摧眉折腰事权贵，使我不得开心颜。

如果没有李白，我们熟知的神州大地也会模糊起来。我们不再知道黄河之水哪里来，庐山瀑布有多高，燕山雪花有多大，桃花潭水有多深，蜀道究竟有多难。白帝城、黄鹤楼、洞庭湖的名

---

① 本诗根据明代李贽的《李白诗题辞》和六神磊磊的《如果没有李白》改编。在《国家宝藏》节目中，由濮存昕、翟天临朗诵。

气都要略降一格，黄山、天台山、峨眉山的风景也会失色几许。

如果没有李白，历朝历代的文豪词帝，也会少了很多名句。没有举杯邀明月，苏东坡未必会有把酒问青天；没有请君试问东流水，李后主不会让一江春水向东流；没有事了拂衣去，深藏身与名，金庸的武侠江湖，将会天缺一角《侠客行》。

千百年来蜀人以李白为蜀产，陇西人以为陇西产，山东人以为山东产。一个李白，生时无所容入，死后千百年，慕而争者无数。是故无处不是其生之地，无时不是其生之年。他是天上星，亦是地上英亦是巴西人，亦是陇西人，亦是山东人，亦是会稽人，亦是浔阳人，亦是夜郎人。

死之处亦荣，生之处亦荣，流之处亦荣，囚之处亦荣。不游，不囚，不流，不到之处，读其书，见其人，亦荣亦荣。幸甚至哉，我们的历史有一个李白；幸甚至哉，我们的心中有一个李白。你是谪仙人，你是明月魂。

可以说，无论是《见字如面》还是《国家宝藏》，越来越多的电视节目都在充分与非虚构文本结合。一方面，利用非虚构文本真实、真情等特性，运用现代传播的声、光、电技术，以人的朗诵和表演等方式，将书面的非虚构立体化、多元化，让静态的非虚构从文字书写中解放出来，实现抽象到具象的转化。另一方面，电视节目的受众是最为广泛的大众。文学的精英写作与大众审美的磨合，在非虚构文本与电视节目的合作中得到很好的实践。

第七章 | ◆

非虚构文学与艺术审美

中国非虚构文学的文化审美溯源来自两个方向：一个是相伴文学传统中知识分子写作的精英文化审美，另一个是来自大众文化的审美。这两个方向的产生并不是先后关系，而是共时的。历史的发展和各种文化现象的出现，导致一种文化审美较为兴盛，另一种相对示弱。但是，随着新的文化更迭，另一种审美逐渐变为主流，取而代之占据了主导地位。

一、中国现当代非虚构文学的审美历程

（一）关于“真实”的审美讨论

从“五四”新文化运动到新中国建立，在这段历史时期内，文学与整个国家民族的命运紧紧相连。《新青年》拉开了文学革命的序幕，它和《每周评论》等刊物刊登的文学作品引领着通俗、批判的文风。新文化运动的文学革命的倡导者们无论在思想内容方面、情感态度方面，还是在创作手

法方面都对文学提出了“求真”的要求，在现在看来，也就是追求非虚构。他们主张文学应该揭露人生的真相，写出哲学、科学意义上的人情事理。胡适极为赞赏易卜生那种旨在把“社会种种腐败龌龊的实在情形写出来叫大家仔细看”的“写实主义”①；傅斯年则向新剧本的编者强调“务必使得看的人还觉得戏里的动作言语以外，有一番真切道理做个主宰”②。在文学的情感方面，主张文学中的情感应该纯真、质朴。郭沫若在给宗白华的《论诗通信》中，富有情感地写道：“我想我们的诗只要是我们心中的诗意诗境底纯真的表现……生底颤动，灵底喊叫；那便是真诗，好诗。”③ 钱玄同在文学革命发起后不久便宣称，戏剧、小说若无“‘高尚思想’与‘真挚精神’者，便无价值之可言”④。在文学创作方法方面，倡导者们同样主张依据科学知识，遵循自然法则而创作。周作人提出小说家“当如心理学者”，“以学理为基本，假作人物……如实模写，始为得之”⑤；胡适则在诗歌创作上推崇“自然的音节”，所谓“自然的音节”就是顺着“诗意的自然曲折，自然轻重，自然高下的”音节，胡适将这样的音节称作“诗的最好音节”⑥。新文化时期的作品浅显易懂、条理清晰、富有感情、针砭时弊，确实是当时传播知识、启蒙思想、开化民智的重要途径。“五四”时期却是一个理性精神不断高涨的时期，此时的先进知识分子们介绍境外的包括政治、经济在内的几乎所有的西学门类及各类的思潮，整个审美生态重视理性、节制情感。就像傅斯年在《文学革新申议》中所说：“方今科学输入中国，违反科学之文，势不能容，用科学之文学，理必孳育。此则天演公理，非人力所能逆从者矣。”⑦

---

① 赵家璧. 中国新文学大系第一集［M］. 上海：上海良友图书印刷公司，1935：180.
② 赵家璧. 中国新文学大系第一集［M］. 上海：上海良友图书印刷公司，1935：391.
③ 赵家璧. 中国新文学大系第一集［M］. 上海：上海良友图书印刷公司，1935：347.
④ 赵家璧. 中国新文学大系第一集［M］. 上海：上海良友图书印刷公司，1935：51.
⑤ 赵家璧. 中国新文学大系第一集［M］. 上海：上海良友图书印刷公司，1935：54.
⑥ 赵家璧. 中国新文学大系第一集［M］. 上海：上海良友图书印刷公司，1935：319.
⑦ 赵家璧. 中国新文学大系第一集［M］. 上海：上海良友图书印刷公司，1935：119.

新中国成立后，围绕新闻宣传的人物通讯等非虚构文学，一直在寻求真实与艺术的平衡。1950 年 1 月 25 日《文艺报》第 1 卷第 9 期转载茅盾在人民文学社“创作座谈会”上的讲话，谈到了当时创作上的一些问题。第一，真人真事与典型性的问题；第二，形式与内容的问题；第三，完成任务与政策结合的问题；第四，浪漫主义与现实主义的问题；第五，如何学习与提高的问题。茅盾认为真人真事与典型性并不冲突，并认为“最进步的创作方法，是社会主义现实主义的创作方法”。萧殷在《生活的真实与艺术的真实》指出：“生活上真实的东西，未必就是艺术上真实的东西。艺术的真实应该比生活的真实更集中，更有组织，更典型。所谓艺术的真实，它是比生活的真实提高了一级的东西。一切不自觉的或群众还没有明确认识的重大问题，要求文学艺术家敏锐地明确地认识它，并描写它。只有如此，文学艺术才能帮助读者深一层地认识现实，并指导现实、改变现实。”①

（二）批判的审美范式

徐迟的《哥德巴赫猜想》以其独特的题材选择和深刻的主题取向，造成了报告文学的轰动效应。之后，全景式报告文学、问题报告文学一次次引发舆论热议，报告文学创作高潮迭起。伴随着的是有关文学性与真实性等问题大讨论。一种观点认为报告文学最重要的特性是报告性。读者之所以选择报告文学不是为了艺术审美，而是因为报告文学能够冲破新闻的封闭性、局限性，广阔而真实地反映社会现实，提供更多的信息，满足读者对社会认知的需要和理性的渴求，因此认为报告文学应注重报告性而不必特别强调文学性。评论家雷达说：“纯审美的幻想是不切实际的，报告文学的本质特征乃是它的‘报告性’，也即：非审美性是它的主要方面，审美是它的次要方面。报告文学是一种边缘文体，它的大半个身子在新闻，只有

---

① 萧殷. 生活的真实与艺术的真实 [N]. 文艺报，1951－04－10：3（12）.

一条腿跨进了传统意义上的文学。非要它把整个身子转而倾向纯文学，那不是成全了报告文学而是断送了它的前途。”① 他认为报告性是报告文学的本质特征，是报告性撞响了时代的洪钟，引来了报告文学的长盛不衰。虽然要求报告文学提高文学性也是合理的，但是报告什么却是最重要的，不应当让报告文学向纯文学看齐。雷达注意到了报告文学盛行红火的社会基础，因此特别看重报告性，强调“非审美性”是报告文学的主要方面。雷达将文学性放置于相对次要的地位。这一派的观点也是有作家创作立场的支持的。花城杂志社召开的报告文学对话会上，麦天枢就直言不讳地承认，“我一开始根本就没想到什么文学不文学就写了报告文学。当记者当不下去了，写了该写的东西发不出来，想了该想的问题没地方去写去说，因此就想到写报告文学，因此就写了《土地与皇帝》”②。贾鲁生说：“现在最重要的是写什么而不是怎样写。我们目前的社会现状，还没有让我们去琢磨报告文学的形式问题。我们要承担巨大的社会责任。报告文学当然不可能承担那么大的责任，但现在迫使我们去承担，承担法律、理论乃至新闻所不能承担的社会责任。在这种情况下，首先应当解决的是报告文学的内容问题，否则作品本身就是玩弄技巧。”③ 尽管如此，从微观审美的角度来看，从具体文本中我们依然可以看到新时期报告文学的美——“现实美、形象美、细节美、叙述美、诗意美、语态美等多维美学形态”。龚举善分析这一时期的报告文学文本后说：“报告文学的审美对象以非虚拟化的‘真’给人以信赖感、参照感，又以其‘新’诱发作家和读者的审美好奇心和探究欲。这样，它的‘热浪’与‘红火’就有着美学上的合理性与必然性……新时期报告文学在塑造形象方面显示出了惊人的笔力，一切有利于性格摹绘的方式方法都被派上用场，以图写出人物的先锋性、时代感和立体面。其中，

---

① 雷达. 报告性·理性·文学性：对报告文学的一些思考［J］. 文学评论家，1992（4）.

②③ 苏晓康，贾鲁生，麦天枢，等. 1988. 关于报告文学的对话［J］. 花城，1988（6）.

小说化的叙述和描写手法已经成为报告文学生命构架的基本方式。尤其是描写模式上的创新，不仅实现了报告文学形象塑造的价值追求，使报告文学的文学性向前跨出了关键的一大步，而且达到了化平淡为非凡、变呆板为灵动、以形貌纳神韵的艺术高度……报告文学是描写的艺术、抒情的艺术、说理的艺术，也是叙述的艺术。具有现实美的形象与细节只有纳入到有机叙述的链条之中才有意义。"① 总的来说，新时期的报告文学创作坚持求真美学和理性批判。正如《中国的要害》的作者赵瑜说："一方水土养育了我，我应该为百姓讲几句真话；需要挺身而出的时候应该挺身而出。"②《虎年通缉令》的作者李延国、临青说该作品是因为"默许罪行无异于共同犯罪。发现灾难而不阻止，发现罪行而不揭露，这不是今天所应有的行为"③ 而作。

随着新闻观念日益更新，非虚构写作已成为社会的重要活动领域，非虚构作品成为社会最主要的公共产品，大量的、出色的新闻记者涌现。作为典型的知识分子写作方式，非虚构作家也在社会变革的大背景下思考文体的创新和突破，抱着这样的思考出发点和不断地亲身践行，报告文学在几代书写者的努力下终于登上了历史舞台。鸦片战争之后，出现了第一批初具报告文学雏形的作品，到了梁启超的《戊戌政变记》明确了报告文学的基本特征。"五四"运动为中国的思想、文化带来深刻的变革，此时的报告文学在题材和思想内容上都取得了巨大突破，冰心、瞿秋白、鲁迅等人都参与其中。

1976 年 10 月，十年"文化大革命"结束，宣告了一个文化专制时代的结束，中国社会开始进入改革开放的新的历史时期。知识分子逐渐参与社会管理，压抑许久的情绪找到出口释放。大众对现实世界真实信息的强烈

---

① 龚举善. 新时期报告文学美学品格的多维形态 [J]. 华中师范大学学报（人文社会科学版），1998 (2)：111 - 118.

② 冯立三. 太行夜话：报告文学五人谈 [N]. 光明日报，1988 - 09 - 23.

③ 李延国，临青. 虎年通缉令 [J]. 人民文学，1987 (Z1)：117 - 136.

渴望，造就了中国报告文学繁荣发展的盛景。一直都有一派坚持“精英文化”的报告文学家抓住社会进步过程中涌现出的典型人物故事，以摄像机记录式的笔法将人物每一个值得尊敬的闪光点留下。这些人物有的是著名科学家、体育明星、巾帼英雄这些具体的个人，也有的是为中国之崛起做出过牺牲的革命家们。其实报告这些人物和事迹就是在把这些人身上的正能量传播给大众；阅读这类报告文学，我们何尝不是像在进行一次次的精神洗礼。精英塑造精英占据了报告文学很大比例。20 世纪 80 年代，与文学中虚构的文体相比，报告文学延续着对现实或晚近历史的宏大写实，理想主义与批判意识也融合其中。“作家对社会的关注、问题意识、批判精神和积极的艺术探索，以及文本艺术形式的多元等，都在这一时期达到报告文学自上世纪 30 年代流行于中国文坛以来的最高值。”①

1992 年初，邓小平视察南方带来了“东方风来满眼春”。10 月，中共十四大明确了以“社会主义市场经济”为进一步改革的目标。大众的求知欲得到充分激发，对新闻有了更多、更紧迫的需求，而不是仅仅满足消息的告知和特写的人物报道。《南方周末》是这个时期非虚构内容输出最重要的渠道之一，也是受众获得非虚构最主要的来源之一。南方报业不仅作为一家媒体成为这一文学新时代开始的记录者和见证者，而且参与了这一新时代的形成。新闻界流传着一句话“七分采三分写”，好新闻一定是具备采访深入的条件的。“不到达新闻现场不罢休，不采访到关键人物不收兵。要做到这一点，常常意味着艰苦的跋涉，也意味着一次一次被拒绝和训斥，甚至要冒着巨大的生命危险。曾民为了弄清楚云南省红豆杉被毁情况，和自发保护红豆杉的农民张春山，走了云南 4 个地州、5 个县市，行程上千公里，仅步行就在 100 公里以上，最终写出《被剥皮的红豆杉在流泪》一文。时任国务院总理朱镕基批示，要严肃查处毁坏国家一级保护植物红豆杉的

① 王晖. 内力与魅力：转折时期报告文学的审美态势［J］. 江海学刊，2008（1）：205 – 209.

有关责任人。邓科在调查天津‘扎针’事件时，为了找到传言中的被扎人，他多次无功而返，最终找到了一个被扎人的地址，在她家门前从上午一直等到下午3点，结果被拒绝。第二天，他又去等了，等来当事人后给她做各种利弊分析，用各种措施取得她的信任，终于使她接受了采访。伍小峰为了将长江抛石护堤工程中的作弊行为揭露出来，买了道具化妆成民工混上船去呆了三天，其中两次穿帮，幸好都化险为夷。”① 对事实的选择是记者面临的首要问题，要做的就是将少数的事情从更多的事情中分离出来，告知大众。这一时期，以孙志刚事件的报道为代表。2003年4月25日的《南方都市报》发表《被收容者孙志刚之死——天堂里不需要暂住证》，这篇文章的写作背景是彼时为了救助流浪汉和乞讨者，中国地方政府设有收容所，目的据称是为了帮助在城市的无业游民返回家乡。但是，在实行过程中，部分收容所员工不但不是救助弱者，反而干出对收容者进行敲诈勒索甚至辱骂殴打的违法行为。根据许多大中城市（如北京、上海、广州）的规定，外来务工人员必须办理暂住证，否则视同流浪者。警察有权抓捕这些没有暂住证的人，并把他们遣返原籍或者关押于收容所。在实行过程中，警察往往只锁定那些没有职业的外来农民工、流浪者、乞讨者等弱势群体。在相关城市举办一些大型活动之前，警察为了安保和城市形象往往采取集中抓捕和遣返的行动。这篇报道开门见山——“孙志刚死了”：

3月17日：在广州街头被带至黄村街派出所

3月18日：被派出所送往广州收容遣送中转站

3月18日：被收容站送往广州收容人员救治站

3月20日：救治站宣布事主不治

4月18日：尸检结果表明，事主死前72小时曾遭毒打

孙志刚，男，今年27岁，刚从大学毕业两年。

---

① 胡蓉. 优秀的记者是这样炼成的：从《南方周末》揭黑报道看优秀记者的素质［J］. 新闻知识，2005（9）：6－8.

新闻与传统意义上的虚构文学最大的区别在于，“设置悬念”的步骤一个是事实在先，一个是头脑在先，也就是说，记者以报道事件为最主要的写作目的，而虚构文学的作家的创作目标是敲打读者的心灵或是争取情感共鸣。目的决定过程。新闻的表述语言简练，全篇多用肯定的陈述语句。以第一部分“孙志刚死了”为例：

先被带至派出所，后被送往收容站，再被送往收容人员救治站，之后不治。

孙志刚来广州才 20 多天。2001 年，他毕业于武汉科技学院，之后在深圳一家公司工作，20 多天前，他应聘来到广州一家服装公司。

因为刚来广州，孙志刚还没办理暂住证，当晚他出门时，也没随身携带身份证。

当晚 11 点左右，与他同住的成先生（化名）接到了一个手机打来的电话，孙志刚在电话中说，他因为没有暂住证而被带到了黄村街派出所。

在一份《城市收容“三无”人员询问登记表》中，孙志刚是这样填写的：“我在东圃黄村街上逛街，被治安人员盘问后发现没有办理暂住证，后被带到黄村街派出所。”

孙志刚在电话中让成先生“带着身份证和钱”去保释他，于是，成先生和另一个同事立刻赶往黄村街派出所，到达时已接近晚 12 点。

出于某种现在不为人所知的原因，成先生被警方告知“孙志刚有身份证也不能保释”。在那里，成先生亲眼看到许多人被陆续保了出来，但他先后找了两名警察希望保人，但那两名警察在看到正在被讯问的孙志刚后，都说“这个人不行”，但并没解释原因。

成先生说，其中一个警察还让他去看有关条例，说他们有权力收容谁。

成先生很纳闷，于是打电话给广州本地的朋友，他的朋友告诉他，之所以警方不愿保释，可能有两种情况，一是孙志刚“犯了事”，二是“顶了嘴”。

成先生回忆说，他后来在派出所的一个办公窗口看到了孙志刚，于是偷偷跟过去问他“怎么被抓的，有没有不合作”，孙回答说“没干什么，才出来就被抓了”。成先生说，“他（孙志刚）承认跟警察顶过嘴，但他认为自己说的话不是很严重”。

警察随后让孙志刚写材料，成先生和孙志刚从此再没见过面。

第二天，孙的另一个朋友接到孙从收容站里打出的电话，据他回忆，孙在电话中“有些结巴，说话速度很快，感觉他非常恐惧”。于是，他通知孙志刚所在公司的老板去收容站保人。之后，孙的一个同事去了一次，但被告知保人手续不全，在开好各种证明以后，公司老板亲自赶到广州市收容遣送中转站，但收容站那时要下班了，要保人得等到第二天。

3 月 19 日，孙志刚的朋友打电话询问收容站，这才知道孙志刚已经被送到医院（广州收容人员救治站）去了。在护理记录上，医院接收的时间是 18 日晚 11 点 30 分。

成先生说，当时他们想去医院见孙志刚，又被医生告知不能见，而且必须是孙志刚亲属才能前来保人。

20 日中午，当孙的朋友再次打电话询问时，得到的回答让他们至今难以相信：孙志刚死了，死因是心脏病。

护理记录表明，入院时，孙志刚“失眠、心慌、尿频、恶心呕吐，意识清醒，表现安静”，之后住院的时间，孙志刚几乎一直“睡眠”：直到 3 月 20 日早上 10 点，护士查房时发现孙志刚“病情迅速变化，面色苍白、不语不动，呼吸微弱，血压已经测不到”。医生在10点15分采取注射肾上腺素等治疗手段，10分钟后，宣布停止一切治疗。孙志刚走完了他27年的人生路。

医院让孙志刚的朋友去殡仪馆等着。孙的朋友赶到殡仪馆后又过了两个小时，尸体运到。

护理记录上，孙的死亡时间是2003年3月20日10点25分。

记者采访是在孙志刚死后，肯定无法采访到当事人，采访涉案人员也是难度很大。在这样的情况下，孙志刚的室友成先生、孙的另一个朋友、护理记录、《城市收容“三无”人员询问登记表》的非虚构实录串联成孙志刚死亡事实。之后的“孙志刚是被打死的”“孙志刚该被收容吗?”“孙志刚是被谁打死的?”是这篇新闻的写作逻辑，即事件、原因、疑问、质问——剥洋葱式地一层一层接近真相，直至问题核心。新闻出来之后，广东省、广州市迅速成立联合调查组，全面开展调查工作。省、市政法公安机关也迅速成立联合专案组，全力开展案件侦破工作。由于此次受害者身亡，并且其身份不是流浪汉而是大学生，因而产生极大影响。继《南方都市报》后，《南方周末》《中国青年报》《北京晚报》《羊城晚报》《深圳商报》《中国经济时报》《华商报》以及新加坡的《联合早报》等报纸，连同国内各大网站，如中新网、新华网、人民网、新浪网、凤凰网等，紧密追踪事件进程，详细报道了此一事件，并曝光了许多同一性质的案件，在社会上掀起了对收容遣送制度的大讨论。《人民日报》也发表了评论文章。先后有8名学者上书全国人大，要求就此对收容遣送制度进行违宪审查。因一个人的死亡而引发国务院出台了新的《城市生活无着的流浪乞讨人员救助管理办法》。孙志刚事件让我们看到非虚构的力量和责任，作为“无冕之王”和“权力的监督者”，除了公共信息平台以外，它也是一种社会公器。深度报道以非虚构文类的身份，传承其理性与批判的审美特色，且以严肃和客观的姿态坚持这一风格。

可以看出，批判式审美范式是这一时期的非虚构表达主流，写作者相对独立，以精英姿态“向下”告知并触发共情，以审视者姿态“向上”行使知识分子监督的权利并“下情上达”。除了题材的典型和重要性以外，叙事方式是这一类非虚构文本的另一特色。以最具代表性的犯罪类新闻报道为例。法国学者热拉尔·热奈特在《叙事话语　新叙事话语》中说，“速度是指一个时间度量与一个空间度量的关系（每秒多少米，每米多少秒）；叙事文的速度，则根据故事的时长（以秒、分、时、日、月、年来测定）与文本长度（以行、页来测量）之间的关系来确定”①。无论是文学作品还是新闻作品，从叙事的角度看都是运用时间和空间的组合来建构事件。对事件的记录与描述或是新闻的采访内容等，是叙事的血肉部分；而时间起始的选择和安排则起到血脉的联通作用。叙事速度这一既有方向和量值的单位是叙事时间的唯一参考量。所谓的叙事速度，乃是由历史时间的长度和叙事文本的长度相比较而成立的，历史时间越长而文本长度越短，叙事速度越快；反之，历史时间越短而文本长度越长，叙事时间就越慢。历史时间的刻度投影到叙事过程的时候却成了一个变数。在一篇新闻作品中，讲述一个具体的新闻事件所使用的文字，有时比讲述数日、数月甚至数年的事件所使用的文字还要长，或是可以只用数字将数十年内发生的一系列事件一笔带过。例如，2010 年 3 月 24 日发表在《中国青年报》的《南平一医生小学门口持刀行凶》：

> 南平警方发布消息称，凶手郑民生，今年 42 岁，1990 年从建阳卫校毕业后，分配到南平化纤厂职工医院工作，2002 年转到马站社区卫生服务站当医生，2008 年取得西医外科主治医师资格；2009 年 6 月以到外地发展为由，从原单位辞职。②

---

① 热奈特. 叙事话语　新叙事话语［M］. 王文融，译. 北京：中国社会科学出版社，1990：54.

② 陈强. 南平一医生小学门口持刀行凶［N］. 中国青年报，2010 - 03 - 24.

与历史时间和叙事时间这种文本外的比较相对应，叙事作品文本的内部比较是指叙事速度与情节疏密度的比较。叙事速度是和叙事情节的疏密度成反比，即情节越密，速度越慢；反之，情节越疏，速度越快。先天的社会影响力使犯罪类新闻报道始终能抓住读者的眼球。对于此类新闻的叙事，有两个基本的时间序列：被讲述的犯罪事情的时间（“所指”时间）和叙事的时间（“能指”时间）。这两个既相关又不同的时间序列，彼此作用，对于新闻的叙事产生了极大影响。

这种时间的兑换是如何发生的呢？被叙事者强调的地方，在篇幅上一定占了大比重，叙事时间被相对延长，速度减缓；而对于一些受众平均认知水平能理解的非故意省略或掩盖新闻事件核心内容的跳跃叙事等，此时，事件的时间远远大于叙事时间，即叙事速度接近于无限大。中国当代犯罪类新闻报道表现出其特殊的速度。当新闻事件的确发生，但新闻报道中并没有对其某一部分内容进行叙述时，那一部分被“忽略”的速度就被认为趋于无限大，也被称作叙事断点。① 本书从形成结构上出发，主要关注犯罪类新闻报道对于哪些问题会出现零速度。试举以下例子加以说明：2010 年 3 月 23 日福建省南平市特大杀人案件报道中，各大新闻媒体纷纷对“凶手（郑民生）将进行精神鉴定”“鉴定结果表明凶手精神无异常”等议题做了叙述，但是对于“如何做精神鉴定”“为何能得出精神无异常的结论”“鉴定过程和依据是什么”等没有任何交代，即对“鉴定过程”的叙述被掩藏。这一情况并不是特例，从 2006 年的邱兴华案开始，法律界人士就提出了“疯劫”理论，即“优先进行司法精神病鉴定才能决定后续的公诉、庭审和判决”②，再到黄文义灭门案、2008 年的马忠富案、2009 年的 24 小时内连杀 8 人的熊振林案、青岛“一死九伤”的肖增明案等，“庭审中清晰明确，

① 赫尔曼．新叙事学［M］．马海良，译．北京：北京大学出版社，2002：188.

② 精神鉴定何时出现“珍贵范本”：重大命案中的精神病鉴定现状［N］．南方周末，2010－04－29.

没有证据证明本人和家族有精神病史”成为多数法院驳回鉴定申请的惯用理由，新闻报道也无一例外地将结果公布于众，至于“HOW”和“WHY”的叙事（事件是被如何操作的，为什么会有这样的结果）一律被零速度化。

对于已经具备了足够的重大性、新鲜性的犯罪类新闻，除事件的六要素外其他内容也是新闻的“看点”。如：

> 在休庭时，马加爵的姐姐哭出了声。一直埋着头、手拄额头、双眼通红的马父在法庭宣布休庭时，几乎第一个站了起来。当马加爵即将被押送出法庭时，脸上始终没有太多表情的马父，呆呆地望着马加爵，眼里突然有了太多的情绪：爱恋、不舍、渴望……当马加爵被押走后，父女俩几乎瘫倒在椅子上。而马加爵从进来就没有四处张望过，他也没看见自己的父亲。
>
> 今天，被害人龚博的父母没来，其姑父和叔叔代他们而来。他们说，看到马加爵精神状态很好的样子，他们很伤心，想起了龚博。在4名被害人的家庭中，龚博父母的处境尤为悲惨。龚博是他们唯一的独生孩子，另外3位被害人的双亲毕竟还有其他子女能挑起家庭生活的重担，承担赡养老人的义务。但对这对夫妇来说，他们的生活再没有希望了。在经受龚博死讯的沉重打击之后，怕睹物思人，亲友们烧掉了龚博所有的遗物。上周，龚博家收到了龚博硕士研究生的《录取通知书》。

以上两段是2004年4月23日刊登在《中国青年报》上的《马加爵案昆明开审》的节选，叙述的是犯罪嫌疑人和受害者双方得知审判结果后的状态。“法庭宣布休庭”只是极短的时间内发生的事情，但记者在描述它的时候却赋予了比实际发生时间更长的篇幅。当叙述到被害人家庭当庭反应时，速度甚至出现了停顿。对受害人龚博的背景插入，使“开庭审理罪犯”这则新闻看似暂停下来（严格说来，此处的解释说明并不在“马加爵开审”事件范围内）。

在犯罪类新闻中出现的对人物背景、性格的介绍，以及带有情绪的行为和内心活动的描述，也都会采用放缓速度的叙事手法。这种方式可以在篇幅有限的文字中使人物性格立即凸显。另一种比较常见的放缓速度情况发生在对犯罪事件的过程描述。

犯罪类新闻报道速度的第三个特殊值是等速度，即叙事时间与事件时间一致。新闻报道中较常用的一种手法就是使用直接引语，把说话者的原话记录在报道中是“最无误的叙事”。其他诸如引述、概括等叙事手段都是基于删减或是提炼出原说话者话语的，虽然也同样被要求忠实原意，但是无法达到形式一致，变动的过程就是叙事加速的过程。

叙事速度在本质上是人对世界和历史的感觉的折射，是一种“主观时间”的展示。无论是虚构的文学叙事作品，还是所谓客观的新闻叙事，因为有“人”的介入，它们的真实性都不是绝对的。① 特殊速度的使用问题，归根结底是“人”的问题。“总体上，媒体对负面事件有着突出的兴趣”，法国政治学家、社会学家阿尔费雷德·格罗塞做出了这样的解释：“只有具有冲击力的事情才能让信息的消费者感兴趣并且成为忠实消费者。”② 正所谓“狗咬人不是新闻，人咬狗才是新闻”。

新闻叙事无法避免的“加工”包含着对事件的选择、重组等，非虚构叙述文本的任何一部分，都是叙述者加工后的产物。既是加工，就会存在加工者（传播人与传播机构）的价值观念、认识水平、情感意向和加工工艺对叙事的影响。在意识形态领域建构多姿多彩的审美文化，新闻传播的“权威话语”作用重大，其叙事策略的“社会景观”的过程担负引导和示范审美教育的重任，有引导大众审美趋向的作用。

---

① 杨义．中国叙事学［M］．北京：人民出版社，2009：147.

② 格罗塞．身份认同的困境［M］．王鲲，译．北京：社会科学文献出版社，2010：5.

（三）全媒体时代非虚构审美的多样性

非虚构的全媒体新文化特征包含后现代性。“我们可以回顾一下现代主义文化艺术的特征：充满精英意识的高雅文化，仅仅为少数人欣赏的文化，表现自我个性的审美文化，甚至‘为艺术而艺术’的文化观念，等等。显然，这一切都是后现代主义艺术家所要批判和超越的东西。因此，我们大概不难由此推论，后现代主义的特征是反美学、反解释、反文化和反艺术的，但是它反对的是哪一层次上的文化呢？这也许恰恰是我们容易忽视的：它反对的正是具有崇高特征和精英意识的现代主义美学，抵制的是具有现代主义中心意识的解释，抗拒的是高雅文学艺术，总之，后现代主义文化艺术与现代主义的高雅文化艺术不可同日而语。它既在某些方面继承了现代主义的部分审美原则，又在更多的方面对之进行批判和消解。”① ——这是学者王宁对后现代主义反叛性的理解。媒介融合后的非虚构表达不仅是视觉性、消费性，也是祛精英化的。至此，普通大众就不需要花费很多时间阅读厚厚的长篇文学名著，只需在自己家的电视或是个人电脑里花上一个小时的时间，就可以欣赏和体会到一部纪录片或是影视非虚构作品所提供的审美愉悦。抑或，从事文学研究的学者们也可以改变研究方法，走出书斋、打开多媒体，观赏和研究更容易激发审美情趣的声像作品。杨魁和董雅丽在《消费文化》一书中指出：“如果说在现代前期，资本主义的发展以英国为代表，消费模式以新教伦理占统治地位的简朴为主要代表的话，随着工业资本主义的兴起和不断发展，进入现代时期之后，则以迅速崛起的美国为代表，并形成了消费主义为核心的现代消费文化。”② 罗钢、王中忱在《消费文化读本》中对这个转变做了更进一步阐述：“这种改变不仅是

---

① 王宁.“后理论时代”的文学与文化研究［M］. 北京：北京大学出版社，2009：141.

② 杨魁，董雅丽. 消费文化：从现代到后现代［M］. 北京：中国社会科学出版社，2003：89.

社会经济结构和经济形式的转变，同时也是一种整体性的文化转变。……作为今天西方文化中占支配地位的文化再生产模式，消费文化被作为西方先进的科学技术、先进的商业以及令人艳羡的西方生活方式的代表被推销到世界各地。”① 在后现代社会里，打破常规、开拓创新成为主要的生活方式和审美方式。如今，媒介话语对非虚构“商品”有增值意义，使得非虚构文化逐渐倚重视觉、依赖技术和消费，完成了从现代性向后现代的过渡，但这并不是终点。非虚构文化向图像转化不会对包括非虚构写作在内的文学艺术发展的终点有明确指向性。说到底，它只能表示一段时间内文学的存在状态，这个状态恰好为人们提供了更多关于文学的思考空间，比如社会人文环境的改变对文学产生了影响、新的传播技术利用与文学产生了新的社会现象等。令人欣喜的是，这些新的变化带来了人们生活方式的改变，使社会存在更加多元；同时，令许多人担忧的是，伴随着新文化的出现，人们的性格和思考变得懒惰和单一。学界为这些担忧是实事求是还是杞人忧天争论不休，若是将整个过程放进事物发展规律里再审视，或许争论的结果就显得不那么重要了。因为即使争论本身是有意义的，思想的碰撞必然产生理解的进步，但是争论的结果并不是指向文学发展最终的目的地，最多只能说是未来极短时间内的某一个临时状态而已，要知道现代科学技术发展的速度是多么迅猛，文化形态的改变是多么千变万化。

媒介融合下的非虚构写作审美和传统的、漫长的印刷文化的审美不同，后者偏重审美理性，带有膜拜气息。而经过媒介化后的非虚构写作话语体系在思维方式、审美旨趣、文体风格上明显异趣，它被超文本、娱乐文化、视听盛宴和色彩斑斓的多媒体文化环抱，审美实践发生了从以传统的文字审美为主到以今日的影音审美为主的剧变。全媒体时代的审美呈现出多元化的趋势，是新旧并存，因为它不是建立在传统艺术形态的单一形态之上。

---

① 罗钢，王中忱. 消费文化读本［M］. 北京：中国社会科学出版社，2003：2.

虽然全媒体时代新兴的审美理想还未完全定型，也会随着社会的发展而发展，但相对于传统艺术形态而言，也已呈现某些新的端倪。

与传统媒介生态相比，新媒体语境中非虚构写作审美有两方面的改变趋势：一是偏向消费社会的商品化审美趋向。在今天的消费社会中，写作就像是一种经济体制范围内的职业，甚至被认为是一种有利可图的活动，至少可以说经济体制对创作的影响是必不可少的。非虚构写作只有适应、顺从大众传媒制度，以投合最广大的消费大众的文化消费热情，才能有效地借助大众传媒的支持而进入市场。原本只在纸质媒介上的非虚构文学失去了其作为研究对象的中心性，被更加具有广泛性的大众媒介写作方式取代。在文学审美模式上，原本的写作主题、人物、环境、情节、结构、风格、语言、形式等审美要素，已不构成当今文学审美的必要标准，更多的审美指向是大众社会的趣味性、世俗性、个人性。于是，文学创作主体可以根据大众传媒的文化控制需要来确定写什么或者不写什么，并且保持非虚构写作始终处于同大众传媒的意识形态利益、文化价值准则相一致的过程中，因为这直接决定非虚构能不能最终进入大众消费层面、文学能不能最终成为大众的文化消费对象。一定程度上，我们可以认为，经济的也就是审美的。传媒市场作为无形的手，左右着非虚构写作。

全媒体时代非虚构写作审美另一趋向是日常生活化。由于新生文化理念和新型科技事物的涌现，非虚构写作概念的内涵和外延不断丰富，非虚构文学的多样化功能得到了充分彰显。经过媒介加工的非虚构写作文本在被审美主体接受之后，最终将其所承载的社会性、文化性或消费性的精神质素和文化想象传播并移植给受众，同时也触动了受众审美的改变，使得原有的主体文化价值模式被颠覆。最早提出大众文化概念的是法兰克福学派，但是他们对大众文化持批判态度。他们认为，大众媒介使得现在一切文化都很相似，电影、电视机和书籍、报纸等是一个系统，出现了普遍的东西与特殊的东西之间虚假的一致性。这种观点是完全地将精英文化与大众审美对立起来。而新媒介的非虚构写作恰恰证明了，精英文化与大众日常生活审美完全可以共融，甚至相辅相成。日常生活的审美化追求的是消解艺术和生活之间的界限，这点非虚构的语象写作完全做到了。精英文化有着根深蒂固的文化精髓，可以对程式化、媚俗语境下的大众文化进行思想支持和学术指导。同时，精英文化也要借鉴大众文化中的强大传播效果来改变自己的严肃、传播局限等，借助大众传媒来宣传自己，使之大众化。非虚构写作在纪录片和影视政论片等中的表现，正是将精英审美直接引入到现实生活当中的典型例证，打破了审美活动与日常生活的界限，使审美充斥于整个日常生活当中。精英文化有责任且有能力承担起自我拯救，同时也有拯救大众文化的责任。

同时，不能忽视阿多诺的告诫："娱乐活动与自律艺术之间的分野依然涉及一种质性的差异，只要不忽略严肃艺术概念的空洞性，也不无视通俗艺术那不拘一格的冲动效应，那么这种质性的差异还应当予以保留。"① 在阿多诺看来，娱乐艺术与自律艺术的分野并不完全等同于通俗艺术与严肃艺术的分野。这里，阿多诺进行了很重要的概念转换，即他认为"娱乐艺术"不是"通俗艺术"，而"严肃艺术"和"自律艺术"也不是可以互换的名称。他指出通俗艺术"在作品力避装模作样或附庸风雅的情况下，也就是说，在它们建立自身水准的情况下，阐述不够充分在相当程度上是可以接受的"②。通俗艺术"那种不拘一格的冲动效应"具有一定的积极意义。尽管通俗艺术作品可能在艺术水准上不高，但它只要不发挥商业消遣功能，不装模作样地将自己打扮成高雅艺术，保持自身那份"天真的粗野"，那么这些艺术作品就不能被当作"娱乐艺术"。相应地，如果高雅艺术彻底地隔绝其与社会的关系，那么其严肃性就必然沦为空洞化了的"自律"，成为孤芳自赏式的存在，也就丧失了真理性内容，丧失了"真正艺

① 阿多诺. 美学理论［M］. 王柯平，译. 成都：四川人民出版社，1998：526.
② 阿多诺. 美学理论［M］. 王柯平，译. 成都：四川人民出版社，1998：527.

术”的资格。可以认为，无论是通俗艺术还是高雅艺术，是否“矫揉造作”是阿多诺较为认可的一个判定尺度，而不在于它们是否“取悦”了人们，是普通的愉悦还是高级的愉悦。

（四）理性的审美范式

当以新闻为方向的非虚构文学导向批判美学时，以文学传统为方向的非虚构文学在保持政治意识的同时，呼唤更精致的文学性和审美性。王晖用“裂变与复兴”评说新世纪报告文学：“可以说，裂变与复兴，既是报告文学当下状态的真实写照，也是其赖以生存的转型时期政治社会生态特性的深刻反映。”① 其中，“裂变”是指报告文学呈现“多元态势”，而“复兴”是与20世纪90年代相比较所呈现的一种趋势。这大致是符合新世纪报告文学创作实际的。“对于现实的深入介入和对于报告对象的深刻反思等报告文学文体重要的精神品格，不以我们的意志为转移地弱化了。但文学的边缘化，是常态社会的正常图景，它有可能生成适宜文学自由发展的社会政治文化生态。新世纪的十年是多元纷呈的十年，当然也是良莠不齐的时期。就报告文学而言，一方面有祛知识分子写作的倾向，另一方面依然有作家坚守既有的文体写作理想，将报告文学设置成一种特殊的‘社会预警’方式。一方面报告文学作家充分认知文体反映现实的独特功能，以报告文学记录新的世纪中国社会发展的重大进程和这一时段发生的重大事件等，另一方面作家又注意拓展报告文学的题材空间，写作大量具有史志意味的作品。一方面报告文学作家顺延这一文体的写作范式，以新闻、文学和政论建构文本，另一方面又努力于文体的新变，在新闻性渐次、主体性表达退位中，重构非虚构叙事本身对于受众的召唤力。”② 从报告文学理论研究

① 王晖．新世纪十年：报告文学的裂变与复兴［N］．光明日报，2010－09－01．

② 丁晓原．“复调”与“复式”：新世纪十年报告文学观察［J］．文艺争鸣，2011（7）：37－45．

的发展史来看，对审美意义的关怀远晚于对报告文学“战斗力”的关注。要知道每个时代最经典的报告文学作品必定富含那个时代最鲜活的生命力，“从来没有哪个时代像当代这样让我们置身于审美的汪洋大海”①。审美报告文学是以批判文学艺术作品美学意义的创新视角来审视这一文体和作品内容，例如用“进一步在从人情、人性与人生的角度切入，在家与国、情与理以及传统与现代的冲突中深入揭示人物的崇高精神和美好心灵；另一方面，又更注重在弘扬时代精神与民族精神的同时展开对英雄的‘宏大叙事’”② 来证明报告文学向审美的转移甚是独到和深刻。

比如何建明的《国家》，写的是中国在战乱国利比亚撤侨3万多人，是新中国成立以来最大规模的海外撤侨行动。那瞬息变幻、间不容发的危机，最高层的决断和意志，恪尽职责的外交官、军人和公民们的勇气和处事效率，那些在沙漠中奔跑的人们的喘息、恐惧和希望、欢喜，千山万水、千军万马、千头万绪，被作家叙事组织得精彩和壮阔。2011年初，利比亚内战枪炮四起，战火绵延，一封封加急电文自我国驻利比亚国大使馆发来，利比亚政府已失去对多个地区的控制。2月20日晚起，这里已陷入全面动乱状态，我国在利比亚建筑工地多处遭遇袭击和破坏……流血冲突和暴力抢劫每分每秒都在发生，身处利比亚的3万余名中国公民随时都会遭遇生命危险。为了中国公民的安危，外交部、国资委等多部门共同行动，国家派出“特别行动小组”，从2月22日至3月5日，12天时间，铺就“生命通道”，在战乱中的利比亚奇迹般地撤离侨民35 860人，这是一个举世瞩目值得铭记史册的大事件。何建明先后采访50多位事件亲历者，进行了大量的调研，以全景式、多层面、立体化的手法，真实再现了利比亚撤侨行动这一历史事件。通过作家的讲述，一个个生动鲜活的故事、一个个感人至深

---

① 余虹．审美文化导论［M］．北京：高等教育出版社，2006：122.

② 章罗生．中国报告文学新论：从新时期到新世纪［M］．长沙：湖南大学出版社，2012：300.

的细节、一个个热血沸腾的场面，让人热泪盈眶。高层领导心系民众安危，如何运筹帷幄；外交部大楼灯光彻夜通明，外交官怎样废寝忘食；驻海外使领馆工作人员打破常规，殚精竭虑处理复杂的外交事宜；特别行动小组舍生忘死亲临一线，普通员工随机应变、行侠仗义……所有人的目的只有一个：为了我们的同胞早日回家。作家在题记中这样写道："如果离开了自己的国家，你还会有什么？如果没有了自己的人民，国能是什么样？"国家与人民的关系，或许是政治学的问题。而现在，在全球化时代，在中国人越来越深入地参与世界各地的生活和历史的时候，这个命题展现出了更为复杂和紧迫的含义。它向我们证明了宏大的、充满"正能量"、具有感召力的写作也是中国的真实存在，是中国生活很重要的一个部分，也是中国非虚构必不可少的组成。

中国非虚构的英雄审美，不是崇尚个人主义和超级英雄，而是尊重中国精神、尊重集体意识的审美。这与西方的文化品格不同。较为熟知的是好莱坞式的英雄，都是超级英雄——强大无比、没有缺点——无论经历过多大的困难险阻，最终战胜邪恶，不仅得到天助，也是人心所向。不是单个的英雄，就是复仇者联盟式的单个英雄集结。而中国的英雄塑造，受中式传统文化影响，是为了整体利益可以做出牺牲的。与其说是英雄，不如说是侠客更贴切。可以看到许多报告文学作品是人物报告，或是事迹报告。其中，优秀的报告文学在审美引导上是注重正能量精神传播的，同时突出集体意识汇聚。《木棉花开》是有关中共广东省委原第一书记任仲夷的报告文学作品，全文1.7万字左右，直接叙述任仲夷的文字也不过数千。

而大量的文字是对社会面貌的叙述：

> 省委门口有一个副食店，每天凌晨3点钟，黑黝黝的寒风中，市民们揣着鱼票、油票、糖票等花花绿绿的票证，开始在这里排队抢购。什么物资都缺，广东产鱼，广东人更喜欢吃鱼，可市民们每人每月只有5角钱的鱼票，还不能保证供应。副食店7点30分才开门营业，买鱼的队伍长长的，比鱼还多。排在前面的阿公

阿婆太困了，要回家再睡一觉，就放下一个替身：一把凳子，一顶帽子，或一个菜篮子……

时代全景的描述：

疯狂的年代过去了，苦难的中国终于找到了自己的轨道，而濒临香港、澳门和台湾的广东省还是一片低地。长期以来的战争思维，国家在这里基本上没有工业项目投资；交通更是落后，京广铁路在广东境内竟然全是单线。从广州到珠海、深圳，中间都要转乘四五次轮渡，需要花费一天的时间；农业也不行啊，是全国最大的缺粮省份，虽然国家每年调进5亿公斤，但仍是饥肠辘辘，路人相闻。1979年全省工农业生产总值人均只有520元，远远低于全国平均数字636元。还有一个数字更让粤人汗颜，偌大的广东省，面积是香港的200倍，而每年的创汇总量却不足人家的十分之一。与台湾相比，更是无法同日而语。

“我”的主观视角：

2007年8月，我应邀到广州采访丰田汽车公司，晚上和广东作家吴东峰、鲍十诸位喝茶，聊及广东经济已超越我国的香港、台湾地区和新加坡时，话题自然而然地谈到了已故的中共广东省委原第一书记任仲夷先生。吴东峰兄喟然长叹，任仲夷是广东的恩公，实在应该写一笔。此时，窗外桂兰氤氲，室内茶香溟濛。我心内猛然一顿，似乎感应到了一个神圣使命的深情呼唤。

在哈尔滨，我曾听到关于他亲手研制和推广冰灯的传说，那里的人们至今仍然尊称他为“冰灯之父”；我也去过辽宁，他冒险为烈女张志新平反的故事更是妇孺皆知。其实，在座各位并不知晓，我与任仲夷本是同乡，相距不过百里，他的传奇在我们冀南一带也早已广为流传。

以及“他人说他”：

广东省委宣传部原副部长张作斌告诉我，当时的省委真是左右为难，中央三令五申，严禁收看，坚决拆除，而城乡群众怨声载道，情绪激烈。长期下去，不仅进一步激化干群矛盾，而且将严重影响外资的进入。任仲夷苦思许久，终于下定了决心。一天，他打电话把张作斌找去，给他布置了一个特殊的任务。

不全知视角的英雄叙事：

经过多方考察后，他认定省委常委、广州市委第二书记梁湘是最佳人选。

身材魁梧的梁湘是军人出身，新中国成立之前即随叶剑英南下接管广州，他不仅是一位具有开拓精神的实干家，还十分熟悉城市管理和经济工作，更重要的是，他身上充溢着一种饱满的理想主义激情。

但62岁的梁湘毕竟是一位老资格的省级干部了，而且性情刚烈如火。他明确表示不去深圳，愿意继续留任广州。

反复谈话，梁湘仍然不情愿。不少资料在叙述这一段历史时，都记载了一个相同的情节：梁湘曾为此与习仲勋大吵一架。这应是笔误或者是以讹传讹，因为习仲勋此时早已离开广东工作。如果实有此事，吵架的对象应是任仲夷。这的确是一个颇具戏剧性且无比珍贵的文学细节，只是缺少鲜活文字的详细描述。采访时，我曾多方刻意搜寻，但因为两位当事人俱已作古，当时无人在场，笔者又不能妄自虚构，所以只好望风而叹了。

不过，任仲夷并没有轻易放弃，他再一次地约见了梁湘。

这一次的谈话，他的秘书琚立铭正好值班。那是1981年1月的一天晚上，心事重重的梁湘步履蹒跚地走进了任仲夷的办公室，这可以从他的满脸愁云里看得出来，也可以从他上楼时拖沓迟缓的脚步声中听得出来。任仲夷微笑着从座位上走出来，与梁湘握手后，又亲自为他沏了一杯热茶，而后就随意地坐在了旁边的一把竹制躺椅上。

据琚立铭回忆，一直到凌晨时分，任仲夷办公室的门才缓缓打开。他进去的时候，两人的正式谈话已经结束，原本诙谐幽默的梁湘又回复了本性，他似乎刚刚讲了一个广州时下流行的笑话，任仲夷猛然“哈哈”大笑起来。他仰躺在竹椅里，一前一后地晃悠着。雪亮的灯光下，浑圆的银白色的笑声在四壁间清脆地撞击着、回响着，他头上的丝丝白发也仿佛是一绺绺导电的钨丝，在闪烁着明晃晃的辉光。

1981 年 2 月，梁湘慷慨赴任。

更为难得的是，用一个英雄成就另一个英雄：

几年后，67 岁的梁湘悄然卸任。站在市府大楼门口，面对着近千名依依不舍的深圳人，他满眼泪花，哽咽着说：“如果我必须生一千次，我愿意生在这个地方；如果我必须死一千次，我也愿意死在这个地方！”那一天阴云密布，电闪雷鸣，但所有的人都黯然不动，任凭冷雨浇淋。梁湘汪然出涕，猛地扔掉雨具，双手抱拳，大声鸣誓：“我在此先立下遗嘱：死后骨灰安葬在梧桐山上！”说到这里，整个深圳泪流滂沱，嚎啕失声。

历史已经证明，梁湘是这座城市的英雄！而成就梁湘的正是任仲夷！①

可以看出，中国的非虚构文学的英雄叙述是全面书写。围绕人物，是从时代到社会，从人物本身到他人眼里的他，从主观叙事到客观描写，更有以英雄塑造英雄等的全方面、多层次的表达。报告文学的英雄书写的另一个审美引导是“英雄为人”，这也继承了文学即人学的中国文学审美传统，也是非虚构真实品质的坚守。

---

① 以上引用的《木棉花开》的内容，均来自 http://www.chinawriter.com.cn/56/2008/1205/3021.html.

李鸣生的《澳星风险发射》直面“英雄也为人”的事实，既然是人，就不可能每次迎接的都是成功，遇到失败也是应该有的事情。作者将澳星的1992年3月22日的“发射终止”作为客观存在视之，并对此做全展式的报告，细致描绘了中国特色的失败心理和失败文化。正是因为真正领悟了诗人惠特曼所说的“当失败不可避免时，失败也是伟大的”的深意，作者才勇敢和坦然地书写英雄也有失败时。作者以为，一个民族，如果不光只会欢呼成功，而且还能正视失败，接受失败，超越失败，甚至达到一种欣赏失败的境界，那这个民族该是多么的伟大而不可战胜。“英雄也为人”，日常生活也是平常的、有趣儿的、可爱温馨的。《发射将军》中的李福泽在大饥饿年代，因为吃不饱肚子，带人出去打黄羊；为了与苏联专家罗金组长交朋友、“套”技术，约他去弱水河畔钓鱼。

“英雄也为人”也表现了中国非虚构文学创作的思想高度。正如李鸣生以为，“一个作家的思想非常重要，无论你是写什么的。思想决定作品的高度，决定作品的品质，甚至说思想决定一切。而这种思想，必须属于自己的”①。他在《飞向太空港》的后记里说，15年的发射场生活，使他比一般人更有条件看到天空，也更有机会随着火箭卫星的一次次升腾，对我们居住的这个星球以及顽强地活在这个星球上的同类进行立体地思索，从而改变了他跪着看待人生的姿势，获得了一个与众不同的审视世界的角度。李鸣生将中外航天合作置于中国改革开放的大背景之中，“周游列国的中国专家们”等章节，极其真实地反映了改革开放之初始，人们在观念、能力、文化以及适应国际规则等方面所面临的种种问题。作者基于空间文明的思想，将不同文明的交流设置为一个叙写重点，以开放、包容的姿态，使作品超越政治叙事，建构起一个更为宏阔的文明叙事，记录了中国西昌卫星发射中心以“长征三号”运载火箭成功发射外国卫星——美国“亚洲一号”

---

① 杨鸥．李鸣生：中国航天史诗的书写者［N］．人民日报（海外版），2010－08－06．

的故事，其中既有中美专家在大凉山深处的合作与友情，也有东西方文明在现代卫星发射场上交汇时的碰撞与冲突。其中，“卫星，一次总统待遇的远行”“火箭，另一个伟大的文明”“我们都是地球人”和“跨越国界的飞行”等章节都直接关联了不同文明交流的叙事。

另外，中国非虚构文学具有日常生活审美。非虚构文学的真实，不仅是叙事真实，也包含着对真实生活的真实书写。对于大多数人而言，日常生活是真实生活的很大组成部分。2015 年春节期间，有一篇文章蹿红网络。文章是当时就读上海大学的博士生王磊光以笔记的形式写的自己春节回乡的观察和感受。他写到了自己家乡，湖北的大别山区，L 县，叫王家塆的村子。

> 直到现在，我每到一个地方，凡是碰见两山相夹或两排高大的建筑物相夹，我的第一意识就是，这两座山或两排建筑物，一个在东，一个在西，所以我在外面经常迷路，尤其在城市里。上海 7 号线有两个靠得比较近的站：“长寿路”和“常熟路”。我好几次下错站，以致现在每到这两个站就紧张，怕弄错了。为什么呢？因为在我家乡的方言里，“长寿”和“常熟”是完全一样的读法。人要靠语言来思维，这个事情让我意识到：对有家乡的人来说，是用方言来思维的。①

王磊光走出乡村，进入城市学习，他来自乡村，却又与故乡拉开了一段距离。他用旁观的方式，书写他眼里的故乡；他用知识分子的理性认知，分析乡村和城市；他以故乡之人的身份，感受着乡村的过去和现在、城乡差别以及中国社会的多样。在文中，他写了回家的交通，感受到人与人之间联系的失落，思考了还有什么可以将农民动员起来的问题，对妻子、房子、车子的意义发问，以自我的感受认知发叹“知识的无力”。——书写自

---

① 引自《澎湃新闻》公众号《市政厅》2015 年 2 月 17 日的文章《一位博士生的返乡笔记：近年情更怯，春节回家看什么》。

我是非虚构文学的方式，这些真实故事是个人的真实。理解非虚构文学的一条通道，是理解个人经验。笔者认为，了解个体生命的不同，尊重社会的多样性，不“死磕”普遍性上的深刻含义是审美非虚构文学的健康心态。还有，集体性的日常审美。例如《水浒卡骗了我们二十年》一文，切中了“80后”一代人的共同记忆，叙事日常、微小，基于真实人物故事，令一代人找到共鸣，引发集体怀旧，正是切合了情感社会的需要。

发表在新媒体上的非虚构作品得到广泛关注和传播，再次印证了中国非虚构文学有广阔的发展空间。

首先，在内容和题材上的扩展空间。之前的章节里谈到，非虚构写作的题材可以是从集体出发，也可以是从个体出发。像《返乡笔记》这样的书写，具体而言，是个人书写。个体写作，包括个体写集体、个体写社会，这是通过作家对全局的认知和思考，一定程度上是追求整体性的表达。同时，笔者认为以点写点的写作，不能被忽视。不追求典型性、代表性的非虚构写作，被看成是私人化写作。就像日记、书信、笔记等，写作时并不过多考虑读者的部分，对于被传播也不存在过多期待。不期待并不代表不能被广泛传播，事实上，很多的私人化写作都能得到大众的关注和认同。像《夏志清夏济安书信集》（王洞主编，季进编注）、《蒋介石日记》等这样的书信集作品，除了得到学术研究者的欢迎，在大众传播领域也得到广泛美誉。又比如，因为自己是民警的身份，以参与者和写作者的立场写就的《吊死在儿子饭店门口的母亲》饱含了非常多的细节，这些真实的细节无论专业作家还是新闻记者都无法靠想象完成。

其次，矩阵式传播平台。新媒体、个人自媒体的出现，使得非虚构写作打破传统的专业壁垒，像“有故事的人”“全民故事计划”等为普通人提供了写作和表达平台。“有故事的人”是由凤凰网推出的非虚构写作品牌，其非虚构写作的理念是“每个人都有故事，都可以写出故事”，并且认为非虚构写作者“可以来自名流，来自职业写作者，也完全可以来自贩夫走卒，升斗小民”，曾推出的主题故事有初恋、过年、爱情、亲情、母亲、城中记、欲望、回忆、父亲、美食、手艺人、青春期等。在传播资源方面，拥有着强大的媒体矩阵。包括微信公众号，凤凰网、凤凰新闻客户端，还有一点资讯客户端、企鹅号等知名网络媒体，又与北京人民广播电台故事广播合作，推出广播节目《故事酒吧》（调频 FM95.4），与作家出版社等知名出版机构合作，出版《有故事的人》系列书籍。“全民故事计划”旨在“用真实故事，记录中国当下日常风貌，力图去发现并推出日常生活里打动人心的真实故事”，这些故事来自警察、医生、教师、企业职员、学生等普通写作者。还有，网易非虚构写作平台“人间”的《蓝衣坊》栏目设立了国内第一个专为一线打工者设立的写作工坊。“2016 年是非虚构作品的井喷年，非虚构作品的版权受到热捧，版权价格也创造新高。《太平洋大逃杀》《1984，生死漂流》《黑帮老大的最后敌人》等作品不但受到读者的高度关注，而且卖出影视版权。从传统纸质的杂志、门户网站非虚构写作平台到自媒体，非虚构写作和作品都成为新贵产品。网易人间、腾讯谷雨、界面正午、真实故事计划、全民故事计划、有故事的人、中国三明治、NONFICTION 地平线等一批新平台，连同《南方人物周刊》《智族 GQ》《时尚先生》《人物》杂志都大力深耕非虚构写作项目，均从深度或广度开始了商业探索。”① 这些新媒介平台，还会通过举办写作比赛的方式，打通专业和大众之间的非虚构写作通道。比如澎湃新闻在 2019 年的春节联合复旦大学新闻学院举办了非虚构写作大赛，奖金高达 30 万元。在征集通知里，主办方这样写道：“本次大赛欢迎具有新闻性、公共性的选题，也期待看到静态的、历史的、个人化的选题。你可以是学生、打工者、海外华人、媒体人、专业研究者、乡村建设者、职人匠人、特殊经历者……大赛欢迎任何对非虚构写作有兴趣的人，基于自身经历、采访调查或文献资料完成这次写作。

① 沈闪. “非虚构”：写作的“十字路口”：刘蒙之访谈录［J］. 写作，2018（4）：21－28.

题材自定，包括但不限于：职业故事，记述行业生涯的风雨冷暖；深度万象，关注众生群像与社会问题；家族志，观察故土人情在时代洪流中的命运变迁；个人故事，具有重大精神意义的生活经验；历史书写，打捞沉没的历史人事……”可以看出，这种创作主体不限、题材不限、体裁不限的非虚构写作，完全打破了传统文学的创作壁垒，让非虚构文学自由生长，在开放的环境中孕育出融合和多元的审美旨趣。

二、媒介融合背景下非虚构文学的力量和责任

（一）非虚构文学的传播意识和目的

报告文学传播工作的另一个起点是民众文化，对应报告文学中的“社会问题派”，正如章罗生所言，这派“是整个中国报告文学中风格最鲜明、影响最深远，也是历史最悠久、情况最复杂、毁誉也最多的”，同时它也是“中国作家与知识分子的主体人格和思维方式发生改革的必然结果”①，是报告文学作为知识分子写作方式最突出的表现。精英书写草根在报告文学传播史上是一个巨大突破。问题报告文学的崛起是中国报告文学传播的分水岭，它不仅是中国报告文学家写作思路转变的标志，同时也具有中国报告文学传播意识转变的象征意义。

在抗日战争至20世纪50年代，由于民族救亡运动的需要和在延安主流意识的引导下，报告文学最初的“干预政治”与“批判现实”性质逐渐被歌颂、激情呐喊所取代，走过一个虚假粉饰的时代。直到新时期，问题报告文学的出现才使中国报告文学彻底冲破传统政治屏障，开启了一片崭新的创作空间。自此之后，作家将写作触角伸及社会群体中受压抑的弱者、改革开放进程中饱受挣扎渴望解脱的底层人民，还有自然灾害面前真实的

---

① 章罗生．中国报告文学新论：从新时期到新世纪［M］．长沙：湖南大学出版社，2012：420.

冷暖人生以及官僚制度压迫下的命途归宿等。自改革开放以来，以知识分子为代表的文化先锋逐渐以多元、理性的态度重新树立政治观，将政治看作“人的言谈与行动的实践、施为，以及行动主体随这言行之施为而做的自我的彰显”①。政治认识的转变改变了报告文学创作和报告文学家的文学意识，原本“党的喉舌”转变为理性的大众传播者。

传播意识的进步和传播目的的纠正，使得非虚构写作重新回归文学传播的主流。自20世纪90年代中后期开始，改革开放的成功很大程度上化解了过去人们与社会之间的矛盾，广大的普通百姓在20多年间受到精英阶层意识形态的影响，也逐渐解放了思想，并学会辩证地认识世界，大众认知能力和自主性与过去相比有了明显提升。尽管像报告文学这样的语言文字表现形式曾经在人们审美对象中占据主导地位，但在新的时代，它们也不得不深受来自大众文化和消费文化两方面的挑战。另一方面，文艺创作又无法躲避被大众文化和消费文化消解的命运，只能努力地尝试在精英与大众之间寻求好的平衡。这种被伊格尔顿看作“脆弱的、困扰的、物质的、身体的、客观的、自负的、厚颜无耻的，不是伴随我们生活的但却是我们为之生活的”② 东西——后现代意义上的消费文化直接地影响了大众的审美观念，而非虚构写作的创作又恰恰受到大众审美影响。

（二）全媒体时代下的非虚构文学传播

媒介融合下的非虚构审美是通过画面的构图、色彩、光线、文字的叙述语言和叙述方式把客观事物通过艺术的手法显现出来。亨利·詹金斯在《融合文化：新媒体和旧媒体的冲突地带》中提到媒体业正在经历着一种范式的转换，“如果说数字革命范式是假定新媒体会取代旧媒体，那么正在凸

① 陶东风. 文学理论的公共性：重建政治批评［M］. 福州：福建教育出版社，2008：2－3.

② 王宁. “后理论时代”的文学与文化研究［M］. 北京：北京大学出版社，2009：139.

显的融合范式则假定旧媒体和新媒体将以比以前更复杂的范式展开互动”①。

电影、电视剧、纪录片、电视节目等对非虚构的美学表现已不仅仅是一种原来意义上的艺术表现方式，而是成为叙述者通过媒介技术等手段对非虚构素材所做的开放式的诠释和理解。真实在非虚构审美中具有突出的地位，它不仅是非虚构生命内核得以存在的基础，也是在媒介生态中显现其审美性的必要前提。复制真实是媒介叙事的客观要求，是媒介融合的优势。媒介叙事的世界也不是纯粹的客观自然，而是“情化的自然”，这个“情化的自然”是人的主观意志和客观天然交融在一起的复合体。媒介非虚构文化应该是以共情为基础的传、受者的互动文化。导演关正文在一次偶然的机会看到了由英国一家出版社发起的活动——书信朗读会，邀请名人们朗诵从世界各地搜集来的书信，活动后来被搬上电视，影响范围不断扩大，社会反响也超出举办方想象。于是，关正文萌生了制作《见字如面》的想法。从共情角度来看，非虚构来源真实又通向真实，情感通道是通畅的。媒介需要着力思考的就是如何将情“共”之。经大数据分析，《见字如面》的75%的观众是30岁以下的青年，而42%的观众年龄在24岁以下。这一代的受众是从小在大众媒介里成长的，深受媒介文化和消费社会浸润。让·波德里亚的《消费社会》一书开篇写道：“今天，在我们的周围，存在着一种由不断增长的物、服务和物质财富所构成的惊人的消费和丰盛现象。它构成了人类自然环境中的一种根本变化。恰当地说，富裕的人们不再像过去那样受到人的包围，而是受到物的包围……我们生活在物的时代：我是说，我们根据它们的节奏和不断替代的现实而生活着，在以往的所有文明中，能够在一代一代人之后存在下来的是物，是经久不衰的工具或建筑物，而今天，看到物的产生、完善与消亡的却是我们自己。”② 消费社会这

---

① 詹金斯. 融合文化：新媒体和旧媒体的冲突地带［M］. 杜永明，译. 北京：商务印书馆，2012：34.

② 波德里亚. 消费社会［M］. 刘成富，全志钢，译. 南京：南京大学出版社，2004：1－2.

样一个被商品所包围并以商品的大规模消费为特征的社会不仅改变了我们的日常生活，还改变了我们的社会关系和文化生活方式。我们必须要意识到“人们需要商品，是为了使文化的各个范畴得以显现并且稳定下来”①，曾经作为表达自我工具的非虚构写作，已经成为联结社会群体关系的坚固纽带。包括作者与读者、读者与读者关系在内的传播者、受众等群体关系，正是通过诸如纪录片、影视政论片等大众传播商品维系。正如波德里亚所言：“电视带来的‘信息’，并非它传送的画面，而是它造成的新的关系和感知模式、家庭和集团传统结构的改变。谈得更远一些，在电视和当代大众传媒的情形中，被接受、吸收、‘消费’的，与其说是某个场景，不如说是所有场景的潜在性。”②

尽管如此，这并不代表受众在大众媒介所营造的场域里应该是被操纵、被麻痹的。相反，大众媒介应该承担更多的社会责任，引导健康审美。例如《见字如面》《国家宝藏》等电视节目，通过“非虚构文本＋媒介传播”的方式，给年轻观众带来不一样的文化体验。首先，这些节目所涉及的文化元素内涵是传统的，传承着中华文化的悠久文明，价值导向明确。在快餐文化充斥的消费社会中，旗帜鲜明地展现出正气和涵养。其次，在如今凭借语音、视频就能实现沟通的当下，那些书信承载的写信人、收信人之间的爱情纠葛、亲情牵挂、友情关怀、家国志愿等，更加能使已经不习惯传统书信往来的年轻人感受到文字沟通的美好。最后，时间的留白，能让情感经得起考验。木心写的《从前慢》一度引起大众的感叹——记得早先少年时，大家诚诚恳恳，说一句是一句。清早上火车站，长街黑暗无行人，卖豆浆的小店冒着热气。从前的日色变得慢。车，马，邮件都慢。一生只够爱一个人。从前的锁也好看。钥匙精美有样子。你锁了，人家就懂

① 维布伦．夸示性消费［M］//罗钢，王中忱．消费文化读本．北京：中国社会科学出版社，2003：36.

② 波德里亚．消费社会［M］．刘成富，全志钢，译．南京：南京大学出版社，2004：132.

了——与快节奏的世界相比，从前的慢是一种美好，一种朴素的纯洁。就像书信，虽然不能获得“秒回”，但是因为人的期待、盼望融进等待的时间里，信被额外赋予了情感。这些情感成为书信的一部分，当通过《见字如面》这样的方式被旁观者阅读后，其中的情感也释放出来，感染到了更多的人。

这与法国著名的哲学家和社会学家布尔迪厄所说的文学场的作用不谋而合。“文学场或艺术场是能够引起或规定最不计利害的‘利益’的矛盾世界，在这些世界的逻辑中寻找艺术品存在的历史性和超历史性，就是把这部作品当成一个被他者纠缠和调控的有意图的符号，作品也是他者的征兆。这就是假设从中表现出一种表达的冲动，而场的社会必要性所规定的形式，趋向于使这种表达冲动难以辨认。抛开为追求纯粹的形式而超脱纯粹的利益这一点，是理解这些社会空间的逻辑必须付出的代价，社会空间通过它们运行的历史法则的社会炼金术，最终从特定情感与利益通常残酷的对抗中，抽取普遍性的升华了的本质；而且它提供了一种更真实的最终更有保证的观念，因为这是一种不那么超凡入圣的观念，这来自人类成果的最高征服。”① 布尔迪厄将文学场视为社会生活的一种表现，是充分地融汇了社会生活的各种需要的一个场所，并且社会生活中的各种需要又可以影响与制约着文学的形成并转化成文学观念。全媒体时代中，非虚构写作的直接动力是文化的市场化以及大众文化的繁荣。场域改变导致了文化资本重新分配，使得大众文化市场更加繁荣，政治文化与精英文化双双边缘化。

依据布尔迪厄的理论推断，非虚构写作与大众媒介的联姻使得非虚构文学场发生变化。这种变化来自于媒介技术的介入、大众文化各因素的促成；同时，新生成的非虚构文学场也反作用于非虚构写作及大众传播受众的社会生活。大众媒介就是将以语言为主的信息符号转化为可感知的文学

---

① 布尔迪厄．艺术的法则：文学场的生成和结构［M］．刘晖，译．北京：中央编译出版社，2011：2.

形式，进而将包含信息思维和文化符码传递给接受主体，并被其理解和认同的物态化。例如，2015 年熊顿发表于网络平台的非虚构作品被改编为同名电影《滚蛋吧！肿瘤君》，2017 年，随着网剧《白夜追凶》《无证之罪》的走红，“真实故事计划”的改编授权备受青睐。还有，曾遭数家电视台拒播的非虚构影视作品《寻找手艺》在上传至某网络平台后，获得豆瓣 8.7 分的高分好评。非虚构文体媒介化后，信息生成的最终指向接受主体。各种被媒介化后的信息和观念只有被接受主体所接纳或识别使得接受者与非虚构写作达成信息共鸣，才能使新的非虚构文学场发挥最佳效果。否则，则需要找出场里各元素中哪个环节影响了效用发挥。有人会以大众媒介复制方式太过多元而造成大众产生真实与仿真的模糊感来抨击媒介文化的弊端。在他们看来，电子媒介的出现，打破了信息传播的静态性和符号单一性，以声像传播为主的电子媒介直接诉诸人的视听感官，以完全富有生活气息的具象性符码来传达信息。摄影、电影、电视、VCD、广告、仿真雕塑等种种形式的图像产品迅速流行，虚拟的幻觉形象越来越在我们的生活方式中起主导作用。各种视像符号包围着我们，体现了一种欲望和离奇的幻想，视觉传媒拼贴、组接着各种视觉影像，组成了比现实更现实的一种“仿像”。极强的影像表现力最终将媒介制造的虚拟世界与现实世界混同为一，不但塑造了大批沉迷于形象魅力的消费者，而且也为商品附加了无尽的象征意义。依托电子媒介进行商业信息和广告的传播，它所带来的不仅是即时的形象享受和消费刺激，受众对媒介的记忆依赖性使得这种符号具有更多的潜在消费价值。传统的以意象为主的文化正在被以仿像为主的文化所冲击和消解。那么，小说等文学形式在文化市场一枝独秀的“霸权”就是理所应当？文学就应该固守原态，任凭时代进步、社会发展却原地踏步、不进则退吗？科学技术的发展，是带着它的意识形态一起走进现代社会的。虽然我们可以批判包括网络在内的现代电子传媒是虚拟的“电子幻觉世界”，以“天涯若比邻”的虚假方式遮蔽了人与人之间更加冷漠的关系。但在整个被媒介裹挟的世界里，电子幻觉世界提供的自我满足和幻觉实现，是传统的平面传媒难以抗衡的。它在通过开放、平等、自由的写作、浏览的同时，也在无意中结束了传统文学的历史和观念。因此，现代传媒的发展和多元文化，特别是与科技手段相关的消费文化的兴起，是抵抗以印刷为中心的“个人价值主义的技术”①，向非虚构新文化转变的动力和象征。

随着传媒技术的发展，非虚构所处的媒介环境也发生了改变，非虚构文学进入全媒体书写时代。大量的非虚构文学作品被改编成大众影视作品，并且取得巨大成功。例如，获得56亿元票房的电影《战狼2》原著就是报告文学《国家》，电视剧《命运的承诺》以及纪录片《我在故宫修文物》文本都是来自非虚构文学。在全媒体时代，非虚构文学在书写时也会受传播影响，许多作家在文学创作时就会考虑全媒体传播。以影视政论片（报告文学与媒介的联姻）、传记文学电影（传记文学与媒介的联姻）、纪实专题片（纪实文学与媒介联姻）、纪录片（非虚构文学与媒介联姻）等为代表的非虚构文学大众传播媒介化后，在文本的宽度和深度方面都有了创新，在作者创作和读者接受方面也都被拓展了。可以说，非虚构文学的全媒体书写为文学发展提供了一种新的可能。

正如波斯曼所说的，“技术变化不是附加的；它是生态学的。一种新媒介不是增加了什么，而是改变了一切”。中国非虚构文学与国际非虚构文学之间存在鸿沟，国际社会对中国非虚构文学认知也不足，这也反映出中国文学审美与国际的脱钩。尤其是置身于大众文化背景，非虚构写作其实还有着很强的非理性色彩——所谓的“现场”本身就有着某种“图画”或者“画图”的意味，而其所谓的“真实”，本质上也是在强调现实高于可能、存在高于创造。优秀的非虚构作品是在努力地走进时代的“现场”，并试图

① 陈龙．传媒文化研究［M］．北京：中国人民大学出版社，2009：9.

投影般地成像这个时代的"真实"。在流量为王的新媒体时代，作为文创产业的一部分，非虚构写作通过受众对热点作品的点击、阅读及打赏等，以流量的形式实现了变现，也成就了新媒体时代的各路大神与大V，其受欢迎程度甚至有赶超前期风头无限的网络文学大神之势。

（三）媒介融合时代非虚构文学的责任

在媒介融合时代，非虚构文学不仅继承了新闻传统的信息获取、消息传播和舆论把关的职责，也继承了文学传统启迪心灵、陶冶情感和引导审美的功能，在更加多元的媒介环境中，非虚构文学也肩负着监督社会、提高审美影响和文化传播能力等责任。以社交媒介为例，新媒介在传播非虚构文学时一定程度上已经对传播中国文化起到了积极影响。比如说微信，它打破传播阻隔，集人际传播、组织传播、大众传播于一体。微信作为最重要的社交媒介智能终端，提供语音短信、视频、图片和文字、共享流媒体内容等通信服务，并且基于朋友圈、公众平台、摇一摇、支付、游戏等插件实现社会交往。目前微信已经覆盖绝大多数的智能手机，用户活跃度极高。受众不仅可以通过即时通信实现人与人之间的人际传播，还可以在微信群组内交流以及在朋友圈进行组织传播，更可以通过设置议题以公众号和服务号的形式实现大众传播。"GQ 实验室""咪蒙""新世相""每日人物"等公众号都发表过非虚构作品，受到大众广泛关注，并且阅读、转发、评论热烈。它们各有自己独特的风格，选题新颖，表达有趣，深深地吸引着粉丝群跟随，获得强烈共鸣。形式方面，有的是公众号编辑文字写作，有的是插图 + 文字说明，有的是视频 + 解说，有的是粉丝把自己的故事上传、"众筹"出非虚构。《除了冲锋衣，理工男还喜欢什么 Fashion》《中产生活速成指南》《当代尬聊总结报告》《李志自述：欲望是特别好的东西，我怕它没有了》《健身效果喜人，我却压力山大》《我遇见一个开兰博基尼的农民》《他画了 1000 多个姑娘，各个娇艳动人》《记一次体重失控的时尚活动》《“大年初三5个相亲对象，比见客户还累”：回家很爽，但爽不过三天》《月入两万的我，不敢比同事先下班》《27岁的你呆滞、无情、没有想象力》《婚礼开始前两小时，我怂了》《看到人们这样怀念单田芳，我终于相信，时代再快我们也不会淡忘从前的珍宝》《一个单身女编辑的10年夜班奇遇》《我们从未真正学会离别，5个普通人的离别故事》《一夜暴富的拆迁款，成了母子之间的一堵墙——拆迁户的悲喜人生》《我辞了公务员去创业，想让更多人考上公务员》等，这些非虚构作品关心城市问题，买房、医疗、教育、养老、阶层冲突等；也关心乡村问题，代际贫穷、留守儿童、风俗崩解、老人自杀等；也关心社会价值体系危机，现代人情感孤独、精神空洞等问题。以一篇篇非虚构的形式在大众的手机间互相传递，它们不是中国社会的全部，但都是一个个面向、一个个真实。

正因为新媒介传播速度快、传播面广、影响范围大等，对标注为非虚构的新媒体作品需要提出更高的要求，这些媒介需要更加严肃地坚守职责。2019年1月29日，咪蒙旗下公众号发布文章《一个出身寒门的状元之死》以10万+的阅读数量刷爆朋友圈，但疑似因编造故事、刻意煽动泪点引发负面舆论风波。2019年2月1日，咪蒙就此在网上发表道歉信表示：“针对咪蒙团队在网上引发的负面影响，我们进行了认真深刻的反省。我们为所犯的错误，真诚地向大家道歉。”《人民日报》官微就咪蒙事件发表评论：“咪蒙发道歉信，避实就虚，避重就轻，暴露出一贯的擦边球思维。当文字商人没错，但不能尽熬有毒鸡汤；不是打鸡血就是洒狗血，热衷精神传销，操纵大众情绪，尤为可鄙。若不锚定健康的价值坐标，道歉就是暂避风头，‘承担起相应的社会责任’就变成一地鸡毛。”①

在新媒介时代，非虚构文学创作要有分担议程设置和引导舆论的责任。作为一种私人化、公共化并存的行业，媒介的性质始终围绕用户进行内容

① http://ent.ifeng.com/a/20190201/43174244_0.shtml?_zbs_baidu_bk.

生产与提供。无论是传统出版时代还是电子出版时代，受众对于优质内容的需求都非常强烈。随着移动互联网和智能移动终端成为用户获取信息的宠儿，用户对信息的真实性在乎程度越来越高，而不是信息的表现形式。新技术力量驱动下媒体边界的淡化或消失，也意味着整个媒体的运作逻辑、管理模式和媒体文化的改写。不论如何转型，内容的质量始终支撑媒体的生存发展。公众通过媒介知晓事件或问题，依非虚构写作提示的角度思考，按照作者对各种问题的重视程度来调整自己对这些问题重要性的看法。文学创作者也是媒介传播者、信息把关人、舆论引导者。

（四）全球化背景下的非虚构文学

中国非虚构写作应该被置于全球化写作的立场，向内建立文化自信，对外实践文化传播。可以看出，随着经济的腾飞、国力的发展，中国已经得到国际社会的肯定。但是另一方面，误解也相伴其中。文化传播，不仅指在国家内部的大众传播，也包含面向世界的对外传播。

政治和经济方面的成果并没有让中国文化获得应有的礼遇，全球化背景下的中国当代非虚构文学并未有突破，存在水土不服的现象。中国非虚构文学并没有得到广泛关注，许多重要的国际文学奖项，中国非虚构文学都是失语状态。这与中国的文学大国以及日益增长的非虚构远景不相称。2016 年 5 月 17 日，习近平总书记主持召开哲学社会科学工作座谈会并发表重要讲话，深刻阐述“文化自信”，并且首次用“三个更”形容文化自信——“坚定中国特色社会主义道路自信、理论自信、制度自信，说到底是要坚定文化自信，文化自信是更基本、更深沉、更持久的力量”，充分说明文化自信在国家、民族的发展道路上具有十分重要的意义。“十三五”时期，中国文化的传播和“走出去”仍将是一项重大工作。《国民经济和社会发展第十三个五年规划纲要（草案）》第 69 章“提高文化开放水平”中指出，加大中外人文交流力度，创新对外传播、文化交流、文化贸易方式，在交流互鉴中展示中华文化独特魅力，推动中华文化走向世界。拓展文化交流与合作空间，加强国际传播能力建设。打造旗舰媒体，推进合作传播，加强与国际大型传媒集团的合资合作，增强文化传播亲和力。所以，在全球视域下探求中国非虚构文学发展，乃至中国现当代文学的发展方向是十分必要的。提升文化软实力，就是需要通过文化生产、文化交流、文化教育和信息传播等途径使本国所倡导和奉行的价值理念赢得国内外受众的普遍认可。

写作《战争的面孔不是女性的》《切尔诺贝利的回忆：核灾难口述史》等作品的白俄罗斯作家阿列克谢耶维奇以“她回响着多种声音的作品，成为记录我们这个时代苦难与勇气的丰碑”（“her polyphonic writings , a monument to suffering and courage in our time”）获得了 2015 年诺贝尔文学奖。诺贝尔奖委员会的评价是十分到位的，“多种声音的作品”（ “polyphonic writings”） 正是阿列克谢耶维奇写作的主要特点。“我一直在寻找一种体裁，它将最适合我的世界观，传达我的耳朵如何倾听、眼睛如何看待生命。我尝试这，尝试那，最后选择一种体裁，在这种体裁里，人类的声音自己说话。”① 阿列克谢耶维奇关注到的问题，包括战争、女性、核问题等，看似是一个地区的问题，或是一个特定历史的问题，但是仔细想来，这些问题也是全世界、全人类的问题。文学的一个很重要的附庸功能就是意识形态的影响，正如英国学者伊格尔顿指出的，“在选取一种形式时，作家发现他的选择已经在意识形态上受到限制。他可以融合和改变文学传统中于他有用的形式，但是这些形式本身以及他对它们的改造是具有意识形态方面意义的。一个作家发现手边的语言和技巧已经浸透一定的意识形态感知方式，即一些既定的解释现实的方式”②。

---

① 寻找永恒的人：阿列克谢耶维奇自述［EB/OL］.（2015 - 10 - 09）［2019 - 03 - 01］. https://theinitium. com/article/20151009 - culture - feature - Svetlana - Alexievich01/.

② 伊格尔顿. 马克思主义与文学批评［M］//西方马克思主义美学文选. 陆梅林，陈燊，等译. 桂林：漓江出版社，1988.

非虚构文学的书写源自真实，指向当下，从历史中来，面向未来而去，在时间轴上无限，在空间轴上也无限。它可以担负起跨文化沟通，承担起呼唤人类理性的责任。非虚构文学从人文关怀的角度追求和倡导人类普遍的生命意义，对人与自然、人与社会以及人与人之间的矛盾关系进行探讨。笔者以为，中国非虚构文学需要有蕴含清醒的理性精神及浓郁批判意识的、最广义的人道主义精神的作品。非虚构文学以事实为血肉，以共情为骨。在最广泛的层面追求情感共鸣，应是中国非虚构文学未来发展的方向。